U0556679

马克思主义文艺理论论著书系

郭运德　王　杰　李心峰　主编

"新社会主义文学"的探索

李云雷　著

中国文联出版社
http://www.clapnet.cn

图书在版编目（CIP）数据

"新社会主义文学"的探索/李云雷著.北京:中国文联出版社，2018.12
（马克思主义文艺理论论著书系）
ISBN 978-7-5190-3975-2

Ⅰ.①新… Ⅱ.①李… Ⅲ.①中国文学－当代文学－文学研究 Ⅳ.①I206.7

中国版本图书馆CIP数据核字(2018)第244636号

"新社会主义文学"的探索

作 者：李云雷	
出 版 人：朱 庆	
终 审 人：奚耀华	复 审 人：曹艺凡
责任编辑：邓友女	责任校对：甄 飞
封面设计：马庆晓	责任印制：陈 晨
出版发行：中国文联出版社	
地 址：北京市朝阳区农展馆南里10号，100125	
电 话：010-85923078（咨询）85923000（编务）85923020（邮购）	
传 真：010-85923000（总编室），010-85923020（发行部）	
网 址：http://www.clapnet.cn http://www.claplus.cn	
E－mail：clap@clapnet.cn dengyn@clapnet.cn	
印 刷：中煤（北京）印务有限公司	
装 订：中煤（北京）印务有限公司	
法律顾问：北京市德鸿律师事务所王振勇律师	
本书如有破损、缺页、装订错误，请与本社联系调换	
开 本：710×1000　　　　　　1/16	
字 数：226千字	印 张：14.25
版 次：2018年12月第1版	印 次：2018年12月第1次印刷
书 号：ISBN 978-7-5190-3975-2	
定 价：72.00元	

版权所有　翻印必究

《马克思主义文艺理论论著书系》编委会

顾　　问（按姓氏笔划）
王元骧　王伟光　刘纲纪　李正忠　李　准　吴元迈
张　江　陆贵山　董学文

主　　编
郭运德　王　杰　李心峰

编　　委
王　杰　党圣元　郭运德　谭好哲　陈飞龙　丁国旗　马建辉
朱　庆　朱辉军　李心峰　张永清　张政文　金永兵　周由强
庞井君　胡亚敏　祝东力　奚耀华　赖大仁

项目策划
朱　庆

执行策划
邓友女

项目编辑
邓友女　冯　巍　张兰芳

目 录

我们为何而读书?	1
我的"问题意识"及其形成	12
"新社会主义文学"的可能性及其探索	18
——读刘继明的《人境》	
中国工人的"史诗"	29
新工人诗歌的"崛起"	32
全球化时代的"失败青年"	35
——读石一枫的《世间已无陈金芳》	
在新的时代如何讲述抗战故事	39
——读范稳的《重庆之眼》	
重新进入历史与故乡	42
——读蔡家园《松塆纪事》	
"新工人美学"的萌芽与可能性	48
——《2013新工人文学奖作品集》序	
新小资的"底层化"与文化领导权问题	56
"为谁写作":命题的提出	62
回馈乡村,何以不可能?	66

中国电影："大片时代"的底层叙事	69
工人生活、历史转折与新的可能性	78
——简评《钢的琴》	
"我们坚持自己艺术梦想的道路不会改变"	83
——张猛导演访谈	
看不到的"铁人"	92
抵达中的逃离，贴近中的遮蔽	98
——贾樟柯《二十四城记》观后	
如何重新讲述革命的故事？	101
——电影《古田会议》观后	

《白毛女》：风雨七十年	103
《智取威虎山》：文本与历史的变迁	111
论浩然的"自传体三部曲"	115
重温《青春之歌》	123
关于《我的阅读史》的答问	126
——洪子诚教授访谈	

陈映真是一面精神旗帜	138
日本的"《蟹工船》现象"及其启示	141
肯·洛奇的双重挑战与超越	149
海伦·斯诺："新世界的探索者"	160
赛珍珠：如何讲述中国的故事？	172
查韦斯："我们是逆境中的斗士"	184
你好，卡米拉！	194

附录：历史与当代经验中的个人 201
——李云雷访谈录

CONTENTS

Why we read?   1

My Problem Consciousness and its Formation   12

Possibility and Exploration of "New Socialist Literature":
    On Liu Jiming's Human Boundary   18

"Epic "of China Workers   29

"Rising" of New Workers' Poetry   32

"Losers"of the Globalization Era:On Shi Yifeng's
    "There is no Chen Jinfang in this world"   35

How to Tell Stories about War of Resistance:On Fan Wen's
    "The Eyes of Chongqing"   39

Entering Again into History and Hometown: On Caijiayuan's
    "Events of Songwan"   42

Sprout and Possibility of "New Workers Aesthetics": Preface of
    "The 2013 New Workers Literature Awards Works Collection"   48

The Underclass Evolution of New Petty Bourgeois and
    the Problem of Culture Leadership   56

"Who We will Write for": Proposition of Question   62

Feedback to the Village, Why Cannot this be Possible?   66

Chinese Films: The Underclass Narration of "Blockbusters Age"	69
Workers' Life, Historical Changes and New Possibilities: Brief Criticism on the Film "The Piano in a Factory"	78
"We will not change our faith about insisting our own art dreams": Interview with Director Zhang Meng	83
"Iron Man" Who Cannot be Seen	92
Escaping in Arriving, Sheltering in Closing: On Jia Zhangke's "24 Cities"	98
How to Retell Stories about Revolution: on Film "Gutian Meeting"	101
"The White-haired Girl": On Its 70 Years	103
"Taking Tiger Montain By Strategy": The Transition of Text and History	111
On Hao Ran's "Autobiographical Trilogy"	115
Review of "Song of Youth"	123
Interview Prof.Hong Zicheng: About the Answer of "My Reading History"	126
Chen Yingzhen is a Spiritual Flag	138
Japan's "Crab Factory Ship" Phenomenon and its Inspiration	141
Ken Loach's Double Challenges and Transcendence	149
Helen Snow: "The Searcher of the New World"	160
Pearl Buck: How to Tell Chinese Stories	172
Chávez: We are Fighters of Adverse Situations	184
Hola,Camila	194

Appendix　Individuals in Historical and Modern Experiences:
　　Interview with Li Yunlei　　　　　　　　　　　　　201

我们为何而读书？

一

2004年，我正在做论文期间，我的父亲去世了。在这之前的2002年，我们已经知道了他的病情，在北京做了手术，然后在家里吃药与调养，但面对这一不治之症，我们知道只能延续一些时间，而无法根治。在那两年里，每次回家看到父亲，总让我有一种切肤的疼痛，看到昔日强壮的父亲，现在只能佝偻着腰，一咳嗽就喘不上气，那么虚弱，那么难受，我简直不敢面对。那时我正在读博士，后来我总在想，如果我硕士毕业后就去参加工作，或许可以让父亲的治疗条件好一点，或许他能活得更长久一些，而正在读书的我自顾不暇，家里在村中也算是贫穷的，哪里有更多的钱让父亲调养呢？每当想到此，我总是懊悔不已，想自己一直读书读下来是否过于自私了。在农村，能够上大学已经很不错了，可我读完了大学读硕士，然后又读博士，一直读了10年。虽然说大学毕业后我再未从家里拿过钱，但也没有更多的钱接济与回报家里，我记得我母亲曾说过："你一直念书，念到什么时候是个头儿啊？"当时没觉得什么，现在想想，那漫长的时间可能让他们都有些难挨了。

父亲的去世让我想了很多，我以为我了解父亲，但可能并不是真的了解他。我所了解的父亲只是童年记忆中的形象，并没有认真考虑过他的一生。在我的印象中，父亲只是一个普通的农民，字也识不了几个，但在村中很受尊重，他为人正直，又勤劳，手巧，会做很多别人做不了的活儿，曾经当过生产队的队长。后来我想，关于父亲，我所不了解的或许更多。他出生于20世纪30年代，那正是中国面临最严重的民族危机的时刻，他所经历的战争、饥荒、逃亡，是我所难以想象的；而在新中国成立后，发生在农村的土改、合作化、人民公社以及"土地承包"等各种运动，他也置身其中，他的欢笑、泪水与之息息相关。如果我不能理解发生在中国大地上的各种变革，又怎能更深刻地认识我的父亲呢？

我博士论文的题目做的是"当代文学中的浩然"。对于这位在新时期几乎被遗忘的作家，我有一份特殊的情感。他与我的父亲同龄，作为那一代农民的代表，他和我的父亲一样经历了所有的历史波折；不同的是我父亲是一个普通农民，而他则成了一个作家，一生"写农民，为农民写"。我想通过对他的研究，可以更深入地理解那段历史，更深入地理解中国农民，更深入地理解我的父亲。在我阅读浩然的过程中，我发现我们的文学史叙述是那么反复无常，总是从一个极端到另一个极端，很少能够有历史的"公平"，对于这样一位作家，褒扬时赞之入天，批评时贬之入地，不能给他一个公正的评价与定位。而我所想做的工作，就是在历史脉络与社会结构之中，对浩然作品的形成做一个梳理，在理解其内在逻辑的基础上力求做出一个公正的评价。而这又涉及对左翼文学传统、农业"合作化"以及"文革文学"的重新认识与评价，并不是我这一篇论文能够解决的问题。

这是我研究工作的一个起点，此后我的研究在不同的层面上展开："左翼文学"传统的研究；80年代文学研究；当下文艺现象与作品的批评。在这三方面的工作中，最后一个方面尤其是"底层文学"的研究与倡导，在文学界与知识界产生了较为广泛的影响，我甚至被视为"底层文学"的发言人或"代言人"。有的师长出于爱护或怜惜的心情，曾经语重心长地劝告我，也有的人从不同的角度加以批评。他们的好意与深意我心里都知道，但是我想，如果仅仅是想进入更高的阶层，那么我在城市里已有了一个相对安稳的工作，但是我读了那么多年书，难道只是为了个人的生活更好一点吗？难道这么多年的辛苦与努力，只是为了安稳地"蜗居"吗？如果仅仅是这样，我感觉愧对自己的父母与乡村。

作为一个农村的孩子，能够从小学读到博士，并不是一件容易的事。现在想想，我之所以能够读到博士，不仅是由于个人的"努力"，而主要是出生在了一个恰当的历史时期。我上大学的20世纪90年代中期，学校里还没有收费，学生之间的贫富差距也不是那么明显，毕业后找到一份满意的工作也并不是多么困难的事情，所以校园里的氛围是相对自由、宽松的，没有太大的压力。在这样的气氛之中，学生们在功课之外，还可以充分发展个人的兴趣与爱好。如果我赶上了教育产业化的今天，以我的家境而论，要缴纳巨额的学费，毕业后又难以找到工作，所以即使功课还不错，是否能够上大学，或是否愿意上大学，也是一个疑问。当时我父亲供我上大学，只花了6000块钱，而现在这点钱连一个学年的费用都不够。我想，这也是很多贫穷人家的孩子放弃高考的原因，也是有的家长在听到孩子考上大学后，竟然自寻短见的原因。至于读研究生，则似乎是一件更加不可能的事情，在不久前的"杨元元"事件中，上海海事大学的校领导说，"你穷还来读什么研究生？"——这样的话虽然直白，但最为鲜明地体现了当前的主流意识，即读研究生并不是谁都可以奢望的，而应该只是某些阶层的一种特权。

我们可以看到，一个人是否能够读书或读到什么程度，在个人的原因之外，制度性的因素起到了关键性的作用。而现在的制度，则将很多优秀的底层青年，在程序的起点上便摒之于门外了。1977年恢复的高考制度，在20世纪90年代中期以前是相对"公平"的，它使不同阶层、地区、出身的人在知识面前人人平等，通过个人的努力可以改变命运，而当时的大学生也成了天之骄子，对毕业后的生活普遍有一种美好的预期。尽管这一制度也有种种缺点——"千军万马走独木桥"，应试教育，重智力而忽视德、体、美，等等——但作为一种遴选人才的机制，它在整个社会形成了一种公平竞争与尊重知识的风气，并为底层青年提供了进入更高阶层的途径，为社会的发展奠定了合法性及稳定的基础。但随后的高考制度的变革——如"产业化"、某些"加分"、不同地区采用不同的试卷等，却在不同的层面上破坏了这样的"公平"，教育资源越来越向城市倾斜，越来越向精英阶层倾斜。据一份调查报告显示，北京大学30年来出身于农村的学生的比例呈递减趋势，这可以说是一个典型的例子，而这样的趋势仍在继续，令人不得不反思。

二

这只是问题的一个方面，问题的另一个方面是，我们所受到的教育本身，是一个让我们在情感认同上逐渐离开乡村、父母或底层的过程，在一个更广泛的层面上讲,这也是一个在价值观念上逐渐离开中国的过程。从新东方学校及各种英语培训班的火热,我们可以看到其中弥漫的一种情绪是离开中国,进入一个更"中心"的地区,即以美国为代表的发达资本主义国家。如果说"人往高处走"是一种无可非议的选择,那么为什么英语或者美国成为一种"高处",为什么那么多人的奋斗理想只是弃国离乡,这成了一种具有时代症候的精神病象。同样在国内,为什么我们的教育只是让人离开乡村、进入城市?这也是一个值得思考的问题。在我们农村里,经常有这样的故事,父母好不容易供养了一个孩子读大学,孩子大学毕业后别的东西没有学会,首先学会的便是蔑视自己的父母,觉得自己的父母是"愚昧、落后、保守"的老农民,是他们生活中的耻辱或者摆脱不掉的"尾巴"。他们在城市里被人看不起,因为是农民的子女,他们承受着这种歧视与侮辱,但认为是"正常"的,他们转嫁的方式只是更加歧视自己的父母与乡村,为自己的出身而感到羞耻,为能够进入城市而洋洋自得。所以农村里的父母常常会感叹,让一个孩子读大学有什么好处,到了城里就看不起我们了。还有这样的故事,一个孩子在村里本来是很朴实本分的,到城市里待了几年,却变得浮华或张牙舞爪起来,做人、做事越来越不踏实,越来越"不靠谱儿",于是村里人议论纷纷,感觉这孩子"学坏了",很是痛心。

这里当然也有村里人对城市生活方式的偏见与不理解,但如果我们平心而论,城市文化自身确实有值得反思之处,而农村文化也有尚待认识的长处。将农村或农民视为没有文化或者"愚昧、保守、落后",只是一种启蒙主义的视角,或者说是在一种"文明与愚昧"的思想框架下将农民指认为"国民劣根性"的代表,这是一种典型的20世纪80年代的思维方式,同样的思维方式也认为中国是"愚昧"的,而西方则是"文明"的。而这种思维方式很值得反思,说农村或农民没有"文化",在一定的意义上是有偏见的,他们所没有的只是西方意义上的"知识",如果我们将文化理解为一种生活观念或生活态度,那么他们无疑是有文化的,而且这种文化凝聚了千百年来传统文化的积淀、极具生命力的民间文化以及丰富多彩的地方文化,是扎根于乡土并融合在他们的具体生活之中的,这种文化不但塑造了他们内在的生命价值,而且构造了乡村的文明秩序以及人际交往的模式。如果我们看不到这样的文化,只是由于不够尊重与了解,只是由于我们将目光投向了"中心",因而忽略了脚下的大地和这片土地上生长起来的文化。

以我所学的文学为例。不知从什么时候开始,我们的文学教育形成了一种风气,以谈论外国文学为荣,这些国家又仅限于欧美几个发达资本主义国家,仅限于"现代派"以来的这种风格的作家,这些作家成为人们津津乐道与竞相模仿的对象,成了"公共话题",似乎不谈他们就不"先锋",或者就不是在谈文学。当然我并不是反对借鉴国外文学的长处,而是觉得这种风气、这种视野是十分功利的。外国文学并非不可以谈,但为什么我们视野中的"外国"就只有那几个国家呢?这些发达国家在世界体系中拥有政治经济上的强势,也拥有对学术话语、媒介与评价体系的垄断,但并不意味着他们的文学就是最好的。他们的文学是否好是一个问题,为什么我们的文学眼光仅仅盯着他们,则是另一个问题。我们的文学视野中为什么没有非洲?为什么没有印度?为什么没有东欧国家?尤其是,为什么没有俄罗斯?——苏俄文学对中国文学有着深远的影响,但从苏联解体之后,我们又对俄罗斯文学有什么了解?在我的视野中,除了社科院张婕的两本著作之外,很少看到对当今俄罗斯文学状况与文学作品的介绍或分析。我们不再关注俄罗斯文学,难道仅仅是因为苏联解体了、俄罗斯的国际地位下降了?如果真是这样,我们的文学眼光也未免太势利了,以这样的心态去从事文学,很难想象会有大的出息。鲁迅当年译介域外文学,关注的是"弱小民族国家",因为在它们身上可以更深刻地看到我们自身的处境,从而谋求改变的途径。今天的情况仍是如此,但我们却不愿正视,只盯着那些珠光闪闪的"中心"。其实在张婕等人的著作中我们可以看到,20世纪80年代以来俄罗斯文学的发展脉络与中国最为相似。"自由主义"文学、后现代文学以及最近"新现实主义"的崛起,对文学史与经典作家的重新评价,等等,大体脉络有相似之处,不同的只是苏联解体了,而我们没有被冲垮。如此相近的社会与文学的道路或处境,我们正可以在俄罗斯文学中吸取经验与教训,但我们却轻易地放过了。

在读研究生的时候,我也读了不少西方名著。但是有一天在读罗伯-格里耶的《橡皮》时,我突然感到很无聊,我知道这本书在西方文学史上的位置,但不知道它跟我的生活有什么关系、我为什么要读这样的书,他的文学游戏对我来说毫无意义。由此我开始反思自己的文学趣味与所受的文学教育。我想最初我所喜欢读的是《水浒传》这类与关于农村的文学作品，但是不知道从什么时候开始，我越来越远离了这些作品，养成了另一种文学趣味，而当我再看关于农村的作品时，总会觉得它们太土、太落后，而这个过程与我离开农村的时间几乎是同步的。这样一种建立在西方文学阅读之上的"修养"，使我对中国的文学传统天然地有一种偏见或歧视，同时对文学"纯粹性"的专注，也遮蔽了我文学以外的视野。我不知道中国发生了什么、农村发生了什么，也不知道我为什么要读书。也不怎么关心作者为什么要创作，似乎我们的阅读与学习，只是在学院内部的循环，只是为了知识的修养或者跟上文学界最新的流行时髦，但是这些究竟有什么意义，却是我没有想过的——这样的发现让我警醒，也让我深思。由此我开始反思自己的文学观念与趣味，重新认识文学，正是从这里开始，我认为文学必须与个人的现实与精神处境密切相关，必须从个人的经验与问题出发去阅读、写作，也由此我认为文学必须与世界联系起来，我们必须从文学看世界或者在世界中看文学，而不是将文学理解为一个内部循环的东西。在这个意义上，我们只有深深地切入现实之中，并从个人的体验中发掘出新鲜的因素，才能创造出最为独特的文学，而这不能不从对中国及底层的观察与思考开始，不能不重新认识自己的"根"。我之所以关心"底层文学"，是与这样的思考密切相关的。或者说，"底层文学"正好构成了我关注的两个领域——"底层"与"文学"的一个交集。

三

我关注底层或"底层文学"，并不只是在关注"底层"，也是在关注我自己，在关注我的父母、兄弟和乡村，他们的命运是我的命运的一部分，他们的喜怒哀乐也是我的喜怒哀乐的一部分，我关注他们也就是在关注我自己。而在今天，"底层"的处境尤其值得思考。

在我们当前的社会结构中，存在着一个重要的问题，那就是"精英垄断"。中国的某些官员、资产阶级（或"新阶层"）、学者，在事实上形成了一种利益共同体，或者所谓的"铁三角"，他们在政治、经济、文化等社会各个层面形成了一种垄断，不仅在现实中损害着其他阶层尤其是底层的利益，而且试图将他们的"垄断"永久持续下去，这从医疗改革、住房改革等所产生的弊端中，就可以清晰地看出来。在这种垄断的局面下，青年尤其是底层青年的路必然会越走越窄。如今，不仅传统的"底层"——工人、农民、打工者——的处境越来越恶化，而且中产阶级与"白领"阶层也在承受着巨大的压力，也在分化与瓦解。最近出版的《蚁族》一书，描述了"大学毕业低收入群体"的生存状态，这本书让我们看到，大学生群体已经越来越沦为"底层"了，高等教育也不能改变底层青年的命运了，一个人在社会结构中所处的位置，主要是由于出身，而不是知识，这是我们的社会从20世纪80年代以来的一个重要变化，也是"断裂"社会的一个表现。如果底层青年的一切出路被堵死了，完全丧失了希望与信心，那么我们的社会至少是不安定的。

另一方面，就社会的主流意识来说，对"个人奋斗""竞争""成功"的神化，唤起了青年人对精英生活的幻想，在他们的意识里，任何人都是可以通过个人奋斗和竞争而进入"精英"阶层的，现实社会中的各种因素也不断强化他们这一想象。但在现实中，能进入精英阶层的人总是少数。掌握了话语权的精英集团，也在压制"准精英"。面对精英们织就的网络，青年人如果仍幻想靠"个人奋斗"和"竞争"去成功，则难免会有"白日梦"幻灭的时候。在今天，我们必须认识到"个人奋斗"的意识形态性：首先，"个人奋斗"只能改变个别人的命运，而无法改变大多数人的命运，无法改变一个阶层或群体的命运；其次，在今天这个社会，"个人奋斗"的起点是不公平、不平等的，每个人所可以凭借的社会资源也有着天渊之别，在这样的现实秩序中，即使一个底层青年去"奋斗"，其所能达到的程度也是有限的；最后，如果说在20世纪八九十年代，尚有"个人奋斗"的空间，那么现在这一空间已经越来越狭小了。我们必须抛弃"个人奋斗"的幻想，只有在整体的社会结构中、在时代与历史的演变中，才能更深刻地认识与把握底层与我们自己的命运。我希望能有更多的人从这样的"意识形态"中解放出来，关注底层与底层青年的命运，因为底层的命运不仅只与底层相关，而且也与中国和世界相关，与我们每一个人密切相关。

就我个人来说，置身于现实之中，精神上常会有迷惘与被撕裂之感。我在乡村生活了18年，而在城市里也快到了同样的年数。但是我既已无法回到故乡，也难以融入城市生活之中，处于一种尴尬的状态。我在一篇文章中，分析了鲁迅的故乡经验与当代中国的不同之处："如果说对于鲁迅来说，他的痛苦在于故乡是'不变'的而自己已经发生了变化，那么对当前的作家来说，痛苦不是来自于故乡没有变化，而是变化太快了，而且以一种自己意想不到的方式在发生变化：迅速的现代化与市场化不仅改变了农村的面貌，也改变了农村的文化以及人们相处的方式，而外出打工、土地撂荒等现象甚至从根本上动摇了人们对传统农村的想象。"这样的概括，既有对经典作品的重新阅读，也来自个人的切身经验。虽然我还经常回到农村的老家，但感觉却越来越陌生了，这不只是由于"人事"的代谢——一些老人去世了，一些孩子出生了，而是过去我们习以为常的与"故乡"相联系的一整套知识——祖先崇拜、宗族制度、民间风俗等——在现代化的冲击下已经或正在慢慢消失。

而我们要理解今天的农村，需要具备新的视野与知识，比如全球化市场与中国农村的关系、粮食安全与耕地问题、农业与农村的"工厂化"或"空心化"、转基因食品与跨国公司的控制、化肥农药的过量施用带来的影响等，这样的转变，无论在情感上还是在知识上对我们都是一个巨大的挑战，如此急剧的现代化与资本主义化，让我们难以理解与接受。譬如正在网上热议的关于"转基因主粮"的话题，我们很难与传统的中国乡村联系在一起，而这正是我们置身其中的现实——不仅中国城市，而且广大农村正在融入资本主义体系。发达资本主义国家与跨国公司，不仅要将中国牢牢地固定在世界秩序的底层，而且要在生理基础上加以控制，跨国公司掌握的"转基因食品"，如果真的引向中国农村，所带来的后果将是灾难性的——不仅粮食的产量与种子由跨国公司控制，中国从此丧失了粮食安全，而且"转基因食品"对人身体的影响将是难以预测且不可逆转的，以中国人及其后代的命运投入这样的"实验"，可以说是一种极不负责任的行为。但是我们也可以想象，在中国现在的社会结构中，所有实验的"后果"，必将由社会底层来承担，于是我们将会看到人类有史以来所没有过的境况：社会的等级区分，不仅是由政治经济文化上的地位所决定的，也取决于食物所决定的生理基础——穷人只能吃或只能吃得起转基因食品，所以他们所承担的不仅是政治经济文化上的剥夺，而且是"转基因"所带来的变异与畸形的可能性，包括智力、身体与生理等各个层面。如果这样下去，将会成为怎样一种人间景象呢？

在今天，我们面临着一个飞速旋转的世界，很多以前想不到的事情都在发生，很多以前的"常识"都在动摇。这同时也是一个分裂的世界，既得利益者升入天堂，被剥夺者堕入地狱。置身于这样的"大时代"，我们能够做些什么？而作为一个以文学为志业的人，我又能够做些什么？——我想我只能站在底层一边，为沉默的大多数发出声音，尽管这样的声音很微弱，或许也很刺耳，但这是我所能做的，我也只能这样去做。至今我仍忘不了小时候看电视剧《水浒传》的情景，那是武松醉打蒋门神的一幕，我看得入神，突然激动地跳了起来，冲着剧中的武松叫道："打他，打他！"后来我想，这是在一个孩子心中萌生的朴素的正义感，虽然我们时代的精神境况越来越复杂、越来越多元与"相对主义"，但我想这一点正义感是值得保留的，由此我们将不会对世间一切不平事都漠然视之。

四

如果乐观地看，我们今天所处的时代，将会是中国史与世界史上的一个重要转折时期。从中国史的角度来说，我们处于改革开放以来、新中国成立以来、五四运动以来、鸦片战争以来的一个转折点，也就是说，我们所面临的基本问题已经发生了改变，经过几代人的牺牲、奋斗，中国终于度过了前所未有的民族危机，再也不会有亡国灭种的危险了，我们也正在恢复政治与文化上的自信，不会再盲目地崇拜西方文化或批判"国民劣根性"，我们会将传统中国文化与20世纪中国革命凝聚起来的"新文化"中的精华，贡献给世界，从而在根本上改变不公平的国际秩序与文明秩序。从世界史的角度来说，500年资本主义的发展既为人类带来了巨大的"现代化"成就，但也带来了众多问题，人与环境之间、人与人之间、人与自我之间，都处于一种紧张而复杂的状态。如何解决这些社会与精神层面的问题，需要我们提出不同于资本主义的观察世界的方式，需要我们汲取更为丰富的思想资源，从而冲破金钱与资本的牢笼，为人类的发展寻找一条新的出路。

中国知识分子一向就有以天下为己任的传统，五四运动以来，几代中国青年付出了青春、热血与生命，才使一个老大帝国"凤凰涅槃"，重新焕发出了生机与活力，以一种新的姿态屹立于世界的东方。20 世纪 90 年代以来，伴随着去政治化、去历史化、去组织化的思潮，青年们也逐渐融入了世俗生活中，成为科层体制与等级秩序中的新来者，处于较低的位置，而市场经济所带来的消费主义、金钱崇拜与"娱乐至死"，也使很多青年陷入虚幻的享乐之中，而另一部分人则追求这个意义上的"个人成功"。可以说，这已经形成了一种新意识形态或者无意识，成为了一种笼罩性的思想支配模式。只有打破这样的思想方式，认清自身所处的真实境况，将"个人"与时代、人民、世界联系起来，青年们才能释放出本有的潜能，在探索自身出路的同时，也为人类探索一个新世界的可能性。

今天，现实与理论层面都在发生巨大的转变。如果说 20 世纪 80 年代的思想模式支配了大部分人的思考，那么现在已有越来越多的人在摆脱这一模式，开始了新的思考与新的实践。在这一转型中，具有标志性的是民族主义思潮与底层文学的崛起。

20 世纪 90 年代兴起的民族主义思潮，可以说是对 20 世纪 80 年代"世界主义"思潮的一个反拨。在 20 世纪 80 年代的思想视野中，"走向世界"成为时代的主潮，在"文明与愚昧"的理论框架下，中国被视为愚昧、落后的一方，只能与"世界"接轨，融入主流"文明"与世界秩序。但是在 20 世纪 90 年代之后，人们越来越清晰地看出，世界并不是"平"的，而是由发达资本主义国家主宰与控制的不公平的世界体系。这一体系，是由美国、发达资本主义国家、第三世界、第四世界等不同层级构成的金字塔型结构，这是一个压迫式、掠夺式的结构，在这个结构中，一个国家的富裕或"文明"，主要取决于它在这一结构中所处的位置，即发达资本主义国家的富裕，是建立在对第三世界与第四世界剥夺的基础之上的，而发达资本主义国家之所以显得"文明"，则主要来自它们在政治、经济上的强势，以及对话语媒介、话语规则和话语权的垄断。作为第三世界的中国，在这个结构中只能处于底层，所以无论"走向世界"的愿望多么强烈，被"世界"接受的只能是廉价商品，只能以"打工者"的身份为全世界尤其是发达资本主义国家打工。在这样一种境遇下，民族主义的兴起也是必然的，从《中国可以说不》、南斯拉夫使馆被炸事件、奥运会前的抢夺圣火事件，以及《中国不高兴》一书的出版，可以看到 20 世纪 90 年代以来民族主义的不绝如缕及其高涨。虽然民族主义崛起中的一些问题值得讨论（如忽略阶级问题、少数民族问题等），但这一思潮可以视为中国重建主体性的一种努力。

"底层文学"的出现与中国现实的变化以及思想界、文学界的变化紧密相关，是中国文艺在21世纪的新发展。30年的改革开放为中国的发展带来了巨大的活力，但也带来了一些新的问题，如贫富分化、贪污腐败等，从"三农问题"的提出，到"郎咸平旋风"的刮起，都在提醒我们究竟需要怎样的改革：是要依靠少数"精英"还是要依靠大多数底层民众？是要与资本主义世界体系"接轨"还是要贴近中国现实？是要走一条依附性的道路还是要一个独立、自主的中国？同时也提醒我们究竟如何对待占中国绝大多数的"底层"：是把他们作为社会发展中的"包袱"甩掉，或者只当作"滴漏效应"的受益者，还是将之作为社会发展的根本动力？对这些问题的思考与回答，体现在现实政策的变化与调整中，而这则为"底层文学"的出现与发展提供了重要契机，而"底层文学"的出现，则是中国在内部重建主体性的一种表现。只有在底层的基础上，中国才能建构起自身的主体性，才能在对传统文化、革命文化以及西方文化批判性继承的基础上，熔铸成一种既"现代"又有"民族特色"、既有"普适性"又有特殊性的新的中国文化。而这不仅可以增强民族的凝聚力与竞争力，也是中国文明对世界的一种贡献。

我们可以看到，民族主义思潮与"底层文学"的崛起，是建立在现实的基础之上的，是对资本主义世界体系的一种反思，也是对我们国内社会结构的一种反思。而这样的反思，既是对现实的一种批判，也是对未来的一种召唤。作为一个知识分子，置身于这样时代剧变的大潮中，我们应该推动这一反思更加深入与普及，并对其中可能出现的偏向保持分析与批判的态度，只有这样，才能在历史与现实中尽到我们的责任。

在写作这篇文章期间，我又听到了那首熟悉的童谣《读书郎》，其中有两句歌词让我很受触动：一句是"只怕先生骂我懒，没有学问无颜见爹娘"，另一句是"只为做人要争气，不受人欺负不做牛和羊"。以前听时没有注意，但仔细琢磨一下，却发现歌词大有深意。我们读书写作也好、做学问也好，应该对得起父母与乡村，而我们的目的就是"不受人欺负不做牛和羊"，不仅自己不做，也要让所有的人都不做，要彻底打破让人做牛羊的机制，而不是让别人做自己的牛羊。只有这样，或许才可以说没有背叛读书的初衷，才对得起父母、对得起那漫长而艰苦的求学生活。

我的"问题意识"及其形成

我自2002年在北大中文系开始读博士以来,即有意识地进入了当代文学研究领域。十多年来我的研究方向与重点做过一些调整,现在的问题意识愈益清晰,那就是以"当代中国文学的前沿问题"为中心,探讨中国文学从哪里来、到哪里去。在这个思维架构中,文学史研究与文学批评构成了研究的两翼。文学批评侧重于对最新的文学作品、文学现象、文学思潮做出观察与思考,试图探究中国文学正在发生什么变化、将会向哪个方向发展;而文学史研究则提供了一个开阔的视野,可以从长时段的历史演变中观察当前的文学现象,从整体上把握中国文学的未来发展。对于我来说,文学批评与文学史研究是相互促进、相得益彰的。文学批评可以让我对当前文学的变化保持敏感,并不断形成新的问题意识;而文学史研究则让我具有一种清晰的历史感与现实感,可以在大的历史演变中去思考中国文学的过去、现在与未来。

在这里,我想主要谈一谈我的"问题意识"的形成。五四以来,中国文学的一个重要特点就在于与时俱进,不断在时代的变化中提出新的命题,参与到时代的思想与社会问题的讨论之中。现在看来,我们师长一辈的学者,都是以这样的姿态开始了他们的文学研究。无论是"论20世纪中国文学",还是"重写文学史",无论是"在新的崛起面前",还是"一体化"与"多元化",他们所讨论的既是文学问题,也是一个时代最为重要的思想文化命题,他们都是针对当时文学环境中最为突出的时代问题,做出自己的分析与思考,并引导文学创作与文学研究范式的整体转变。他们提出并介入一个时代的精神命题,将自己的研究与时代的变化紧密结合起来,推动文艺与社会思潮的转变,这样的研究方式无疑是一种有机的、动态的、充满活力的学术。以此反观20世纪90年代以后的文学研究,伴随着学院体制的建立并逐渐严格化,更多学者的研究只是学院内部的自我循环，他们丧失了一种开阔的世界视野，也丧失了来自生命体验与时代经验的问题意识，所以很多人的研究便成了"无的放矢"，最后只是为稻粱谋的一个饭碗而已。与此同时，中国与中国文学却处于日新月异的飞速发展之中，新的文学作品、文学现象与文学思潮不断涌现。置身于这样剧烈变化的时代，一个文学研究者如果无动于衷，可以说是并不称职的。

但是另一方面，我们也可以看到，我们师长一辈学者的著作都来自20世纪80年代的问题意识，我们只有将他们的讨论还原到当时的语境中，将他们的著作"相对化"与"问题化"，才能更深刻地理解其历史价值，也才能够给我们以新的启示。20世纪80年代的问题意识主要在于，"文革"结束之后，左翼文学的"一体化"及其纯粹化为中国文学带来了巨大伤害，那个时代的核心命题，就在于如何面对和修复这一伤害，为中国文学开辟新的道路与可能性。"论20世纪中国文学"摆脱了此前阶级斗争的理论视野，以历史主义的角度将中国文学视为一个"主体"，梳理五四以来现代文学的传统，并将之与新时期的文学连接起来，同时则将左翼文学边缘化了。"重写文学史"所针对的也是左翼文学极端化的史观，所谓重写也就是在左翼文学史观之外的重写，开拓新的研究空间。"在新的崛起面前"，则召唤一种新的写作方式与新的美学原则，以之来摆脱左翼文学激进化之后的僵化书写模式。而"一体化"与"多元化"这一文学史研究框架的提出，既是对20世纪40年代以来"人民文学"发展轨迹的描述，而其中所暗含的价值判断，也包含了对左翼文学"一体化"的批评以及对20世纪80年代文学"多元化"的肯定。在我们今天看来，上述论述都是有效的，它们都对"文革"的创伤做出了深刻的反思，为中国文学的发展提供了新的可能性，但是另一方面，这些论述的有效性也是在20世纪80年代特定语境范围之内的，当它们暗含的批评对象在社会文化领域不再占据主流时，其问题意识的针对性便削弱了。所以，对于今天的我们来说，重要的不是学习师长一辈著作中的思维框架与具体结论，而是把握他们与时代所构成的关系——面对一个时代的转折与变化，他们提出最核心的思想命题，并通过介入、讨论与争鸣，引导或影响文艺与社会思潮的进步。

那么，在我们这个时代，最核心的思想命题是什么呢？在经历了30多年的演变之后，我们该如何认识与把握当前的中国文学呢？这并不是容易回答的问题。要回答这样的问题，不仅需要我们拥有文学知识，也需要带入我们的生命体验与时代经验。但是很显然，相对于 20 世纪 80 年代的问题意识，我们这个时代已经发生了巨大的变化，现在不仅激进化的左翼文学早已不见踪影，甚至带有左翼文学倾向的作品也很少见到了。20 世纪 80 年代的文学理想——文学的多元化与独立性——在短暂的历史时期虽曾得以实现，但很快遭遇到了新的问题。如果说 20 世纪 80 年代呼唤的"多元化"只是"新文学"传统——包括左翼文学、自由主义文学、"为艺术而艺术"等不同流派——内部的"多元化"，那么很快"多元化"便越过了新文学的界限，被"新文学"压抑了半个多世纪的通俗文学（武侠小说、言情小说、官场小说等），以及新出现的类型文学，在市场经济、消费主义、新媒体等新的历史条件下，占据了文学市场的主流，而"新文学"传统中的不同艺术追求与艺术理想，在整体上都被边缘化了。在这种新的历史境遇中，便生成了新的问题意识，文学研究的重点与中心也在发生转移。以前我们认为重要的那些问题——不同艺术派别的论争及其是非以及不同历史阶段的"断裂"与承续——在新的问题视域中，便不再像以前那么重要了，更为重要的问题是"新文学"传统何以被边缘化，新文学将来的命运如何，我们如何重新认识新文学发生以来的流变以及新文学不同派别的内在一致性。

在这种新的视角中，很多以前不会进入我们研究视野的问题便出现了，并且变得越来越重要。比如在 20 世纪 80 年代，当我们以自由主义文学、"为艺术而艺术"等观念批评左翼文学时，很难意识到左翼文学、自由主义文学、"为艺术而艺术"等不同的艺术流派与理想，其实也有着内在一致性。而这种一致性只有在 20 世纪 90 年代以后才能凸显出来，那就是当"文学"越来越被理解为一种娱乐或消遣的方式时，我们才能意识到，至少在将文学视为一种艺术或精神上的"事业"（而不是游戏）这一点上，以上不同的艺术追求有着一致性。在这个意义上，"新文学"内部的矛盾或许并不如我们原先想象的那么大，更大的分歧其实存在于"新文学"与通俗文学之间，只是在 20 世纪 80 年代我们仍处于新文学传统的笼罩之下，尚不具有这样的问题意识。再比如在 20 世纪 80 年代，当我们介入思想文化论争，表达自己的观点、批评其他的艺术观念时，也很难意识到"文学论争"这一运行机制正是新文学内在构成的一部分，也只是特殊历史境遇中的特殊经验。只有在 20 世纪 90 年代之后，当不同的思想艺术流派及其论争越来越少之时，我们才能意识到，文学通过不同思想艺术流派的讨论、争鸣、批评，介入到一个时代最重要的社会与精神问题的讨论之中，这样一种新文学的基本运作机制并不是从来就有的，也不是长久不变的。"文学论争"的产生也有其基本条件，那就是认为文学是一种重要事业（值得争辩）以及坚持个人观点的必要（应该争辩），而当这些前提逐渐失去时，"文学论争"的消失也就不足为奇了。而当我们以这样的视角重新审视文学史时，重要的或许不是以后见之明评判各方观点的是非，而是在一个动态的场域中思考论争何以可能和如何可能？只有在这个前提之下，对论争各方观点的评析才具有生产性。

对于当代中国人，尤其对于中国现当代文学的研究者来说，"新文学"的观念奠定了我们的基本文学观念，"新文学"的运行机制也构成了我们对文学史的基本认知，"新文学的终结"是指这一套基本的文学观念与运行机制——文学是一种精神或艺术上的事业，而不只是娱乐与消遣；文学通过思想艺术争鸣介入社会——已经面临巨大的危机，这是一种总体性的危机，也可以说是五四新文学自诞生以来所面临的最大挑战。这一巨大的变化将对文学的生产、传播与接受带来整体性的影响，也将给文学的出版、研究与教育机构（出版社、作协、研究所和大学中文系）带来重大的变化，更将使中国文学的未来发展产生难以预测的新变，值得我们关注与思考。在这个新的问题意识中，我将"新文学"视为一个整体加以研究，其内部包括不同流派、不同阶段，中间充满了论辩与"断裂"，但又有着内在的一致性。而整个20世纪的中国文学，也可以看作新文学"一体化"及其解体的过程。如果说五四时期通过对旧文学与通俗文学的批判，建立了"新文学"在文学格局中的主导地位（以及在新文化、新思想中的重要地位），那么现在我们正在经历相反的过程。在历史的终结处，重新审视"新文学"的发展及其曲折，便会有与此前不同的视野与问题意识。以这样的视野观察当前的中国文学，也会有一种更清醒的历史意识与现实感。

当前的文学界有一些重要的文学现象，显示了中国文学发展的新趋势。"底层文学"是21世纪出现的一种新的文艺思潮，它与中国现实的变化，与思想界、文学界的变化紧密相关，是中国文艺在新形势下的发展，也是"人民文艺"在新时代的发展，可以说是新世纪中国最为重要的文学思潮。而"非虚构"的提出，及其在文学界引起的广泛影响，让我们意识到这样的提法切中了我们这个时代文学的病症。这一概念的核心是对"虚构"文学所存在的问题的一种反思或反拨，试图以一种更直接的方式重建文学与世界的关系。而在方法上，这一概念则是对既有文学形式与分类的一种超越，它以一种新的区分（虚构/非虚构），打破了现有的文学格局，以文体变革的形式呼唤一种文学思想与文学观念的革命。

如果说"底层文学"和"非虚构"仍可以说是"新文学"面临新现实的内部变革，那么"官场小说""科幻小说""网络文学"则越过了"新文学"的界限，它们的出现与兴盛显示了中国文学发展的另一面向。"官场小说"远承被新文学批判的"黑幕小说"，近承20世纪80年代的"改革文学"。但与改革文学不同的是，"官场小说"以权力斗争为叙述的基础与动力，而在改革文学中，虽然不乏权力斗争的因素，但权力斗争是附属于思想观念斗争之下的，改革或保守的政治态度是改革文学的核心关注点，"官场小说"则抛开了这一切。作为一种通俗文学，"官场小说"的研究价值在于它提供了一种最为实际的中国经验，以及复杂微妙的现代中国的人际关系。"科幻小说"则相反，这一在20世纪中国文学中并不发达的文类，最近的崛起显示了中国人想象力的恢弘飞扬，而在其背后，则显示了中国人面对世界与未来的自信——在"谁能代表人类""谁能想象未来"等问题上，中国人也可以发出自己的声音。"网络文学"的兴盛，则让我们看到了新媒体革命给中国文学带来的巨大影响。"网络文学"的类型及其生产—传播—接受方式，不仅改变了文学的整体格局，也正在改变"文学"的内涵，值得我们关注与研究。

相对于以上具体的文学现象与思潮，我认为对当前中国文学来说更为重要的是"如何讲述新的中国故事"。所谓"如何讲述新的中国故事"，是指在新的时代，我们如何讲述与以往不同的新的中国故事，如何塑造新的中国人形象，如何建构一种新的现代中国美学。在我看来，新的时代已经超越了近代以来启蒙与救亡的总主题，中国文学正在探寻新的主题与可能性，当前不同层次的文学作品中都显现出了中国人的文化自觉；中国人的形象正在发生变化，在国外的中国人形象不再是"落后者"，传统中国文化也不再被视为愚昧，而国内的中国人形象也发生了变化，中国人不再以中国农民的形象为主要代表，而更多地以中国都市人群为代表；不少中国作家开始探索新的中国美学，突破西方传统小说的规范，更关注中国人独特经验与情感的表达。在这个意义上，我认为"讲述新的中国故事"是当代中国文学的一种新主题与新趋势，这意味着我们应该重新认识中国、重新认识世界、重新认识我们自己，我们要对既往的经验与知识系统保持一种反思性的开放态度，我们要有能力容纳并思考新的现实与新的经验，并将之熔铸为新的知识与新的美学。"新的中国故事"既是历史的创造与展开，也有赖于作家创造性的感知和表达，如何讲述新的中国故事，对当代中国作家是一个巨大的机遇与挑战。而在这一过程中，作为一个研究者，如何敏锐地捕捉中国文学中新的经验与新的美学元素并建构一种新的美学评价体系，则是我们需要去努力的。

在我们这个时代，我认为当代文学研究的核心命题是"新文学的终结"与"如何讲述新的中国故事"，如果说前者指向过去，那么后者则面向未来。前者所指涉的不仅是文学在文化、社会领域的边缘化，也包括网络化、数字化、移动化的新挑战。这样的挑战可以说是多重危机的重叠，印刷文明的危机，文学的危机，"新文学"的危机。我们只有清醒地意识到文学在当代文化与社会格局中的位置，以及在历史整体演变中的节点，才能更清晰地承担其使命——重建文学与民众、世界的血肉联系，讲述新的中国故事，想象并创造一个新的世界图景。

"新社会主义文学"的可能性及其探索
——读刘继明的《人境》

刘继明的长篇小说《人境》以马垃与慕容秋为核心人物,以神皇洲和知识界为主要场域,书写了40年来人和社会的沧桑巨变及"中国往何处去"的重大命题。在马垃和慕容秋身上承载着知青上山下乡以来的城乡生活史,具有一种深邃的时间感。《人境》是对《创业史》等社会主义文学的继承与重新思考,体现了作者对长篇小说艺术的创新,可以说是当代中国文学的重要收获,是对"新社会主义文学"的探索。

一、"社会主义文学"的传统与新变

在当代中国文学界,有一个极为有趣的现象,那就是创作界与研究界的分裂。在研究界,20世纪90年代以来,成果最为丰富的是对左翼文学、社会主义文学的研究,无论是洪子诚、蔡翔的著作还是更年轻一代学者的探索,都对左翼文学的丰富性与复杂性有着深刻的阐释,走在了当代文学研究的最前沿,也更突显了赵树理、柳青、丁玲等作家的重要性。相比之下,创作界似乎尚未走出20世纪80年代的精神氛围。在"走向世界"的视野中,他们可以借鉴西方作家,借鉴拉美作家,借鉴东欧作家,在"中国故事"的讲述中,他们又可以借鉴《红楼梦》的传统、《聊斋》的传统、《山海经》的传统,但唯独对20世纪中国新文学的传统视而不见,尤其是对其中的左翼文学传统,更是避之唯恐不及。我们可曾听说过有谁要继承鲁迅的传统、茅盾的传统、柳青的传统吗?似乎并没有。而之所以如此,在我看来,主要在于创作界仍沉浸在"以洋为美"的感觉结构中,而缺乏文化自信，缺乏面对历史、面对现实、面对自身的艺术感觉与思想能力。

在这个意义上，刘继明和他的《人境》的出现可谓意义重大。《人境》最鲜明的特点在于它在新的环境中对社会主义的探索，这包括两个方面，一是马垃在新时期对乡村"合作化"的坚持与创新，二是慕容秋在知识界自由主义泛滥之时对社会主义思想的重新认识与思考。这两个方面在小说中是相对独立而又相互关联的。

小说中的马垃并非一开始就认同合作化，他也有自己的思想曲折，少年时他在哥哥马坷与知青慕容秋的影响下，具有一种理想主义气质。20世纪80年代，他追随精神上的导师逯永嘉下海创业，在商海中沉浮，最终身陷囹圄。出狱后他重新思考人生道路，重新回到了神皇洲，回到当年马坷未竟的乡村建设事业之中，以合作化的方式建设美好家园。在马垃的身上凝聚了一代人的思想历程，和大部分出生于20世纪60年代的人一样，他少年时受到社会主义的影响，青年时转而信奉强人哲学与自由主义。但和大多数人不同的是，在经历了人生的重大挫折之后，他在痛苦思索之后又重新找回了少年时的信仰，并且在乡村的现实中进行实践。马垃的探索既是对人生道路与价值的寻找，也凝聚了对人类未来命运的思考。在马垃身上，我们可以清晰地看到梁生宝、萧长春等"社会主义新人"的影子，但又有着鲜明的不同。同样是走"合作化"道路，梁生宝等人是在有利的大环境中顺势而为，他们面对的是"旧式农民"的落后意识，在他们身上有一种积极向上的乐观精神。而马垃则不同，他身上有一种沉静的气质，这是因为他在环境中是逆流而上，而且面对的是更加复杂困难的环境，乡村土地撂荒，劳动力流失，资本下乡，社会主义在世界范围内的挫折，等等。在这种种不利的环境中，他坚持自己的思考与探索，坚持自己认定的新的"合作化"道路，在他身上虽然有一种英雄主义，但也带有悲剧性色彩。在这个意义上，他很接近《古船》中的隋抱朴，他们同样都是沉郁的思考者，同样在重新审视20世纪的中国，探寻乡村的未来。但20世纪80年代的《古船》思想更混沌，隋抱朴更多感受到的是矛盾与否定；而在30年之后，马垃对历史与现实的判断更清晰，对自己认定的道路更加坚持、更加自信。另外需要强调的一个维度是，无论是接近"社会主义新人"，还是接近"沉郁的思考者"，马垃都有自己的主体性与独立性，有自己的精神世界与内在追求。这和当前文学中大多沉陷于物质、欲望或日常生活的小说主人公判然有别，让我们看到了一种新的对人的理解，以及作家对文学传统的继承。

如果说马垃更多是在乡村的实践中走向"合作化"，那么慕容秋则主要是在知识领域通过批判与自我批判的方式完成了自己的思想转折。作为一个旧家族的女儿和一个知青，她的生活经历有自己的独特性；而回城之后，她从学生到教师，一直在高校与知识界生活。置身于社会学学界各种问题的讨论之中，她越来越感受到知识背后的立场与情感的重要性；而作为一个知识分子，她自身也面临着选择——是站在资本与权力一边说话，还是站在底层民众的立场上发言。这不仅是一个道德或良心问题，而且是一个实际的生存问题，资本与权力威逼利诱，力量巨大，影响无所不在，甚至会深入到一个人的家庭乃至"自我"的内部。在这样的情形下，要想为民众发声，不仅需要勇敢与良知，而且需要韧性的战斗，不仅需要清理知识与资本、权力的关系，而且需要知识上的批判与自我批判。这是一个艰难的过程，也是一个触及个人生活与内心的过程。在小说中，慕容秋在复杂的矛盾中最终选择了与马垃站在一起，让我们看到了知识界的一点希望。

在结构上，小说的上半部以马垃为主，下半部以慕容秋为主，两个人的联系主要是情感与精神联系。作为哥哥马坷的女朋友，当年的知青慕容秋在马垃的幼小心灵中留下了美好而深刻的印象。马坷为抢救公社的集体财产而丧身火海，在马垃和慕容秋的内心都烙下了长久的伤痕，这是他们共同的疼痛与难以言说的隐秘。此后两人虽然走向了各不相同的人生道路，置身于不同的领域，但马坷之死作为一个精神性事件，却深深地影响了他们对世界的看法，让他们在新自由主义泛滥之时能够回到初心，重新以马坷的眼光观察与思考。这也是他们最终能够超越自我、超越时代的重要原因之一。

《人境》的可贵之处不仅在于它对社会主义倾向的坚持，而且在于它充分写出了在当前语境中坚持这种思考、选择的复杂与困难之处，让我们看到了"社会主义文学传统"在今天的承续与新变。在这个角度，我们可以说刘继明所面临的是比当年柳青、赵树理更大的困境。但我们可以看到，在《人境》中，刘继明以深邃的思考和巨大的勇气，坚持现实主义精神，恢复了小说作为"思想形式"的传统，重新探索"社会主义文学"在今天的可能性。这不仅和洪子诚、蔡翔的探索一样，走在了当代思想学术的前沿，而且让我们看到，我们的文学必须重新思考我们的历史与现实，只有在最为切身的生命体验与时代经验中，我们才能真正实现艺术上的创造。

二、作为"思想形式"的小说

《人境》的出现，让我们重新思考小说作为"思想形式"的命题。小说的社会功用主要有三种：其一是娱乐消遣功能，这多表现在通俗小说中，在大众文化与网络文学风起云涌的今天，这一类型的小说在当代中国最多，发展迅速，风格多样；其二是记录功能，是对历史或现实的书写与记忆，将某些重要事件、典型人物、生活与情感方式以小说的方式记录下来，在这个意义上作家也被称为时代的"书记员"，在这些作家的笔下，读者可以对历史与现实有更加清晰、形象而深刻的认识；其三是思想功能，作家不仅记录历史或现实中的事件、人物，而且对一个时代的重要思想命题做出自己的回应与思考，在这个意义上，小说便成为一种"思想形式"。在文学史上，作为"思想形式"的小说不仅大大提升了小说这一文体的价值，让小说也能参与重要思想命题的提出与建构。而小说的独特性也更呈现出了现代思想的丰富性、复杂性及其内在矛盾，拓展了我们感受、理解世界的方式，让我们看到了现代人的精神困境及其突围的方向与努力。在托尔斯泰、陀思妥耶夫斯基、萨特、加缪等作家的作品中，我们可以感受到作为"思想形式"的小说的魅力。

在当代中国，真正具有思想能力的作家并不多，而刘继明就是其中一个。多年来，他不仅以小说的形式表达对当代社会的观察与思考，而且撰写了大量思想文化随笔，他创办的《天下》杂志也是一份思想文化杂志。在思想文化随笔中，刘继明视野开阔、思想敏锐，他所关注的既是现实问题也是理论问题，既是中国经验也是世界问题。或者说，他有一种对当代中国问题的敏感与自觉，也清晰地意识到是在一种什么样的语境中讨论，在此基础上他逐渐形成了自己的问题意识、思想方法与言说立场，那就是在全球化的语境中重新思考社会主义经验，重视中国道路的独特性及其意义。在这个意义上，他与自由主义知识分子不同，也与简单地批判或赞扬体制的作家不同，而是在经历了历史的曲折与环境的剧变之后，重新认识左翼思想的力量以及社会主义经验的价值。

与在思想随笔中直接表达自己的观点不同，在《人境》中，刘继明将思想的表达放置在一种叙述与思想结构中，放置在对人物的塑造与故事情节的安排中。作者不仅仅是在表达自己的看法，而是将自己的观点放置在一种辩论性视野之中，放置在与其他立场、观点、看法的矛盾冲突中，放置在主人公的自我矛盾及其思想的生成过程中，将思想的整体倾向与内在的不同层面充分展示出来。这样的书写方式，既让我们看到了思想的丰富性，也与小说这种形式的独特性相关，即对于小说来说，读者更关注的或许不是某种观点的表达，而是其内在的矛盾与曲折及其对故事、人物的影响。在托尔斯泰、陀思妥耶夫斯基的小说中，我们对其中涉及的东正教及19世纪俄国思想与现实的部分并不完全了解，但是当这些思想与主人公的命运及其内在矛盾结合在一起的时候，便具有了一种吸引人的魅力，我们也正是经由这些人物及其思想辩论，进入了19世纪俄国以及人类思想的深处，在重重矛盾中探寻未来的出路。

在这一点上，传统的左翼文学—社会主义文学也有着历史的经验与教训，需要在历史与理论的脉络方面做出梳理与思考。我们可以发现，在20世纪40年代，中国的左翼文学充满了批判性与活力，而在进入"人民文学"时期之后，情况便发生了复杂的变化。一方面"批判性"转化为"建构性"，另一方面思想矛盾转化为具体的路线斗争（如《创业史》《艳阳天》中的主要矛盾），在某种程度上反而削弱了思想本身的复杂性与重要性。在这方面，我们可以看到，小说主人公取得的胜利是较为轻易的，而这主要来自于作家本人对历史本质及其发展趋向的认同。但正因为这种胜利来得较为轻易，没有触及更深刻的生活与思想矛盾，所以在时过境迁之后，他们的认同也被轻易否定了。在社会主义文艺理论中，"真实性"与"倾向性"是一对重要的范畴。不过在"十七年"时期，在作家的具体创作实践中，对"倾向性"的重视有时会导致忽略甚至取消"真实性"，这是"十七年"文学出现公式化、概念化现象的根源。但是问题的另一个方面在于，如果没有"倾向性"，没有对于历史发展及其趋势的整体性认识与认同，我们的文学很容易陷入自然主义式的"真实性"泥淖之中，将此时此刻的生活及其细节的价值无限放大，而不能在整体上对历史真实有一个宏观的思考与把握。20世纪90年代以来，作家们对于表现日常生活、私人生活乃至下半身的热衷，对于技术性"细节"的极端强调，都在于失去了一个更加宏阔的视野。

在新的文化语境中出现的《人境》，恢复了一种宏阔的思想视野，恢复了文学作为一种"思想形式"的功能，也恢复了文学作为思想论辩方式的重要价值。在文学史上，文学通过对重要思想命题的提出与讨论，在不同思想艺术派别的争论、争鸣、争辩中，共同推动社会的进步，曾是文学最为重要的社会功能之一，也是文学在社会领域受到重视与尊重的原因。但在中国，大众文化兴起之后，文学的这一重要功能却衰微了。《人境》让我们看到了作家介入思想论辩的激情与勇气，这种论辩既存在于文本内部，也存在于文本与当代文化语境之间。

在文本内部，马垃在新的历史时期对"合作化"的探索，既是一种历史的论辩，也是一种现实的论辩，关系到中国乡村乃至中国该走一条什么道路的问题。"合作化"问题是20世纪中国乡村最为重要的问题之一，围绕合作化，不仅在20世纪50年代有着各种观点、看法的分歧，而且这种分歧一直延续到新时期，延续到21世纪的今天。但不同的是，在20世纪50年代，坚持走"合作化道路"是当时舆论与思想的主流，《三里湾》《山乡巨变》《创业史》等经典作品也是在这样的环境中诞生的，而在20世纪80年代，反思"合作化道路"则成为了舆论与思想的主流，这既与现实政策的调整有关，也与文学界、学术界的主流倾向有关。20世纪90年代后期，伴随着"三农问题"的凸显，社会学界对中国乡村问题的讨论更加激烈，也有不少针锋相对的观点，在这样的讨论中，对"合作化"的认识、理解与态度也是争辩的一个焦点。在《人境》中，刘继明将马垃置于乡村合作化的探索之中，并与慕容秋在学术界反思新自由主义的历程联系在一起，以一种复杂、包容的态度回应了合作化所涉及的历史与现实、理论与实践等不同层面的问题，并在书写中逐渐清晰地表明了自己的立场，即一种对"合作化"持更加理解、支持、认同的态度。在刘继明对马垃、慕容秋的描述中，我们可以看到这种隐含的态度。同时作为一部立场鲜明的小说，在文本之外，《人境》也与当前文学界、学术界的主流构成了一种思想论辩与紧张关系。在新时期以来形成的"纯文学"语境中，以及20世纪 90 年代以来大众文化的娱乐氛围中,《人境》不仅讨论重要的思想与社会问题,而且探讨"合作化"道路与社会主义新的可能性。这可以说是对既定审美原则及其无意识的一种冒犯,但从另一个角度来说,刘继明的独创性恰恰就在这里,他在新的语境中激活了社会主义文学的传统,恢复了小说作为一种思想形式的力量。

三、"中国故事"与新现实主义

在创作方法上,《人境》最引人注目的是对现实主义文学传统的继承。在这里,我们需要重新认识现实主义。现在我们生活在 21 世纪,当我们在世界视野中重新反思 20 世纪文学时,可以发现它并不如 19 世纪文学浩瀚、丰富与广博,现代主义—后现代主义的主流脉络及其对技巧、内容与创新的专注,使其丧失了广阔的视野与艺术的雄心,而变得日趋精巧、琐屑与平庸。如果我们不再求新求异,而用一种新的标准来衡量文学作品——是否描绘或揭示了人类生活与内心世界的丰富性、是否为新的人类经验创造了新的典型人物、是否在历史进程中对人的精神有着重要的影响,那么我们可以看到,20 世纪文学远不如 19 世纪文学成就辉煌,即使在 20 世纪文学内部,现代主义—后现代主义文学也逊色于现实主义文学。在世界范围内如此,在中国也是如此。

"现实主义"是一个丰富的理论体系,也有着曲折复杂的历史。今天我们谈论现实主义,既要面对理论与历史问题,也要面对现实问题。在历史上,19 世纪的批判现实主义是现实主义的一座高峰,可以说 20 世纪欧美的现代主义和苏联、中国的"社会主义现实主义",都是试图超越批判现实主义的努力:前者将探索的触角深入人类的精神与内心领域,后者则试图从建构而不是批判的角度,重建现实主义与生活的关系。"社会主义现实主义"理论由于教条化而出现了公式化、概念化,在具体实践中遭遇了挫折。无论是中国的"现实主义—广阔的道路",还是西方的"无边的现实主义",都试图在理论上对之做出纠正或扩展。在 20 世纪 80 年代,新的文艺思潮蜂拥而来,现实主义一度被视为落后、过时的创作方法,来自西方的现代主义催生了中国的"先锋文学",成为当时占据主流的文艺潮流。但时过境迁，30年后重新去看，我们可以发现，当时风光无限的先锋文学已经很少有人问津，而被视为"落后"的现实主义作品，却仍然能打动今日读者的心，《平凡的世界》就是其中的代表。这不仅可以让我们反思20世纪80年代以来的美学规范，也可以让我们看到现实主义的巨大生命力。而《人境》的出现，再一次让我们看到了现实主义的内在活力。

  在后现代主义理论中，消解"宏大叙事"的思潮曾对中国文学产生较大的影响，先锋小说、新写实主义、新历史主义的背后都有这一思潮的影子。在我们今天看来，这一思潮消解的是对历史发展规律及其动力的关注，而将文学的注意力转为对个人欲望、情绪与日常生活状态的描绘。这在新时期的历史情境中有其合理性的因素，但对于现在的我们来说，问题则转化为另一个方面，即深陷于个人欲望、情绪与日常生活状态的当代人，是否能够触及大历史的发展脉络？是否能够说清楚自己从哪里来、要往哪里去。在这个意义上，以宏观角度思考与把握历史便成为一种需要。我们所倡导的讲述"中国故事"，其内在含义之一便是从宏观的中国视野关注个人的生命体验，将个人故事与中国故事结合起来，重建一种新的"宏大叙事"，从整体上思考与把握个人的命运与中国的命运。在这方面，当代作家需要从个人生活经验出发，去触摸历史与时代的脉搏，而在这方面，《人境》以现实主义的笔法深入时代精神的深处，在对时代重大问题的回应与思考中，让我们看到了中国故事的一种讲法。小说中的马垃、慕容秋乃至逯永嘉、何为、鹿鹿、旷西北等人，虽然都是一个个"个人"，但他们的故事相互交织，却让我们看到了一个时代的面影。作者没有陷入现代主义—后现代主义的碎片化叙述，而是以现实主义的方式，为我们塑造了一个个人物形象，也从整体上表明了他对时代问题的思考与态度。在这个意义上，《人境》所讲述的正是"中国故事"，它也让我们看到了现实主义在当代的新发展，及其对现代主义—后现代主义的拯救。

  如果我们更进一步探讨，就会发现《人境》中的现实主义，既不是批判现实主义也不是社会主义现实主义，既不是以个人为本位的现实主义也不是完全以人民为立场的现实主义，《人境》的现实主义中弥漫着浪漫主义气息，其中的风车、猕猴桃、刺猬，颇有象征性与意境。作者所描写的主人公是知识分子或"思想者式的农民"，作者所重点关注的是他们摆脱金钱、权力与既有的知识系统，逐渐接近人民立场的过程。在这个过程中，他们既需要克服外在的重重阻力，也需要克服自我的精英意识与思维惯性。这是一条漫长的道路，我们可以看到，即使在小说的结尾，这一过程仍没有完成，甚至刚刚开始："慕容秋惶然不已。但正是这种惶然，激活了她心里沉睡已久的冲动：不能在散发着腐朽气息的'学术圈'里继续待下去了。她忽然冒出一个念头：下个学期就带研究生去沿河，去神皇洲，回到那座她曾经生活和劳动过的村庄，做一次真正意义上的田野调查。"——在这里，作者所展示的并不是结局，而是一种开放式的未来。或者我们可以说，《人境》中的现实主义是一种有理想、有未来、有意境的新的现实主义。

四、"新社会主义文学"的可能性

刘继明在《人境》中的探索，让我们看到了"新社会主义文学"的可能性。在这里，我们将 20 世纪 40—70 年代的中国文学称为传统社会主义文学，而将 21 世纪以来在新的语境中产生的带有社会主义思想因素或倾向的文学称为"新社会主义文学"。在当代中国，可以被视为"新社会主义文学"的作家作品并不多，但这样的文学作品在当代中国诞生有其必然性，也有其独特性。新时期以来，中国的思想学术主流对传统社会主义文学，主要持一种质疑、批评、反思的态度，但是在 20 世纪 90 年代以来，伴随着中国逐渐进入资本主义全球化体系，以及内部贫富、城乡、区域差距的增大，越来越多的知识分子重新认识到社会主义思想的价值，在文学研究界，左翼文学—社会主义文学传统受到研究者的重视，在创作领域，底层文学等新的文艺思潮风起云涌。

在这样的情境下，"新社会主义文学"呼之欲出，而刘继明的《人境》则正当其时。如果我们反观"底层文学"，可以发现在其代表性作家比如曹征路、刘继明的小说中或多或少带有社会主义的思想倾向。在曹征路的《那儿》《霓虹》《问苍茫》等小说中，在刘继明的《茶叶蛋》《我们夫妇之间》等作品里，作家们不仅仅关注底层，而是联系着社会主义的思想文化传统，站在底层民众的立场上探讨社会问题的出路。而在《人境》中，最为集中而鲜明地表明了刘继明在当代语境中对社会主义文学的思考与探索，我们可以将之视为"新社会主义文学"的开拓者。

如果将传统社会主义文学与"新社会主义文学"相比较，我们可以发现二者所处的历史环境与文化语境不同。传统社会主义文学诞生于冷战时期的社会主义国家，在其发展过程中，既有自发的人民立场，也受到主流意识形态的规约，在创作方法上也有社会主义现实主义等美学原则的限定，但"新社会主义文学"与之不同。20世纪90年代初东欧剧变之后，以苏联为首的传统社会主义阵营瓦解，所谓的自由世界不战而胜，冷战结束，历史走向了终结——这是自由主义对历史的描述。但出乎他们意料之外的是，坚持走中国特色社会主义道路的中国却在迅速崛起，而伴随着2001年的"9·11"事件、2008年的金融危机，欧美等资本主义国家也遭遇到了危机。在这个时候，重新反思资本主义及其世界体系，成为学术界一个重要的问题。在中国也是如此，在20世纪80年代"告别革命"的声浪中，中国学者的主流曾经将社会主义的经验、思想与历史视为一种负面资产，但在20世纪90年代中期以后，却有越来越多的学者认识到，需要重新认识并肯定社会主义经验与中国所走过的道路。虽然在全球化、市场化、私有化的整体知识格局中，这样的声音较为微弱，但却让我们看到了新的希望与力量。在这样的历史与文化语境中，"新社会主义文学"与传统社会主义文学，相同的是坚持人民立场与社会主义理想，但不同之处在于：（1）"新社会主义文学"是在新的历史时期或者说是在社会主义在世界范围内处于低潮的时期坚持探索社会主义的文学；（2）"新社会主义文学"并非来自主流意识形态的倡导，而是作家与知识分子自发、自觉的一种创作趋向；（3）"新社会主义文学"在创作方法上并没有特别的限定，但需要从正反两方面借鉴、反思、总结传统社会主义文艺学理论与实践。

但是另一方面，我们也可以看到，相对于《三里湾》《创业史》《艳阳天》等经典作品，《人境》中的"合作化"并不直接等同于社会主义道路，主人公马垃也与梁生宝、萧长春等"社会主义新人"的形象有着较大的差异。但如果我们将新时期以来的历史经验与文学经验纳入进来，便可以看到作者正是在新的语境中重新讲述与探讨社会主义的可能性。而在这里，恰好可以为我们打开一个新的思想文化空间，在传统社会主义文学的脉络中，"新社会主义文学"可以尝试更加丰富、多元的继承方式，将更加复杂微妙的生命体验与时代经验容纳进来。

当然"新社会主义文学"只是一个尝试性的命名，在中国尚未成为一个具有潮流性的思想艺术流派，但刘继明、曹征路的创作实践以及《人境》的出现，让我们看到了"新社会主义文学"的可能性。任何一个国家文学的发展，都必须建立在对自身历史与文化的深刻了解之上，20世纪中国的社会主义实践，不仅彻底改变了中国的命运，而且改变了整个世界的格局。中国革命可以说是人类史上的一大奇迹，中国的改革开放也是人类史上的一大奇迹，我们只有深刻理解了社会主义及其在中国的发展，才能更深刻地理解我们的历史，才能更深刻地理解我们自身。在这个意义上，"新社会主义文学"只有中国作家才写得出，这将是中国文学的独特性之所在。在《人境》之后，我们期待更多"新社会主义文学"的出现，我们也相信，"新社会主义文学"必将为中国文学带来更多生机与活力，让我们超越消费主义的文化氛围与格局，看到人类在艰险曲折中探索前行的脚步，以及闪耀在未来的理性与理想之光。

中国工人的"史诗"

2015年，打工诗人许立志自杀身亡，"脑瘫诗人"余秀华引发了诸多争议，来自底层劳动者的诗歌与声音，不仅引起了诗歌界的讨论，而且也在社会上引起了广泛关注。秦晓宇主编的《我的诗篇》也是如此，这部诗集及同名纪录片在文学界与电影界受到重视，不仅提醒人们关注早已隐没不闻的工人群体，而且冲击着新时期以来的美学原则与诗歌观念。

关于打工诗歌或"新工人诗歌"，21世纪以来已有不少讨论，但大多是关于具体诗人的讨论，或某一阶段或某一地域打工诗歌群体的讨论，并未将之放在中国工人整体命运的框架中来思考。《我的诗篇》的一个重要特点就是，其编选的范围不限于新工人诗歌，而是新时期以来关于工人的所有诗歌。这不仅打破了"新工人"与"老工人"的界限，而且也可以让我们看到中国工人近40年来的总体命运，他们的身份、地位在历史中的巨大变迁，他们在历史剧变中的生活、经验、情感与内心世界。在这个意义上，我们可以说这部诗集是一部中国工人阶级及其命运的"史诗"。

"新工人"与"老工人"在身份、体制与历史命运上有着诸多差异，但他们都是劳动者，都是中国工人的一部分。"老工人"是国有体制下的正式职工，他们有的仍留在岗位上，有的已经下岗分流。他们经历了一个从集体走向"个人"的过程，当然从他们中也分化出了一些诗人，如收入诗集中的舒婷、梁小斌、于坚、王小龙等。但是我们可以看到，在他们的笔下，工厂生活充满着丰富性与可能性，甚至不乏浪漫色彩，这与他们所处的体制有关，也与他们所处的历史时期相关。在20世纪80年代，国有体制中的"工人阶级"仍是社会上令人羡慕的职业，他们在具体的劳动中虽然辛苦，有才华的人可能也会受到一定的压抑，但他们的生活有保障、有余裕，也有时间与心情发展个人的兴趣爱好。所以在他们的笔下，我们可以看到流水线与节奏感的美好，流水线的感觉是"在时间的流水线里／

夜晚和夜晚紧紧相挨／我们从工厂的流水线撤下／又以流水线的队伍回家来／在我们头顶，星星的流水线拉过天穹／在我们身旁／小树在流水线上发呆"（舒婷《流水线》），节奏感"是血管里迸进了自由的音符／我们灵魂里萌发了一种节奏"（梁小斌《节奏感》），锻工房"是工厂的流放地／只有天不怕地不怕的好汉／才被发配到这里"（于坚《锻工房》），在他们的诗歌中，我们可以感受到那个时代工人的诗情与自豪感。但是历史也在悄然地发生变化，"主任印名片了，厂长／工资保密，门也不能随便敲了／不过还能在浴室碰到／脱光了不还是他嘛"（王小龙《老厂的雾》）。伴随着历史的变化，工人的命运也发生了巨大的变化。

"新工人"则是在另一个历史进程中诞生的，他们是进城务工的农民，曾被称为"农民工""打工者"，但"新工人"却是最为恰当的命名。与"老工人"不同，他们的背后没有体制的依托与集体的记忆，只是融入城市中的"个体"，只能依靠个人的力量在日渐严酷的管理制度中生存，他们的工资和生活没有保障，经常加班加点，但钱和时间都很少有余裕。在艰苦的环境中，他们中的诗人依然写出诗歌，表达了他们的心声，在诗歌中他们思念故乡，表达情感，也写出了他们对工厂生活的种种感受。与"老工人"诗歌中的情调与诗意不同，他们的生存境遇让他们写出了另外一种诗歌。比如同样写流水线，在舒婷那里是缓慢的凝视、联想和抒情，而在郑小琼这里，则是"在流动的人与流动的产品中穿行着／她们是鱼，不分昼夜地拉动着／老板的订单，利润，GDP，青春，眺望，美梦／拉动着工业时代的繁荣"（《流水线》），其中表达着被物化的现实与焦灼感。郑小琼诗歌中"铁"的意象常为评论者提及，"有多少铁还在夜间，露天仓库，机台上……它们／将要去哪里，又将去哪里？多少铁／在深夜自己询问，有什么在／沙沙地生锈，有谁在夜里／在铁样的生活中认领生活的过去与未来"（《铁》），"我们的倾诉，内心，爱情都流泪／都有着铁一样的沉默与孤苦，或者疼痛"（《工业区》）。她诗歌中的"铁"，冰冷，坚硬，沉默，孤独，疼痛，是铁一样的生活规则，是机械在打工者心中留下的"铁"。如果我们联系20世纪五六十年代铁水奔流、火花四溅的钢铁意象，就可以看到，"铁"这一意象的变迁不仅表达了不同时代的感受，也折射了工人在历史上的巨大变化。不仅郑小琼如此，在吉克阿优的诗中，我们也可以看到这位彝族小伙子进城的遭遇，"我来自大凉山的彝寨／在浙东邂近一位飘妇"(《台风下的工人》),他遇到的不只是一个"飘妇",还有恶劣的工作环境。唐以洪写道,"我写过的断指/如果连在一起/是一条没有尽头的路"(《我写过的断指》),从中我们不难看出工人生活的艰难险恶。在谢湘南、陈年喜、乌鸟鸟等人的诗歌中,我们也可以看到他们从乡村来到城市的真实生活与真切感受。

"新工人"中也有第一代、第二代之分,相对于前一代,第二代"新工人"不再将故乡当作情感与精神的归宿,他们的年龄更小,对城市生活更适应,也更向往。但他们虽然看得到城市的繁华,却又无法融入其中,故乡不再是他们的故乡,城市也并非他们的城市,因而他们的内心充满了更加急切的愿望与焦虑。在邬霞的《吊带裙》中,我们可以看到她熨烫吊带裙的过程、细节与感受,以及她对吊带裙未来主人的想象。"白净的手"、"安静的爱情"、"在湖边或者草坪上","一定要让裙裾飘起来 带着弧度/像花儿一样",这是对另外一种生活方式的想象,既是向往,也是绝望。因为在现实中,"我要洗一洗汗湿的厂服","我"的青春只能消磨在工厂与车间之中,只能说"陌生的姑娘/我爱你",这带着绝望感的祝福,让我们看到了一个女工内心隐秘的渴望与痛苦。而更年轻的诗人许立志,最后只能以跳楼的方式结束自己的青春与生命,"我咽下一枚铁做的月亮/他们管它叫作螺丝//我咽下这工业的废水,失业的订单/那些低于机台的青春早早夭亡//……在祖国的领土上铺成一首/耻辱的诗",这"耻辱的诗"不仅是属于他个人的,更是属于工人的,属于时代的。

从20世纪80年代初到21世纪,《我的诗篇》跨越了近40年,为我们呈现了中国工人的历史、转折与命运。在这部诗集中,我们可以看到他们的青春与热血,他们的生活与心灵史,一个个诗人写出了他们的诗歌,一代代诗人写出了他们的心声,共同织就了一首中国工人慷慨悲歌的"史诗"。历史仍然在延续,时代依然在发展,我们相信未来的工人诗人会为我们带来不一样的诗歌,为我们创造一个新的世界。

新工人诗歌的"崛起"

最近打工诗人许立志的自杀，引起了社会各界对诗歌尤其是底层诗歌的关注，诗歌界也在讨论底层经验如何生成美学等问题。但是在我看来，我们也有必要对当代诗歌的评价标准进行反思。梳理新时期以来诗歌史的源头，我们可以发现"三个崛起"奠定了此后诗歌发展的主要倾向，谢冕的《在新的崛起面前》、孙绍振的《新的美学原则在崛起》、徐敬亚的《崛起的诗群》等文章在诗歌与文学界影响深远。但在我们今天看来，他们所提倡的"新的美学原则"，是一种精英化、西方化、现代主义式的美学标准，可以说这一标准作为诗歌评价的基调一直延续至今，是当代诗歌的一种审美规范或审美无意识。当然"新的美学原则"在特定的历史时期曾起到了重要作用，对于新时期初期中国人恢复知觉、打开视野以及诗歌形式的探索都有很大影响，但在今天，我们可以看到，以这样一种精英化、西方化、现代主义式的美学标准，很难将当代中国人丰富复杂的经验与情感容纳进去，尤其对于底层的创作者来说，要将他们的经验"生成"符合这一审美规范的诗歌，无疑是一件极为困难的事情。

在这样的情况下，我们看到，底层诗人在以他们的创作实践逐渐突破这一审美规范，也在以他们的探索与创新逐渐突破当前的诗歌格局。在这一新的崛起面前，我们有必要反思30多年来"精英化、西方化、现代主义"的美学原则，在新的经验与新的美学元素的基础上，探索更加适合当代中国人经验与情感的诗歌评价标准，也探索一条更加民族化与大众化的中国诗歌发展道路。诗歌作为一个民族精神与艺术的结晶，不应该陷入神秘主义与技术主义，也不应该成为精英知识分子相互标榜的游戏，而应该成为当代中国人精神生活的一种重要形式，应该在与大众的交流中凝聚时代的精神乃至集体无意识，并创造出一种独特的审美形式与审美标准。

在这个意义上，重新思考中国诗歌的"民族化"与"大众化"，便是一个不可回避的课题。重新思考民族化与大众化，并不意味着要回到"十七年"与延安时代，那个时代民族化与大众化的探索有得有失，需要我们做出认真的分析与研究，但就其总体而言，那个时代对民族形式、大众语言的重视，以及对民歌形式的采用，可以为当代诗歌的发展提供一种新的可能性。重新思考民族化与大众化，也并不意味着对新时期以来"精英化、西方化、现代主义"倾向的否定，学习与借鉴西方的诗歌传统，探索人类精致微妙的内心世界，可以说也是当代诗歌的一个重要方面。在这里，我们期待一种更加开阔的视野，能够不仅在新时期以来的诗歌传统中思考问题，还可以将中国新诗的其他阶段与其他传统，纳入我们的思考空间之中。在这个意义上，我们就有必要突破"新的美学原则"的审美规范，在新的现实与新的诗歌经验的基础上，探索中国诗歌的未来。在这方面，新工人诗歌的"崛起"，为我们带来了新的经验、新的情感、新的美学元素。我们不能以一种固定的"诗歌"标准居高临下地对之做出评判，而应该直面这些新的经验与美学，以之反思并拓展当代诗歌的评价体系。只有这样，当代诗歌及其评价标准，才能更富有活力与包容性，才能与当代中国的现实及其美学经验保持一种有机、互动的密切联系。

中国新诗自发生以来，一直生存在中国古典诗歌与西方现代诗歌两大传统的巨大阴影之下，并没有形成自足的或稳定的美学传统。在当代中国，什么是好诗，仍然是一个并不确定的问题，也是一个需要探索的问题。我们当然不能用中国古典诗歌的标准来评价中国新诗，也不能简单地用西方现代诗歌的审美规范来评价，中国新诗的发生与发展有其独特性，也有与中国古典诗歌、西方现代诗歌的共通性，我们需要辩证地分析与把握。中国新诗的独特性在于，它是在传统中国及其文化崩溃过程中产生的，伴随、参与着现代中国及其文化的诞生，并在其中有着先锋性的作用；而其共通性则在于，它同样是人类经验情感的美学呈现与结晶。我们可以看到，中国新诗在短短不到100年的时间中，其发展过程充满了种种"断裂"，以及内部不同派别的激烈争论，其美学标准与评价体系也在剧烈的变化中，充满了不确定性。不过在我看来，这种不确定性正是其生命力之所在。中国古典诗歌与西方现代诗歌的审美规范是明确的、稳定的，什么是诗歌，什么是好诗，都有一整套内在的标准。而中国新诗的不确定性，一方面在于它与当代中国及其变化的密切联系，另一方面也在于它正在创造出一种"新的美学",这不是一种圆熟的美,也不是一种标准的美,而是一种全新的美,一种当代中国的美。而要创造这样的新的美学,最重要的问题在于,如何将当代中国人丰富复杂的生命体验生成为新的诗歌,以及这样的诗歌如何在与大众的互动中凝聚起时代精神。而在这个意义上,我们可以说,新工人诗歌的崛起,其意义不仅是将底层经验带入当代诗歌,而且也在创造着一种新的中国诗歌。

全球化时代的"失败青年"
——读石一枫的《世间已无陈金芳》

石一枫的小说集《世间已无陈金芳》收入两篇小说《世间已无陈金芳》与《地球之眼》,这两部作品都引起了文学界的广泛关注,让我们看到了青年作家对当代社会的观察与思考,及其对现实主义的新探索。

《世间已无陈金芳》以现实主义的清晰笔法,通过"陈金芳"这个人物及其内心的变化,勘探着我们这个时代的奥秘。小说从"我"的视角,写"我"20多年间与陈金芳的交往,以及陈金芳跌宕起伏的命运。陈金芳最初出现时,是从农村转学来的一个女孩,依靠姐夫在大院食堂做厨师到"我"的初中借读,同学都因她的土气和虚荣而鄙视她,但"我"被迫练琴时有她这一个听众,与她在心灵上有某一点相通。初中之后,"我"继续读书练琴,陈金芳却走入了社会,成为一帮"顽主"的"傍家",她一改以往畏葸内向的形象,张扬霸气,是远近闻名的女顽主,但"我"也亲眼目睹了她与"傍家豁子"的激烈冲突。多年不见,在一次音乐会上再次见到陈金芳,她已是投资艺术品行业的成功商人,优雅、得体、熠熠生辉,穿梭在艺术家、商人之间,"我"此时早已放弃了音乐,在社会上混饭,也参与了几次陈金芳——此时已改名为陈予倩——烈火烹油的生活,但因一件事的刺激又开始疏远。最后见到陈金芳,她已破产,躲在城乡结合部的一栋公寓里自杀未遂,脸上还有被债主打的青瘀,"我"将她送入医院抢救,她醒来后,很快被乡下来的姐姐姐夫接回老家了。在小说中,我们可以看到陈金芳的人生轨迹,她从农村来,在城市里奋斗打拼,失败后又返回了农村。我们也可以看到陈金芳形象的巨大变化,她从一个土里土气的乡下女孩,一变而为城市胡同里的女顽主,再变而为左右逢源的艺术圈明星,最后成为走投无路的破产商人。

可以说，在陈金芳形象与命运的剧烈变化中，隐藏着我们这个时代最深刻的秘密，那就是在这个迅速发展的时代，尽管看上去似乎每个人都有机会，都有个人奋斗的空间，但为底层人打开的却只是一扇窄门，尽管他们一时可以获得成功与辉煌，但终将灰飞烟灭，被"打回原形"。在这个意义上，此篇小说颇似菲兹杰拉德的《了不起的盖茨比》，它们同样让我们看到，一个底层人尽管可以抵达成功的巅峰，但终究无法真正融入上层，一有风吹草动就将从高处跌落。但《了不起的盖茨比》将跌落的原因归于情感与一次车祸，注重的是偶然性，而石一枫则将这一悲剧放置在世界经济的整体变动之中，强调的是一种必然，也更具社会分析色彩，从顽主时代的自由竞争到2008年的经济危机，这些现实的经济因素构成了陈金芳命运的一部分。在这个意义上，可以说这篇小说重新回到了老舍和茅盾的传统，老舍对底层小人物命运的关注、茅盾的社会分析与经济学眼光在小说中都有所体现，这篇小说具有一种清醒的现实主义色彩。

石一枫的《世间已无陈金芳》为我们塑造了一个当代的"失败青年"形象。不只这一篇作品，近年来方方的《涂自强的个人悲伤》、文珍的《录音笔记》、马小淘的《章某某》等作品，也为我们塑造了一批"失败青年"的形象，这些作品描述了当代青年在社会巨大鸿沟面前坚持个人奋斗的无望感，虽然着眼于个体青年的人生命运，但却对当代社会结构及其主流意识有着深刻的反思。在这里，值得我们思考的一个问题是：在当代，为什么会有这么多"失败的青年"？他们的"失败感"来自哪里？他们与历史上的青年有何不同？出路又在哪里？

"失败的青年"的产生，当然首先与当前社会结构的凝固化相关。随着阶层分化与贫富化的加剧，社会流动性减弱，一个人的人生价值更多地由其出身与身份决定，这让出身社会底层的当代青年看不到改变命运的可能与希望，在"官二代""富二代""星二代"的面前，在难以逾越的社会鸿沟面前，来自社会底层的有为青年看不到出头之日。"失败的青年"产生的另一个原因，是我们社会价值标准的单一化，或者说意识形态化。失败是相对于成功而言的，而在我们这个社会，成功的标准又是简单而唯一的，那就是以金钱为核心、以个人为单位的"人上人"生活。在这样一种价值体系中：任何成功都是值得羡慕的，而不管"成功"是如何来的；相反，任何失败也都是可耻的，也不管失败有什么理由。可以说这样一种价值体系，已经形成了一种新的意识形态，笼罩在我们社会的各个方面，甚至深入到了很多人的意识乃至潜意识深处，牢不可破。在《世间已无陈金芳》中，我们可以看到，陈金芳所信奉的恰恰是成功者的逻辑，正是因为这样，她改变命运的愿望越迫切，她的奋斗与挣扎也越具悲剧性。

相对于《世间已无陈金芳》，《地球之眼》是一部结构更宏大、意蕴更加复杂的小说。小说中来自社会底层的安小南也是一个"失败的青年"，小说描写了他走入社会之后的挣扎与奋斗，但与《世间已无陈金芳》不同的是，《地球之眼》将之安放在整体的社会结构中来考察，这包括三个方面：一是在安小南的奋斗线索之外，小说还描述了李牧光所代表的"官二代"的经历，以及以"我"为代表的中间阶层的处境，小说在这三条线索的相互对比与映衬中，从整体上勾勒出了当代青年的不同境况及其精神面貌；二是小说不仅涉及了三个青年的生活历程，还通过他们所面临的问题，触及了当代中国社会中一些重要而敏感的社会与精神问题，比如道德伦理问题、阶层分化问题、国企改制问题等，这些问题构成了小说的有机要素，拓展了小说的精神空间；三是小说不仅将他们的命运安置在中国社会转型的大背景下，而且以全球化的眼光，将他们与整个世界的现状及其发展联系在一起，小说中安小南受雇看守"地球之眼"，不仅涉及斯诺登所引发的窥视的伦理问题，而且让我们看到中国与世界经济联系的紧密，以及全球化时代经济运行的奥秘。在这样一个宏大的背景之下，安小南的命运便不仅与当代中国的社会结构相关，也与当代世界的整体结构密切相关。在这个意义上说，《地球之眼》是石一枫在《世间已无陈金芳》之后更大的一个探索，也展现了他对当代世界独特的观察与思考。如果说《世间已无陈金芳》可以在文学史上找到先例，可以在同代文学中找到相似的故事与人物，那么《地球之眼》则更加凸显了石一枫的独特性——他开阔的全球化视野，及其将小说人物置于其中把握与思考的能力。

如果说，《世间已无陈金芳》让我们在当代中国的视野中关注"失败的青年"，那么《地球之眼》则让我们在当代世界的视野中思考"失败的青年"，而这不仅凸显了我们这个时代最为显著的特征——全球化，而且也将中国问题纳入到世界范围内来思考。确实，陈金芳、安小南的命运不仅与中国相关，也与整个世界的发展与变化相关。在全球化时代，新自由主义席卷全球，不仅新一代中国青年被纳入其中，欧美与亚非拉等国的青年也被纳入其中,在资本所主导的全球化秩序中承担失败者的命运,这是一个全球化的现象,也是世界青年共同面对的问题。在这个意义上说,"失败的青年"所揭示的看似是青年的未来与出路问题,其实是世界范围内的社会结构问题。在《21世纪资本论》等著作中,我们可以看到,当代资本主义已经发展出了新的形式与新的特征,一方面是全球化,另一方面是世袭或裙带资本主义,这不仅是500年资本主义历史上所没有的,也是人类历史上所没有的。如何面对与思考当代资本主义,并探索未来的出路,将关系到人类的整体命运。石一枫通过他的小说揭示了当代青年失败的命运,也向我们揭示了全球化时代资本运行的奥秘,他以现实主义的精神与方法深入到时代的核心,也以"失败的青年"形象让我们反思当代世界社会结构的合理性与合法性,他的探索不仅具有重要的文学意义,也具有深远的社会意义。

在新的时代如何讲述抗战故事
——读范稳的《重庆之眼》

在近代以来的中国历史上，抗日战争是最重要的事件之一。在抗战之前，晚清以来的中国积贫积弱，国势日衰，到抗战时达到最低谷，"中华民族到了最危险的时候"，而抗战胜利彻底扭转了中国的命运，中华民族凤凰涅槃，浴火重生，从此走上了民族复兴的道路。在中华民族复兴的视野中，抗战胜利可以说是中国命运的转折，是民族复兴的起点。或许也正是在这个意义上，对抗战的记忆成为中国文学最重要的题材之一。从《生死场》《八月的乡村》，到《敌后武工队》《平原烈火》，再到《红高粱》《历史的天空》，一代代中国作家都在书写着抗战故事，这些不同时期的抗战叙事不仅映射出不同的时代精神，而且共同凝聚着中华民族的情感与认同。

范稳的《重庆之眼》是一部新的抗战小说。小说主要讲述抗战时期的"重庆大轰炸"，以文学的方式将这一鲜为人知的重要事件带入了当代人的视野，让我们看到了"重庆大轰炸"及其深远影响。小说主人公蔺佩瑶、邓子儒、刘海（刘云翔）三个人跌宕起伏的情感故事与大轰炸的历史纠缠在一起，战争改变了他们的命运，也改变了他们的关系。出身于富家的蔺佩瑶与中学同学刘海相恋，因她父亲的阻挠，刘海远走前线抗日，传闻在江难中丧生。此时当地望族之子邓子儒捐助飞机等义举渐渐打动了蔺佩瑶的心，两家联姻，但在他们结婚的前一天，日军对重庆的第一次轰炸对邓家造成了巨大伤亡与损失，两人在悲痛中仍然缔结了婚姻。此后不久，改名刘云翔的刘海归来，成为与日寇在重庆上空鏖战的空军英雄，蔺佩瑶与之再度相见，两个人都伤感而不舍。不知内情的邓子儒对空军英雄极为崇拜，要创作一部以刘云翔为主人公的话剧，反而促成了两人情感的再度萌发。但就在两人准备逃奔到延安的那天，日寇的大轰炸造成了"大隧道惨案"，匆忙躲到隧道中的蔺佩瑶与刘云翔命悬一线，最后被邓子儒救出，但他们也失去了相爱的机会。从此刘云翔一直单身，蔺佩瑶与邓子儒在一起生儿育女。新时期以后，中国民间开始对日索赔，重庆大轰炸的受害者在日本友人的协助下也向东京高等法院提起诉讼，邓子儒、蔺佩瑶、刘云翔作为证人再次走向前台，而在邓子儒去世后，历经沧桑的蔺佩瑶与刘云翔最终走在了一起。

小说将蔺佩瑶、邓子儒、刘云翔的情感波折与重庆大轰炸结合在一起，让我们看到了大历史中个人命运的跌宕，也让我们从他们的遭遇中看到了大轰炸的残酷。小说既注重历史的真实，也注重文学性呈现，其中日军轰炸龙舟赛的惨烈场面令人印象深刻："他还看见有一只被炸断的龙头带着一团烈火，从长江里飞升起来，在江面上划着怒火冲天的轨迹，旋转着飞行，龙嘴喷着愤怒的火焰，似乎想一冲上天……"而蔺佩瑶在私奔途中要去"临江门的一个上海私贩那里买指甲油"等细节，也让我们看到了大历史中偶然性对人物命运的支配。正是有这些扎实的细节与场景描绘，《重庆之眼》才为我们再现了重庆大轰炸的历史现场，并促使我们思考个人与民族的命运。

在新的时代如何讲述抗战故事？《重庆之眼》做了不少有益的探索，小说具有一种新的历史视野、新的国际视野以及新的人性视野。小说描写"重庆大轰炸"，但并没有将视野局限在抗战时期之内，而是将目光投放到当前的时代，这是与以往大部分抗战作品的不同之处，也显示了作者眼光的独特。之所以如此处理，既与作者对抗战的理解有关，也与小说的艺术呈现有关。"重庆大轰炸"作为一段重要历史值得铭记，但作者所关注的不仅仅是"重庆大轰炸"，也包括大轰炸对个人与民族的深远影响，及其在当前的重要意义。所以在结构上，小说的叙述线索在历史与现实之间相互交织，将"重庆大轰炸"镶嵌在故事的核心，立体地呈现出"重庆大轰炸"在历史与现实中的回响。

《重庆之眼》描述"重庆大轰炸"，讲述中国人的抗日故事，但没有陷入狭隘的民族主义，而有一种新的国际视野。在小说中协助大轰炸受害者申诉的斋藤博士、梅泽一郎等日本友人也得到了较多关注与描绘，在《世界主义者》一节中，作者描绘了他们参与受害者申诉的历史、动机与过程，对他们有深深的尊重。在小说的叙述中，我们也可以看到不少章节的内容——关于"重庆大轰炸"的细节，正是由于日本友人的访谈与参与，才在受害者的记忆中逐渐浮现出来。小说在叙述中并不排斥所有日本人，但也没有走到另一个极端——认可与同情日本侵略者的理论逻辑，而是以冷静客观的态度加以分析与呈现，这既显示了作者的思辨能力，也展现了中国文学的气度。

小说不仅关注作为事件的"重庆大轰炸"，而且关注在大轰炸中生存的中国人，对战争与和平中的人性有着深入的挖掘。小说的主人公蔺佩瑶、邓子儒、刘云翔命运曲折，但他们也各有其人性的弱点，比如蔺佩瑶对舒适生活的留恋、邓子儒对话剧的热衷等。小说让蔺佩瑶与刘云翔最终走在一起，也蕴含着作者对爱情与人性的深刻理解，穿越历史沧桑的有情人，让我们看到了历史的残酷以及希望之光。另外值得一提的是，小说中还再现了重庆大轰炸中袍哥的江湖世界、当地望族的生活世界，以及郭沫若、老舍、应云卫、于右任等名人的文化世界，让我们从多个角度看到了重庆和"重庆大轰炸"。小说名为《重庆之眼》，是在以"重庆之眼"看中国，在新的时代铭记抗战历史，讲述中国故事。

重新进入历史与故乡

——读蔡家园《松垮纪事》

蔡家园的《松垮纪事》是一部非虚构作品,以编年体的形式记录了作者对故乡松垮历史的了解与调查,让我们看到了松垮这个村庄在近百年历史中的沧桑巨变,以及一个知识分子面对故乡时百感交集的心情与忧患意识。

《松垮纪事》写的是一个村庄的历史,但也是中国乡村百年巨变的一个缩影。20世纪的中国乡村,其变化之剧烈是中国历史上前所未有的。从土地改革到"合作化",再到家庭联产承包责任制,土地所有权与生产经营方式的变革,深刻地改变了中国乡村社会自宋代以来形成的礼俗秩序与日常生活。在一些经典作品中我们可以看到对这一变化的刻画,《暴风骤雨》《太阳照在桑干河上》《三里湾》《创业史》《山乡巨变》《艳阳天》等文学作品,《翻身》《深翻》《十里店》《高家村》《乡村中国社会主义道路》等社会学著作,都对中国的土地改革与合作化有着深刻细致的描写。相对于这些经典作品,《松垮纪事》的特点在于其所描述的并不只是具体的土改或合作化等社会事件,而是以一个长时段的历史眼光来看待历史、看待现实、看待未来。20世纪中国乡村的巨变是一个系列性的事件,土地改革作为一个前无古人的伟大变革,彻底改变了中国乡村的命运与社会结构。如果仅就土地改革而言,无疑也值得大书特书,但就历史的变化而言,土地改革只是中国乡村一系列巨大变革的开端,其后的合作化、家庭联产承包责任制都是在其基础上的剧变。更重要的是,这一系列巨大变革并没有终结,我们今天仍置身于其中,而我们所经历的巨变,相比较于土地改革、合作化这样的巨变并不逊色,甚或有过之而无不及。比如,无论土地改革、合作化还是家庭联产承包责任制,都是建立在土地是最重要的生产资料的基础之上的,作为一种制度,它们所规范的是土地的所有权与经营方式。但对于今天的中国乡村来说,"土地是最重要的生产资料"这一前提已经并不存在了。20世纪80年代中期以来,农民工开始进城,20世纪90年代,出现土地撂荒的情况,21世纪以来又出现了土地流转、资本下乡等现象。我们所经历的这些巨变,可能是一个更加深刻的断裂——乡土中国正在走向城镇中国,但如何面对这一断裂,如何在这一巨大的变化中把握与探寻未来中国的命运,我们很多人或许并未做好准备,这既包括知识上的准备,也包括情感上的准备。

在这样的情形下,从个人的体验出发,重新去面对我们的历史,重新梳理我们所走过的路,便是一件值得做的事,这也是《松塆纪事》的价值所在。作为一个8岁就离开故乡的人,蔡家园重新回到自己的村庄,在这里倾听村中老人的讲述,梳理一个村庄的历史,不仅在于个人生命意义上的"寻根",而且在于为乡土中国的巨大变化留下一份记录,让我们从一个乡村具体而微的变化之中,看到中国的变化与世界的变迁。作为一个记录者与思考者,蔡家园为我们建立了一个20世纪以降乡村变化的编年史,但要在书写中将个人的体验与思考充分表达出来,却并不是一件容易的事。因为围绕着中国乡村及其经历的土地改革、合作化、家庭联产承包责任制、农民工进城等重大事件,以及关于"十七年""文革"和新时期等不同时间段,在知识场域已经形成了重重论述,以及新旧意识形态的迷雾,这对置身其中的知识者来说,具有一种笼罩性的影响。在这样的语境中,是否能从经验出发对目前流行的说法进行反思、对话,并发出自己的声音,是当前知识界面临的重要课题。《松塆纪事》通过对不同人的采访及其口述,以及作者的个人体验,为我们呈现出了一个众声喧哗、互相补充但又自成一体的乡村世界。其中很多地方可以让我们重新思考历史,重新思考知识界的流行说法,从而对历史有一种更加丰富复杂、多元的把握。

比如其中关于样板戏的叙述与感觉,"我读过一些回忆录,有人说一听到样板戏的曲调就做噩梦……这让我的感情变得非常复杂。人和人的经历不同,对同一事物的感受会截然不同。也许作者不了解,那个年代的农民是多么喜欢样板戏,那是他们欣赏到的最高级的艺术,乡里的孩子更是从那里得到艺术启蒙……小孩子都模仿戏中的情节玩游戏,男孩争当杨子荣,女孩争当李铁梅,他们还模仿戏中的曲调唱歌,模仿戏中的布景画画。宣传队里出了好几个人才:一个武汉知青后来考上武汉音乐学院声乐系,松塆一个学画布景的男伢考上了武汉师范学院美术系,还有一个参加演戏的高中毕业生,因为有文娱特长,被特招到武钢当了工人……"这一段话的叙述者是曲英,一个当年下乡的女知青,她是"下到松塆的第一批知青,也是唯一一个留下来的",她和松塆当地的农民贵平结婚生子,真正在乡村扎下根来。她的选择本身便是对流行的"知青文学"叙述模式的一种反拨,让我们看到下乡知青也并非只有在农村受难、回城以及"青春无悔"这样的感觉与历程,在历史中知青也有选择的另一种可能性。在曲英与另一个女知青杜海燕的对比中,我们可以看到同样是知青,由于性格、价值观念的不同,她们的选择与命运也大不相同,而这不能简单地归咎于上山下乡本身,我们需要对流行的关于知青的叙述加以反思。

曲英关于样板戏的感觉与叙述,也与一般流行的说法不同。之所以会有不同,在于叙述者所持的立场、角度与考虑问题的方式有异。20世纪80年代的主流叙述主要来源于当时的知识分子,他们在"文革"中受到批判,样板戏与他们的痛苦记忆紧密地联系在一起,他们对样板戏的叙述与感觉便仅仅停留在个人经验的层面上,而不能突破个人经验的局限,在一个更加广阔的空间思考问题。或者说,知识分子只是将个人或自身所属阶层的特殊经验,讲述成了整个民族的普遍经验,但这种讲述本身是有罅隙的,甚至是矛盾的。在曲英的讲述中,我们看到的是乡村、农民对样板戏的感觉,样板戏给他们带来的不是"噩梦",而是"最高级的艺术"和最初的艺术教育。这样的叙述让我们看到了历史的另外一面,也让我们看到了此前关于样板戏主流叙述的狭隘性,知识分子的感觉与思考本该具有超越性,但在不少时候,他们却囿于自身经验,以他们的感觉遮蔽、替代了更广大的人民群众的感受,形成了一整套关于历史与现实的叙述模式。样板戏只是一个例子,我们应该对这种主流的"精英叙事"模式进行反思,应该将民众的感受加以凸显、显影,在这方面,《松塆纪事》所做的尝试与努力是值得称道的。

对于合作化的叙述也是这样,令人印象深刻的是书中对唱歌的描述。"乡村的劳动虽然非常辛苦,但是并不枯燥。一队一队的人集中在一起干活,大家的嘴巴都不会闲着,家长里短,野史杂稗,七嘴八舌,热热闹闹。田间地头经常会响起歌声，有时是为劳动鼓劲，有时纯属自娱自乐。合作化之后，集体劳动时还搞赛歌。不同的季节，唱的歌也不相同。譬如栽秧时，大伙儿会唱《栽秧歌》，到了扯秧草时，唱《扯秧草歌》；抗旱车水时，唱《车水歌》；收割稻子时，唱《丰收歌》。总之，一年四季歌不断……到了改革开放以后，分田到户各人忙各人的生计，田间地头反而沉寂了，没有人唱红歌，更没有人唱'黄歌'了。对于松塆的年轻人来说，他们就是在这种说说唱唱的氛围中，学会了农事，了解了村史，习得了为人处世的经验，甚至开始了性启蒙。"在这里，我们可以看到关于合作化的另一种叙述，和通常关于合作化的描述不同，其不同主要在于两个方面：一是通常关于合作化的叙述主要集中于经济政治等层面，而此处的叙述则主要是精神层面的；二是20世纪80年代以来关于合作化的叙述主要是批评、否定的态度，而此处的叙述则至少是在精神层面偏于肯定。在这里，作者通过对唱歌以及人的精神状态的描述，为我们思考合作化运动提供了一个新的视角。也就是说，当我们仅仅从经济的视角对合作化加以评判时，其实并没有将农民作为"完整的人"来理解，这更多的是受到20世纪80年代以来西方经济学"理性人"假定的影响，而忽略了经济之外更多的丰富层面，尤其是忽略了人在精神层面的需求，忽略了人的幸福感与愉悦感对"完整的人"的重要性。这当然并非是对20世纪80年代以后主流叙述的简单反拨，我们可以看到，即使是在20世纪50—70年代对合作化进行肯定的作品中，也较少涉及精神层面，而更多的也是经济层面，以及政治层面。在这个意义上，对精神层面及其重要性的揭示，让我们看到了一种超越二元对立之上的、进入历史的更加丰富的角度。

  书中所写到的平坟运动，也颇值得我们思考。"那一场破'四旧'运动，只是将墓碑砸了，坟丘都还是在的。到了1971年，县里突然下发通知，要求各地平坟地、造新田，并派了干部来监督。在中国人的观念中，对祖宗的崇拜近似于宗教。'百事孝为先'，这是过去父母教育子女经常挂在嘴边的一句话。在堂屋中供祖先牌位，清明时到墓地洒扫、祭拜，这对于每个家庭来说都是非常重要的仪式。在农村，如果要去挖人家祖坟，那无疑是最恶毒的事情。通知下来之后，农民抵触情绪很大。"经过驻村干部和大小队长艰苦的努力，村民们经过内心的挣扎、矛盾与痛苦，终于被迫平掉了祖坟。"坟山平整后种上了小麦。第一年，小麦疯长，麦秆挺直，叶子油绿。到了结穗子的时候，麦秆都压弯了腰。这块地只施过一道底肥，亩产竟然达到了800多斤。以后，这块地种什么作物都丰收。事过几十年，松塆四周的地形地貌发生了很大变化。如今走在这片土地上，如果没有人指点，根本想象不出它曾经是祖坟山。"不只是在20世纪70年代有过平坟运动，21世纪以来也有平坟运动，如何理解这样的行为，涉及我们如何理解传统文化、如何理解在现代化的过程中中国文化延续性的问题。20世纪以来，在不同的历史阶段，我们对这一问题有不同的理解。在激烈反传统的年代，祖先崇拜等传统文化被认为是阻碍中国现代化的重要因素，在资源上也存在死人与活人争地的问题。而在我们今天看来，传统文化是中国人身份认同的重要标示，也是我们创造现代文化的根基，而当农业在整体经济结构中的比重降低，土地作为资源的意义也并不如以前那么重要了，我们应该在现在的基础上重新认识包括祖先崇拜在内的传统文化，并从中汲取具有积极性的合理因素，创造现代中国人的新文化。在《松塆纪事》中，蔡家园结合他在英国游学的经历，对平坟运动进行了反思。"坐在墓园的长椅上，我联想到了松塆的祖坟山。英国地广人少，许多肥沃的土地都用来种草了，自然不用考虑死人与活人争地的问题。而对于中国来言，土地是生存的生命线，必须有效利用每一寸土地。但是，英国的墓园文化，确实给人带来许多思考和启示。假如松塆的那座祖坟山仍然存在，假如对乡村的墓地进行更加科学的管理，既让节约耕地的政策落到实处，又给村庄的发展保留一份记忆，松塆的后人是不是更容易找到自己的根呢？"

在《松塆纪事》的各种叙述之中，蔡家园大部分都在倾听、记录别人的口述，但有一章比较特殊，那就是《我的故乡，我的人间》。在这一章中，蔡家园讲述的是他个人的体验及其家族的经历，在这里，我们也可以看到蔡家园写作此书的动因。"随着年龄增长，尤其是经历了时代剧变和人生坎坷之后，再回望松塆，我对'故乡'的认识和理解又深入了一层。这种返回的心理过程微妙而复杂，混杂着迷茫、焦虑、迷恋、欣悦、苦闷，甚至还有反思……但这一切最终又融化在时光的熔炉里，变成了一种温情和动力。"在这一部分中，我们可以看到，蔡家园怀着深情讲述了他与故乡之间复杂的情愫，以及他所了解的曾祖父、祖父、父亲的故事。当然作者讲述这些并非出于自恋，或者简单的对家族情感的认同，而是有着更为深切的思考与忧虑。如果说作为很早就离开乡村的作者来说，他对乡村还充满着感情与记忆，那么当他面对自幼在城市中长大的儿子，他该如何向他讲述故乡、童年与家族的故事呢？我想正是因为面临这样的困境，蔡家园才深切地感知到作为"历史中间物"的意识，才有将自己的来历讲述出来的冲动。所以我们也可以看到，这一章的叙述色调与其他部分明显有别，有一种明媚的色彩和浓重的抒情性。当然这只是他写作《松塆纪事》的动力之一，另一种动力则主要出自对当代中国乡村向何处去的关注。在"备忘录"的部分，我们可以看到蔡家园与远在海外求学的"老五"关于农村问题种种复杂的讨论，他们的论题涉及20世纪中国乡村的历史及其中各种问题。如果我们意识到在他们讨论的时候我们正在经历从"乡土中国"向"城镇中国"转变的重要时期，也正在经历中国文化从农耕文明向工业文明乃至信息文明的巨大跨越，那么我们便会意识到他们所讨论的问题与每个人密切相关。在这样一个时代，何谓乡村、何谓中国、何谓中国人等重要问题，需要在新的坐标系中重新厘清与定义。在这个意义上，蔡家园在《松塆纪事》中重新进入历史与故乡，既是追本溯源的寻根之旅，也是面向未来的定位与选择。

"新工人美学"的萌芽与可能性
——《2013 新工人文学奖作品集》序

我与孙恒、许多、王德志等"新工人艺术团"的朋友认识已有近10年了,在这10年中他们做了不少事情,出唱片、演出、还在排话剧、拍电影,自2012年开始的"打工春晚"也引起了越来越广泛的关注。在这些文艺活动之外,他们还开办打工子弟学校,创立新工人历史博物馆,创办同心互惠商店,创建"同心农园",组织社区工会,组织新工人文化艺术节,等等。他们的文艺与社会活动吸引了越来越多的目光,但是他们的意义尚没有得到更加深刻而清晰的认识,在我看来,至少在以下几个方面,他们可以为未来中国及中国文艺的发展提供借鉴。

首先,他们有着清醒的身份与阶层意识,他们清醒地认识到自己属于新工人群体的一部分,他们代表这一群体发言,并试图以文艺的方式凝聚起他们的经验与情感,改变这一群体涣散无力的状态。在当前中国的社会结构中,新工人群体处于城乡之间、阶层之间的巨大夹缝与鸿沟中,他们是当代中国发展的主体与动力,但在现实中他们却被压榨、歧视、伤害,甚至难以维持最基本的生活条件,这可以说是一个巨大的不公与不义。面对这样的不公平,很多人视而不见,也有人从中渔利,甚至很多底层青年也都转身而去,千方百计去追求个人意义上的"成功"。但是"新工人艺术团"不同,他们始终将自己的命运与这个群体联系在一起,他们自觉地认识到自己属于这一群体,新工人所受到的压榨、歧视、伤害让他们感同身受。不同的是他们将这些疼痛与耻辱升华为艺术,转化为改变的动力,他们唱出了新工人群体心中的歌,也在与他们一起探寻着改变世界的途径与方法。

其次,他们的艺术来源于生活,来源于内心真切的感受,他们的艺术也与生活紧密联系在一起，成为组织生活的一种方式，成为精神生活的重要形式。"生活是文艺创作的唯一源泉"，但在现实中，我们更多看到的却是艺术与生活之间的割裂，很多文艺作品并非来自生活中的真情实感，而是以华丽的形式掩饰内容的空洞。如果我们将"打工春晚"与央视"春晚"比较一下就可以看出："打工春晚"虽然简陋质朴，但是他们的节目却都言之有物，是从他们的生活中生发出来的；而央视春晚的很多节目，却只注重炫目的舞美、灯光、造型，节目的内容却是苍白空洞的，无法真正深入人的内心。在这个意义上，新工人艺术团的"打工春晚"可以为将来文艺的发展提供启示。

再次，他们的实践不仅探索着新工人的出路，也在探索着中国乃至世界的出路。在充斥着消费主义与原子化个人的社会氛围中，他们坚持"合作"，探寻着将生产与消费结合起来的健康生活方式，探寻着破解城乡二元对立的新思路。"新工人艺术团"的主要成员在一起共同工作、生活，以类似公社的方式将个人与集体紧密联系在一起，这可以说是对原子化个人的一种克服，也将理想与实践结合起来，探寻着新型合作的可能性。再以同心农园为例，在食品安全危机之下，现代城市人对蔬菜水果质量的担忧愈益加深，同心农园提供小块土地供城里人亲自种植，使他们可以亲近土地、颐养身心，而这也为同心农园及当地村民带来了可观的收入。可以说这样的探索为构建新型的城乡关系、人际关系提供了一种新思路。

"新工人文学奖"同样如此，创设一个专门奖励新工人创作的奖项，不仅是要为新工人的创作在文艺界争得一席之地，而且是要建立一种新的文学评价机制与体系。在作为评委参与评奖工作的过程中，我也深深感到了确立评奖标准的不易，既要考虑到新工人的生活、情感与立场，也要考虑到作品的艺术性，还要敏锐地发现"新工人美学"的萌芽与可能性。在我看来，"新工人美学"不能简单地以现有的文学标准加以评价，现在的文学评价体系是建立于20世纪80年代初期的以精英化、现代主义、面向海外为主要特征的"新的美学原则"，以这样的美学原则来评价新工人的创作，显然是不恰当的。评价新工人的创作，应该结合20世纪80年代以来的"新的美学原则"与20世纪40—70年代的"人民美学"，结合新工人创作的具体实践，形成一种新世纪的"新工人美学"。但这一美学显然仍处于萌芽与未完成状态，但在这里，我们也可以尝试着勾勒一下其主要特征：（1）在立场上，"新工人美学"应该站在新工人及底层民众的立场上，书写他们的生活经验与内心世界；（2）在艺术上，"新工人美学"应该创造出自己的高级文化——可以与经典作品相媲美但又与之不同的新经典，也就是说我们不能因为立场正确而忽视美学上的追求，只有这样，"新工人美学"才足以与资产阶级美学相竞争，并在整体文艺生态中处于先进的位置；（3）在与生活的关系上，"新工人美学"应该从生活中来，到生活中去，来自生活中的真切感受，并在生活中起到重要的作用，当然对生活的重视并非是要否定对经典作品的借鉴，但经典作品只是流而非"源"，我们可以继承，但不必模仿；（4）在发展方向上，"新工人美学"应该继承"人民美学"与"新的美学原则"的不同探索，在融会中创造出新的中国文化与中国文艺。

以这样的美学标准来观察新工人的创作，我们可以看到，大多新工人的作品在立场上及与生活的关系上都可以达到一定的水准，但在艺术上及对美学原则的探索尚不够。但对处于萌芽状态的"新工人美学"来说，我们也不必求全责备，或许更重要的是建设性的意见。以下我将结合获奖作品及相关问题，略做一些分析。

首先要说到体裁，在新工人的创作中，诗歌占据着绝大多数。这有着可以理解的客观原因，新工人大多是在高强度劳动之后业余写作，诗歌简短易学，不占用太多时间，也能抒发他们的情感，或许这是诗歌被新工人广泛采用的原因。值得关注的一个问题是，在担任评委时，我发现不少新工人还广泛使用旧体诗词、顺口溜、对联等形式，这些体裁的创作显示了一部分新工人具有较深的旧学功底，但问题在于其内容与情感较少新鲜感。或许是旧形式内在的规范性太强，他们很难以此表达出新的经验与情感，比如打工者的思乡之情有着丰富的时代内涵，但以旧体诗词的形式表现出来，便与"乡愁""闺怨"等传统诗词中的主题和情绪没有太大差异了，我们很难从中看出新工人此时此地的独特体验，他们的情感似乎被传统的形式"格式化"了。所以在评选时，我基本没有选择这一类作品。从最后的评选结果来看，此类作品除《讨要劳动合同檄文》之外，也没有其他作品入选，我想这主要是旧形式无法表达新情感的缘故。这里又涉及如何借鉴与继承传统形式的问题，在一般的意义上，我并不反对以旧形式写新感情，但关键在于旧形式很容易束缚、规范情感，抹杀了新工人在21

世纪中国打工这一特定主体、时空、事件的独特性与新颖性，让他们的经验与情感归于"一统"，他们生命体验中最独特、最有价值的部分反而得不到彰显，这便本末倒置了。在我看来，只要能表达出最独特的经验与情感，采取任何形式都是可以的，现有的形式难以表达，甚至还可以进行新的创造，旧体诗词等形式当然也可以采用，但这应该有助于独特生命体验的表达，而不是相反。

与旧体诗词相比，新诗似乎更能表达新工人独特的经验与情感，在形式上也更加自由，所以在入选与获奖的作品中也更多。《大地上的素描》《城中村》《在远方（组诗）》《矿工（组诗）》《城市山歌》《麦秸诗十二首》《阿优诗十首》等优秀作品，让我们看到了新工人的所思所想所感，以及他们在美学形式上的探索。

比如唐以洪《大地上的素描》中的《蚯蚓》一诗：

> 一截流着血
> 从我左边的身体爬出来
> 另一截，也流着血
> 从我右边的身体爬出来
> 它们是怎样断裂的
> 我不知道，也不想知道
> 这些年，我缝合了
> 很多件破旧的外衣
> 却没有针线和办法将它们
> 缝合在一起
> 我只能装成一个旁观者
> 眼睁睁地看着它们
> 分别在故乡和异乡
> 蠕动着

在这首诗中，"蚯蚓"既是具象的，也是一个比喻，作者通过蚯蚓及其断裂的意象，生动、深刻地表达了作者内心中故乡和异乡的"断裂"。诗歌的开头突兀而形象，让我们以为是在以拟人的手法写蚯蚓，但从"它们是怎样断裂的"到"缝合在一起",我们可以看到作者所写的并非蚯蚓,而是内在的自我。缝合与无法缝合、外衣与蚯蚓的对比,更强化了蚯蚓断裂这一意象,也显示了内在伤痕的剧烈与创痛。"我只能装成一个旁观者",不是旁观者,而"装"成旁观者,表现了作者面对这一断裂的态度,既有疼痛与坚忍,又能以平静的目光观察自省。而"蠕动"一词既贴合蚯蚓的动作,也显示了卑微渺小,以及创伤的剧烈程度。整首诗流畅自然,但包含着丰富深刻的内在体验,写出了打工者在故乡与异乡之间生命体验的断裂与痛楚。

再比如吴开展《在远方(组诗)》中的《请求》:

> 那些在老家成长的孩子们
> 顽皮天真是你们的天性
> 你们都是好孩子,但你们要听我的请求
> 不要欺负我的女儿
> 她是你们的同学,好乡邻,小伙伴
> 与你们情同姊妹弟兄
>
> 这些年,她的爸爸出门在外
> 她显得越发羸弱,伶仃孤僻
> 少了自信。想哭时只能躲进妈妈的怀抱
> 找不到爸爸阳刚的肩膀
> 没有爸爸在身边,她少了许多话语
> 快乐,缺了很多技艺和刚强
>
> 今天晚上,她又在电话里哽咽哭诉
> 把我的心都哭碎了,枕头都哭湿了
> 我真想丢下手中的机器,回去陪着她
> 回去和你们好好谈谈心,请你们也一起来
> 关爱她,这个有父亲生没父亲带的孩童

这首诗写出了一位外出打工父亲复杂微妙的心情,面对留守在故乡的

女儿被同学欺负，他无能为力，只能"请求"老家的孩子们关爱她。在这首以书信体写就的诗歌中，既有讲理（你们情同姊妹弟兄）、讨好（你们都是好孩子）、劝慰（她是你们的同学，好乡邻，小伙伴），也有自责（没有爸爸在身边，她少了许多话语/快乐，缺了很多技艺和刚强）、解释（她的爸爸出门在外/她显得越发羸弱，伶仃孤僻）、愧疚（有父亲生没父亲带），也有伤心（把我的心都哭碎了，枕头都哭湿了）、愿望（我真想丢下手中的机器，回去陪着她）、期盼（请你们也一起来/关爱她）。在一首短短的诗歌里，汇聚了如此复杂而幽微的情感，作者似乎信笔写来，但内在的情绪却饱满而富有层次感，让我们看到了一位父亲孤单无助的心情及其勉力有所作为保护女儿的尝试。

在这里，还有一个关于题材的问题值得讨论，那就是新工人是否只能写"新工人"这一社会身份带给他们的经验与感受，是否可以（或提倡）写除此之外的情感内容，比如新工人作为一个"个体"对祖国的深厚情感，或者新工人作为一个"人"，面对自然万物抒发自己的细微发现与感动。从理论与实践的角度来看，这样的书写呈现了新工人的丰富性与层次感，但从"新工人"的身份来说，这样的作品似乎模糊了特定身份所带给他们的独特感受。其实在这样的作品中也不乏佳作，比如瑶瑶的《冬天的树》（节选）：

> 孤零零地立着
> 任凭寒风
> 吹落最后一片枯叶
> 冬天的树
> 卸去沉甸甸的负重
> 轻轻地思索
> 昨天 现在 未来

这首诗中所表达的情感并不一定与"新工人"的身份及感受直接相关。作者对"冬天的树"这一意象及情感、色调的描述，为我们展现了一幅萧索的场景，以及在孤单、寒冷中忍耐及期待转机的心情。这样的情绪可以来自新工人，也可以来自其他社会阶层的人。那么，新工人是否可以超越自己的身份描绘更为广阔的世界呢？在我看来，这是应该的，也是必需的，新工人立足于个人独特的经验，以开阔的视野去触摸整个世界，这正显示了他们心灵的开放与完整。但另一方面，我们应该强调类似这样对世界的感觉，应该是从新工人的视角去看的，尤其在新工人处于弱势的情况下，如何表达出新工人的经验与情感是应该最先考虑的。只有在这个基础上，我们才可能拥有一个更为宽广的世界。

在诗歌之外，此次评选的范围还包括散文、小说与口述等不同类型。值得一提的是，口述这一体裁或类型，以往很少被纳入"文学"的范围内评选，而多是作为社会史的一种调查方法。但考虑到"新工人"的文化或文学水平，以及他们讲述个人经历的愿望及其社会价值，此次我们特别将之作为单独的一个类型加以评选。在获奖的篇目《工人抱团来取暖，集体谈判争权益》《路到桥头自然直》《我的打工生涯》《一个职业病工友的自述》等作品中，我们确实可以看到新工人的独特经历与体验，以及他们在残酷现实面前逐渐团结起来"抱团取暖"的过程。这不仅是他们个人的经历，也是当代社会发展中富有历史性的时刻。当新工人逐渐具备自我意识与阶级意识时，将有可能改变中国乃至世界的未来。

散文同样如此，在获奖散文《病房七友》《爱，在工厂的夹缝》《看燕子垒窝》《孩子眼里的拆迁》等作品中，我们可以看到社会总体变迁中新工人的感受。比如《孩子眼里的拆迁》是按"五年级下册语文书 165 页习作要求"，让学生写自己感受最深的事情，文中选摘了五位学生对"拆迁"的感受，其中一位叫王子健的学生写道：

> 这次拆迁我有很大的感受，那就是我从没见过拆迁是什么样子的，这一次我看到了。拆迁就是把你的家拆了，多么可怕的事情。可是拆了还是有好处的，可以盖楼房，可是要住上楼房是很贵很贵的，我们住不起，想也不敢想。现在的房子很贵，因为大家都在找房子住。据说刚毕业的大学生工资还不够租楼房住呢！
>
> 拆拆拆，拆完什么时候能盖完，盖完也很贵，比现在更贵。

这样的拆迁在我们的社会中已经司空见惯了，但出自一个孩子的眼中，仍不能不令人讶异、感慨：我们为孩子提供了一个怎样的世界？他们将为我们带来一个怎样的未来？这是我们不忍也不敢想象的，但我们必须面对。

新工人创作的小说也大多是从他们的生活境遇出发的。《死无对证》写在工厂受伤的刘老汉讨要赔偿不得，最后被迫自杀的故事。《蓝色的星期天》写一位年长的男工与一位女工之间相濡以沫的故事，他们之间虽然不无心动，但是纯洁的，当女工告诉"我"她的男友来找她时，"我"心中五味杂陈但很快冷静下来，"我很快找到了答案：和她在一起的星期天，本不应该属于我，是我的不冷静而误入歧途。下个星期天，应该是两个年轻人和好的好日子，苦尽甘来！"如此简单而朴素的感情，显示了新工人内心及生活世界的单纯。不过相对来说，小说创作在新工人的创作中并非他们的长项，或许他们尚未找到一种将自己复杂的生活经验相对化并以审美的形式表达的途径。

"新工人文学奖"的获奖作品并非尽善尽美，但这一奖项的设立，却为创建"新工人美学"提供了一种可能性。我们相信，随着越来越多新工人加入文化创造和文学创作，他们将会为我们提供一个崭新的艺术世界，这将极大地改变当前中国的文艺状况，并将为中国与世界探索出一条新的道路。

新小资的"底层化"与文化领导权问题

在新版《波动》的序言中,李陀指出:"文化领导权在很大程度上已经转移到新兴小资产阶级的手中。这个文化领导权的转移带来一个不可避免的后果,就是中国当代文化的小资特征越来越鲜明,越来越浓厚,如果我们还不能断定这种文化已经是一种成熟的新型的小资产阶级的文化,那么,它起码也是一个正在迅速成长中的小资产阶级文化。更让人惊异的是,它一点不保守,不自制,还主动向其他各种文化趋势和思想倾向发起了一波又一波的攻势,扩大自己的影响,巩固自己的阵地,充满自信。"李陀对"小资"问题的观察是敏锐的,为我们理解当代中国文化提供了一个新的视角。在这里,我想讨论的问题是:新小资是否掌握了"文化领导权"?或者掌握了什么样的"文化领导权"?"小资"在当前社会结构中处于什么样的位置?小资文化具有什么样的特色?在未来中国文化的发展中,"小资"将会起到怎样的作用?

"小资"在中国当代文化的发展中发挥了重要作用,如李陀所说,"90年代以来的中国文化发生了急剧的变化,即使说瞬息万变也绝不过分,但是如果我们追问,谁是这急剧变化的真正推手?在具体地重新绘制中国当代文化地图的时候,谁是具体的绘图员?还有,种种文化上新观念、新规则、新做法又谁是最早的创导者和实行者?面对这样的追问,我想凡是熟悉近年文化的变动和变迁,并且对幕前和幕后都有一定观察的人,答案恐怕是一样的——这些推手、绘图员和倡导者、实行者,不是别人,正是当代的新小资们,特别是新小资中的精英们"。"小资"的重要作用,不仅在于他们占据了各文化路口的要津,而且在于他们以自己的世界观与价值观在改变中国文化的面貌。

但我们也可以看到:一方面,"小资"所掌握的文化领导权是"有限"的,是在国家与资本所决定的缝隙中的有限空间中发挥作用;另一方面,

"小资"并没有形成一种独立的价值观念,或者说"小资"所倡导的生活方式与生活理念并不具有独立性,所谓"有房有车"的生活,以及有格调、有"个性"的生活方式,在很大程度上复制了当前社会的"新意识形态"——所谓"成功人士"的逻辑。在这个意义上,我们可以说,"小资"所拥有的文化领导权只是"实行者",他们所表现出来的核心价值观并不能代表多数人的利益,甚至不能代表他们自身的利益,而只是"成功者"光环的装饰。

最值得重视的是,在当今社会两极化发展的趋势下,"小资"也正在"底层"化。在整体社会结构"断裂"的状态中,置身于社会上层与底层民众之间的"小资"并不具有稳固的社会地位,而且处于分化之中。正如廉思主编的《蚁族》《工蜂》两本书所显示的,不仅大学毕业生——这一精英群体的后备军处于"底层"化的过程中,而且大学青年教师——掌握了文化领导权的"小资"的重要组成部分——也处于越来越困窘的生活状态:不仅他们在社会结构中的位置越来越边缘化,而且在学院内部严格的学术体制与科层管理中,他们也处于真正的"底层"。在这样的状况下,大部分人只能在既定的学术规范中亦步亦趋,而不能真正发挥个人的活力与创造力,也不能真正形成属于自己的思想。如此,不仅"独立之精神、自由之思想"无法奢望,更可悲的是,很多青年知识分子也失去了"超越性",而只能囿于个人利益的保障与争夺,不是他们改变了弥漫于整个社会的权力崇拜、拜金主义与市侩主义,而是这些将他们裹挟其中,构成了社会秩序与社会风气的一部分。在当今知识分子题材的小说中,我们可以清楚地看到,构成故事主要冲突的也只是权力、地位、金钱与女人之争,与社会上流行的官场小说、职场小说无异。在其中,我们很少看到对民族国家命运的忧患与思考(如鲁迅的小说),或者对知识与真理的执著追求(如巴金的小说),或者思想的辩论与真正灵魂的痛苦(如陀思妥耶夫斯基的小说)。在这里,知识只成了一种特殊的商品或资本,只是一种谋生的手段,而失去了其超越性与独立性。

造成这一现象的原因,既有社会层面的原因,也有知识分子群体内部的原因,两者互相纠缠在一起。就社会层面来说,30年来知识分子在中国社会的地位发生了天翻地覆的变化。在20世纪80年代新启蒙主义的视野中,知识分子作为历史主体主导着社会历史的进程,但这只不过是一种幻觉，新启蒙思潮只是知识精英与政治精英的共谋，很快二者就分道扬镳了。20世纪90年代之后，在市场经济强劲启动后，一方面，知识精英与政治精英、资本精英形成了联盟，即所谓"铁三角"，此时资本已不需要知识的论证与支持而获得了自身的合法，因而在这一联盟中知识群体处于明显的弱势，另一方面，在市场经济的逻辑中，"知识"本身也是一种可以生产与消费的产品，而不再是不可替代的独特之物，而"知识分子"也是可以生产或大批量制造出来的，在这个意义上，知识分子的主体性与独立性便大幅削弱了——这是知识分子在社会结构中逐渐边缘化的根本原因之所在。同时，在知识分子内部也发生了巨大的变化，不同学科之间的地位或重要性发生了变换，一个典型的例子是经济学的崛起与文学的衰落，相对于自然科学、社会科学，人文学科因其"无用"，在这个时代处于少人问津的状态。另一个重要的结构性变化是，即使在人文学科内部也发生了巨大的分化，这一分化与社会其他领域变化的趋势相似，那就是一方面各种社会资源向少数精英集中，另一方面形成了严格的等级制或科层制，在知识精英与"知识底层"之间形成了一道道鸿沟。对于一个青年知识分子来说，攀上知识等级制上"精英"的位置，既是一个巨大的诱惑，又是一个几乎不可能完成的任务：等级制本身的保守性与封闭性排斥创新，它所需要的只是"好学生"，而知识只有在不断的创新——提出新的问题、新的思考方式、新的学术"范式"——中才能发展，但是创新本身便是对等级制的一种冒犯。在这样的状况下，置身于学术体制底层的青年知识分子——那些"蚁族"或"工蜂"们——便不仅处于一种多重性的压迫结构之中，而且处于巨大的内心矛盾与撕裂之中。

在这样的意义上，构成"小资"主体的青年知识分子在整个社会中并不拥有强大的话语权，他们身上的光芒只是精英群体话语权的投射，如同月亮反射的只是阳光一样。但这只是相对而言的：一方面，相对于社会结构中的真正"底层"——那些沉默的工人、农民与农民工而言，他们处于社会结构的中层，拥有一定的话语权与主体性；另一方面，作为拥有特殊技能的社会群体，他们既是精英群体需要的，也是整个社会机构运转所不可或缺的部分。事实上，正如李陀在文章中所分析的那样，"小资"在20世纪90年代以来的文化中发挥了不可替代的作用，他们创造了我们这个时代的流行观念，以及特定的生活方式与审美趣味。但"小资"及其文化要在中国文化乃至中国社会上发挥更大的作用，尚需要考虑以下问题。

首先，是对"小资"在社会结构中的位置及其"底层"化的趋势有一个清醒的认识。如同其他社会阶层一样，"小资"总是以自己的眼光观察世界，建立在个人奋斗基础上的"成功者"逻辑，以及建立在人性、人道主义基础上的"爱"的哲学，构成了"小资"们理解世界的特定视角。如果抽象地看，"个人奋斗"与"人间大爱"并无可非议之处，在现实中也起到了一定的作用，但如果放在具体的社会历史语境中，我们就可以看到：在社会结构"断裂"的当今时代，"个人奋斗"的基础及其可能性都是极为有限的；而"人间大爱"如果是在对劳动者大量剥夺之后的少量馈赠，同时塑造出馈赠者的高尚形象，其有效性也是值得反思的。"小资"文化过滤掉严酷的现实，为我们描绘出一个朦胧的玫瑰色的美梦，但这个梦正如一个肥皂泡，很容易破灭。当"小资"也面临"底层化"的现实遭遇时，对于"小资"来说，更为重要的是能够清醒地面对现实中的处境。只有在此基础上，才能重构一个真实的世界，才能在改变个人的同时改变世界。在这里值得关注的是，"小资"与底层的关系问题。我们可以看到，尽管"小资"已经处于底层化的过程中，但"小资"并不认同"底层"的身份。由于普遍受过高等教育，拥有独特的生活品位与审美趣味，"小资"在自我意识中对自我有着较高的定位，更认同精英阶层与精英文化。但是当一个大学毕业生的工资甚至无法达到一个熟练技术工人的工资时，这样的"自我意识"便如同流沙之上的海市蜃楼，只能是美丽而虚幻的。只有当"小资"更为真切地意识到现实处境，并将眼光由上而下转到底层时，他们才会认识到，"底层"并非精英文化视野下的愚昧无知者，他们有着独特的生活逻辑和另一种"文化"，不仅如此，正是在他们之间才蕴含着社会发展的真正动力，"小资"只有将他们的命运与底层的命运联系在一起，才能真正把握自己的命运，走向一条更为开阔的道路，也才能够真正摆脱"新意识形态"的笼罩，发展出真正属于自己的文化与美学。

其次，要对"小资"的特性及其历史演变有更为深刻的把握。李陀在文章中以《波动》中的主人公肖凌作为"小资"的代表加以分析。"读者不难发现她和当代小资有很多相通之处：《月光奏鸣曲》，洛尔迦的诗歌，雪白的连衣裙，还有红茶和葡萄酒——这一类符号，恐怕今天也还是小资们共同认可并借以识别彼此是不是同类的重要标记。"我们可以看到，"小资"不仅仅是社会经济地位的一种表现，而且是一种性格与趣味，是一种"符号"的标示。在20世纪90年代文化塑造出的"小资"中，读张爱玲或村上春树是一种"符号"，听摇滚或看艺术电影也是一种"符号"。在这类符号中，我们可以看到"小资"的特点在于他们内在的矛盾与悖论，他们是反主流的主流，反时尚的时尚，反另类的另类。一方面他们离不开主流、时尚与另类，这是他们生活方式与审美趣味的参照系；另一方面他们总是以反主流、反时尚、反另类的面目出现，与主流、时尚与另类保持着一定的距离。这一距离既使他们处于不同流俗的前卫位置，另一方面也引导着主流、时尚与另类不断发生新的变化。在这里，我们可以看到，"小资"文化的两个特性，一是"创新性"，二是"符号化"。前者使小资文化总是能引时代风气之先，不断引导着时代潮流发展；而后者则使小资文化浅表化，他们并不追求对某种文化的深入理解，而只是将之抽象为特定的符号。在这个意义上，小资文化也具有消费主义文化的特征，或者说小资文化构成了消费主义文化的重要组成部分。在这样的视野中，张爱玲也好钱锺书也好，王小波也好村上春树也好，都是作为某种符号被他们用来标示自身。而在某些特定的历史时期，这一符号也可以是"启蒙"（如五四时期），也可以是"革命"（如《青春之歌》中的林道静），也可以是"诗歌"（如20世纪80年代）。在这样的视野中，我们可以看到，"小资文化"是精英文化与大众文化之间的一种中介，精英文化由于其艰深晦涩很难为普通大众所接受，只有抽象为某些符号，才能在社会上广泛传播，"小资文化"在这个层面上恰恰发挥着重要的作用。

最后，我们也可以在上述意义上来理解"小资"所拥有的文化领导权，即他们或许并没有原创性的文化创造力，但是在文化传播的意义上却具有将某种文化"简化"为流行文化的能力。正是因此，小资文化注定要成为不同文化竞逐的对象。在当今这个时代，在小资文化中占据主流的是"自由主义"及其价值理念，但并非从来如此，我们可以做一个对比。在革命文化成为流行文化的时候，在小资中流行的是《牛虻》《钢铁是怎样炼成的》，这几乎构成了几代人的共同记忆。当张爱玲或村上春树成为这个时代最为流行的读物的时候，我们可以看到，小资文化已经发生了天翻地覆的变化。但是正如我们前面所分析的，当"小资"逐渐底层化的时候，他们会对自己的现实处境有越来越清醒的认识，他们也会将这一认识带入他们对当代文化的理解之中，在与底层的接触中形成新的"小资文化"，而这样的文化必定会为当代文化带来新的气象。事实上，这样的文化也正在形成之中，对格瓦拉的符号化可以说是一个典型的例子。在这一过程中，格瓦拉作为古巴革命领袖的具体史实被过滤，他成为反抗当今世界秩序的一种时尚象征，他头戴贝雷帽抽着雪茄的巨幅头像，既是"革命"的象征，又是那么"酷"。不仅格瓦拉如此，毛泽东也是这样，他的头像以不同的方式出现在这个时代的各种场合，让我们看到了"流行"的巨大力量。虽然对于小资文化的"符号化"我们不能寄予过高的期望，但时尚的转变也预示着时代的巨大变化。在社会价值观处于混乱状态的今天，"小资"或许会通过自己的文化选择为我们这个社会提供一副黏合剂，让我们更加清醒地认识自己和这个世界，让我们这个社会形成一种新的核心价值观。在这方面，"小资"及其文化发挥着不可替代的重要作用，也在某种程度上行使着"文化领导权"。我们也期待着充满活力的"小资"能够为中国当代文化带来更多新的因素，能够为我们构造出一幅新的更加美丽的世界图景。

"为谁写作":命题的提出

"为谁写作"这一问题看似平常,其实却并不寻常。我们以为这一命题平常,是因为我们置身于"人民文学"传统的影响之中,这一问题是"人民文学"的核心问题之一。但是,由于"人民文学"在20世纪50—70年代的实践中出现了"左"的偏向,一般读者与研究者会认为"为群众"写作的方向是一种并不成功的探索,或者说是一个不再值得关注的问题。但问题的复杂性在于,当我们置身于一个新的语境中,或者从更宽广的视野来看,会发现一些似乎过时的命题又重新焕发出了新的生命力,"为谁写作"的问题也是如此。

20世纪80年代,当我们的文学界批评20世纪50—70年代的"工农兵文学"及其造成的公式化、概念化时,具有一定的历史合理性,但是20世纪80年代之后的文学,并非就不存在"为谁写作"的问题。20世纪80年代所提倡的"新的美学原则",以现在的眼光来看,是一种精英的、现代主义的、面向海外的审美标准,这种审美标准表面上以文学性或文学的现代化为原则或规范,但其"为谁写作"的指向也是清晰的,那就是"为精英"写作,而排斥大众的审美趣味与标准——当然提倡者并不会这么说,但事实上20世纪80年代以来我们的文学经历了一个由"大众"向"精英"的转向。我们当前文学所存在的一些弊端——读者减少,趣味保守,技术崇拜,等等,大都与此相关,因而我们有必要在新的语境中重新思考"为谁写作"的问题。

在20世纪80年代的审美规范中,"为谁写作"并不重要,当时更引人关注的问题是"写什么"和"怎么写"这个命题。在当时的语境中,这一命题的提出本身就具有倾向性——相对于"写什么","怎么写"是更加重要也更值得关注的问题。我们不在这里展开对这一对命题的分析,只是想指出,无论是"写什么",还是"怎么写",都是写作进入构思阶段时的问题,并没有解决作家写作上第一推动力的问题——为什么写作的问题。一个作家可以懵懂地开始写作,但在他的创作与成长过程中,迟早总要面临为什么写作这一问题,这也是决定一个作家能否持久写作的一个重要因素。对于为什么写作的问题,20世纪80年代成名的作家有不同的回答,有的说是要出人头地,有的说是要改变命运,有的说是要展现个人的才华,还有的说是为了让朋友们更加喜欢自己——当然其中也不乏开玩笑的因素,但是我们分析各种回答,可以看到,作家除了"个人"的因素之外,并没有在根本上解决为什么写作的问题,而他们所说的"个人"因素也并不是可以持久写作的稳定动力,比如当改变命运、出人头地之后,当个人才华充分展现之后,写作的意义又何在?

在这里,我们可以看到个人主义写作的局限,也正是在这里,"为谁写作"这一命题的重要性得以凸显出来。"为谁写作"这一命题内在地包含着一个客体、一个对象,或者说一个读者群体,它在召唤着一个"文学的共同体",一个作家经由作品抵达读者的途径,一个文学生产—传播—接受的完整过程。在这个过程中,作家的写作并不是一个孤立的行为,写作的意义生成于读者的阅读、交流、讨论与争鸣之中。在这里,作家也并不是为了个人而写作,他以写作的方式融入了一个群体之中,并以其写作呈现出了这一群体的意识、潜意识乃至无意识。在这个意义上,我们可以说,"为谁写作"这一命题并非陈旧的话题,而可以说是一种较为理想的写作状态的一个组成部分。事实上不少宣称并不"为谁写作"的作家,只是在无意识地为某个群体写作而并不自觉,或者策略性地故意掩饰为某个群体写作的痕迹,即如20世纪80年代精英的、现代主义的、面向海外的"新的美学原则",虽然没有明确表达"为谁写作",但事实上却将"大众"排除在外了。

当我们重新思考"为谁写作"这一命题时,离不开对"人民文学"传统的重新认识。事实上,1942年,毛泽东在《在延安文艺座谈会上的讲话》中指出,文艺的中心问题是"为群众"以及"如何为群众"的问题,这可以说是文艺理论史上第一次系统地论述"为谁写作"这一命题,这比德国美学家H.R.姚斯和W.伊泽尔1967年提出"接受美学"要早20多年。更加重要的是,在中国文学发展史上,"为群众"以及"如何为群众"这一问题的提出与阐释,是20世纪二三十年代左翼文学"大众化问题"讨论基础上的一个系统总结，也是"左翼文学"在进入解放区之后的一个必然转折。由于毛泽东及《讲话》的特殊地位，这也决定了解放区文学、"人民文学"以及中国文学的基本走向与面貌。

在今天，由于20世纪50—70年代文学"左"的偏向及20世纪80年代的反思，"为群众"以及"如何为群众"的命题很容易受到一般研究者的冷落与忽视。但在我们看来，这一命题不仅在历史与理论上具有重要作用，在现实中也具有针对性与启发性。

在20世纪二三十年代，左翼文艺思潮风起云涌，不仅在中国，在欧洲，在美国，在日本，左翼文艺及相关讨论都占据了文艺界的主流，但随着世界形势的转变，欧美与日本的左翼文化运动都流于失败，只能转入地下或者大学校园。到现在，左翼文化在欧美与日本的大学校园中仍占据着学术界的主流，但是我们可以看到，西方与日本的左翼文化面临着巨大的问题：一是他们的理论与实践是隔膜的，无法建立有效的连接；二是他们的著作艰深晦涩，无法为普通读者所掌握。这两个问题互为因果，而其根本原因就在于，西方与日本的左翼文化只有失败的经验，而没有胜利的经验。恰恰在这一点上，中国的左翼文学可以提供不同的经验，20世纪40年代，中国的左翼知识分子从大都市走向解放区，从"亭子间"走向田间地头与战场，从而开创了左翼文学的新阶段。我们可以想象一下，也只有在解放区，在胜利经验的基础上，才有可能提出"为群众"与"如何为群众"的问题，才有可能提出普及与提高的问题，以及知识分子转变立场等问题。也正是这些问题的提出，中国文学才能走向民族化与大众化的新方向，才能创造出中国作风与中国气派。我们当然应该反思20世纪50—70年代文学"左"的倾向，但在今天，我们更应该重新认识"为群众"这一命题的历史价值与世界意义。

在理论上，"为群众"以及"如何为群众"构成了一个完整的体系，《讲话》中围绕这一核心命题展开了系统论述。在我们今天看来，《讲话》受到具体时空的限制当然有其局限，"有经有权"，但对我们来说，至少它思考问题的方式可以给我们以启发，即它并不是孤立地看待文学与作家的写作，而是将文学作为一个更大事业的一部分，在这个事业中，文学可以以自己独特的方式参与进去，想象并创造一种新的未来。

当然这里也有一个前提，那就是应该将文学视为一种事业———一种精神或艺术上的事业，而不是单纯的消遣与娱乐，只有在这样的意义上，对于一个严肃作家来说，写作才是一件值得投入精力乃至生命的事情，"为谁写作"等命题才具有意义。而在我们这个时代，"文学"的观念恰恰处于剧烈的变化之中，更多的人将文学视为消遣娱乐而不是一种事业，"为金钱写作""为粉丝写作"的作品，占据了畅销书、类型文学、网络文学的绝大部分。很多写作者并不思考"为什么写作""为谁写作"等问题，而是被消费主义与"娱乐至死"的逻辑所控制，一味迎合市场与读者，在"作家—粉丝"的结构中，背后是金钱与消费主义的逻辑。在这样的语境中，当我们重新思考"为谁写作"这一命题时，便面临着新的问题，也尤其需要我们摆脱消费主义的逻辑，将文学视为一种真正的事业。如果我们梳理一下当代文学的发展，便可以发现一个从"为大众写作"到"为精英写作"、再到"为粉丝写作"的脉络。当今日的文学深陷消费主义的逻辑时，重新回到"为谁写作"这一命题的源头，重新思考"为大众写作"，或许会为当代文学的发展带来启发和一种超越性的力量。

回馈乡村，何以不可能？

我首先谈一下这两篇作品，就是黄灯的《回馈乡村，何以可能》与罗伟章的《声音史》。先谈黄灯的作品，我读的时候感触很深，感觉很真实，很真切，也很难受。我觉得它的真实性来自于一种主体的撕裂感，作者没有回避真实的生活和痛苦的经验，而是充分打开了自己，调动自己的生活经验，将这些难以表述的个人经验表达了出来，让我们看到了当代中国乡村真实的一面。这样的真实性又有"典型性"，也就是说黄灯写的虽然是个人及其丈夫家族的事情，但也是最为真切的中国经验与中国故事。现实主义理论讲"典型环境中的人物"，我觉得黄灯文章中的故事就是具有典型性的，我觉得这种撕裂感和典型性构成了一种真实性。这篇文章的真实性带给我们的冲击，既有文学的方面，也有她面对这个世界真诚的态度，这也与她的知识分子身份以及她写作的姿态有很大的关系。她对知识分子的身份有充分的自觉，但这种自觉不是凌驾于她所讲述的世界之上，而是对自我充满着反思与反省，力图从这一身份中解脱，以另外一种视角呈现出世界的真相。我觉得这是黄灯努力的方向，但在这其中也有纠缠，也有隔膜，也有误解。但我们可以看到作者的态度是真诚的，而这种真诚也为我们打开了一个新的视野，以及看待中国乡村的态度。

《声音史》写的是当代中国乡村的一曲挽歌。它将社会层面的巨大变化通过主人公对"声音"的敏感、寻找与再现勾勒了出来，一个村庄消失了，但村庄的"声音"却在主人公的召唤中——回来了，这既是招魂，也是告别，缭绕着挥之不去的乡愁。我们读《声音史》可以看到，中国乡村处于一个衰败的过程，罗伟章的结构也比较好，他调动文学的手段比较巧妙。但我觉得他里面的内容表达得不够充分与丰富，虽然作为一个中篇已经很长了，有七八万字，小说后面确实表达出了地老天荒那样的感觉，或者像《红楼梦》"落了片白茫茫大地真干净"的感觉，但是《红楼梦》是

120回一百多万字最后写出了这样一种感觉，这种感觉是观察世界的底色，在这种感觉之上，还有烈火烹油、鲜花着锦的繁华生活，有那么多复杂的人物和复杂的人物关系，有"失乐园"的整个过程。相比之下，罗伟章没有将历史的丰富性及其演变过程容纳进去，建议将来写小说的时候可以考虑。如果我们将黄灯的文章和罗伟章的小说比较的话，可以发现他们不一样的地方。罗伟章的小说中有真实性，也有文学性，我觉得他的文学性比黄灯那篇更好一点，但真实性没有充分打开，没有把更复杂的现象和自己复杂的心情纳入文本里面。而黄灯文章的真实性如何生成"文学性"，也是一个需要考虑的问题，当然这里也有不同文体的不同特点。

　　刚才不少人提到底层写作的问题，知识分子与作家写的底层文学，和底层自身所写的作品有什么区别？或者说哪个更重要？一般来说，我们都会认为底层自身所写的东西更加重要，更能表达他们的生活与情感，这在某种意义上是对的，但也并非一概如此。底层作者所写的作品有很多真切的体验，这是其长处，但我觉得不足的一点，是他的个人体验没有生长成为集体经验，怎么说呢？或者可以说是缺乏阶级意识。比如打工者自己写的作品，很多人往往关注自己的个人生活与情感、个人的喜怒哀乐，没有把个人的经验与其他打工者的经验联系在一起，这可以说是一个特点，不能说是优点或者是缺点。但是另一方面，知识分子或者专业作家描写底层的时候反而会有整体意识。所以，不能泛泛地说底层写作者写的更能代表他们自己，还要看他们有没有阶级意识的自觉。这可能是我们面临的一个比较重要的理论问题，从20世纪20年代鲁迅等人就开始谈大众化和化大众的问题，一直延续到当代，有很多历史的实践经验值得我们吸取。

　　另外我想谈的问题是我们今天的题目，"回馈乡村，何以可能"的问题。我觉得对于我们今天来说，真正的问题可能在于，回馈乡村为什么不可能？我们提出这个问题，是因为在我们想象中有一个"可能"的时代，应该是在20世纪90年代以前，作为知识分子，或者作为城市是有可能回馈农村的，比如我们50年代到70年代社会主义规划里面，有工业反哺农业，也有机械化的构想。另外从个人的角度来说，比如从乡村里出来在外面工作的人，他们也有个人的能力去反哺。但是最近出现的新现象，就是在乡村沦陷的同时，知识分子也在沦陷，尤其是青年知识分子，他们的生存状态也处在"底层化"的过程中。这个问题是一个很大的问题，像黄灯在文章中写到种种现象的时候，她有一种无力感，前年王磊光的《返乡笔记》，也有那种无力感。作为知识分子，尤其是我们人文知识分子面对整个社会变动的时候，一方面人文知识的力量在削弱，另一方面知识分子不能进入话语讨论的核心，青年知识分子尤其自顾不暇。在这里各种不同层次的问题错综交织在一起，造成了现在反哺乡村不再可能的现象，面对这样的情况，确实需要从不同的角度去讨论。但更重要的问题是，面对这一状况，我们应该怎么办。我想对于我们来说，最重要的或许是提出反思这一状况的新视野与新视角。

中国乡村面临的变化确实是前所未有的巨大变化，我们应该有一个历史化的眼光。我们看文学史上的经典作品，《三里湾》《创业史》《山乡巨变》，他们处理的是中国百年乡村剧变中的某一个变化，我们现在面临的变化是中国农耕文明本身的变化。其实在那些经典作品中，无论是土地改革还是合作化，最核心的问题还是土地的问题，梁三老汉分到土地，他是那么激动，农民和土地有感情，靠土地生活，这是土改和合作化的前提。但现在的问题是，对于乡村来说，真正对土地有感情的人越来越少了，这是一个很大的问题。包括现在整个乡村文明，乡村人与人之间关系的疏离，等等。有人说我们的乡村没有文明，是愚昧、落后、保守之地，是文明与愚昧的冲突中"愚昧"的一方，这是一种较为陈旧的看法。如果我们历史地看，现在的中国乡村文明，是宋代以来形成的理学秩序，是理学构建的乡村社会处于崩溃的状态。当然这一乡村秩序近百年来一直处于衰落之中，但我们对这个乡村文明及其衰落应该重新审视。所以这不是文明与愚昧的冲突，而是西方文明与传统中国文明的冲突，这个冲突对我们构成了一个很大的挑战。从理论的角度来说，我们中国被纳入资本主义体系之后，乡村在资本化的过程会产生什么样的变化，这可能是我们需要面对和思考的重要问题。问题的另一面是，这样的乡村文明是我们想要的吗？或者说我们是否能够重新想象一种新的乡村文明，我觉得这将决定乡村乃至中国的未来。

中国电影:"大片时代"的底层叙事

从 2002 年《英雄》以来,中国电影可以说进入了一个"大片"时代,以《英雄》《十面埋伏》《满城尽带黄金甲》《无极》等为代表,中国式的大片呈现出愈演愈烈之势。在根本上来说,这些大片是反市场、反艺术的,因为它以垄断性的宣传和档期取代了市场的自由竞争,以华丽的外表和大而无当的主题、支离破碎的故事取代了对现实的关切与艺术上的探索,以海外资金与跨国运作取代了对民族国家的认同。但这些"大片"却凭借张艺谋、陈凯歌等"第五代导演"在 20 世纪 80 年代以来积累的象征资本,占领了"中国电影"在国内、国际的市场资源,形成了一种垄断,在国内电影观众中,也形成了一种"越骂越看,越看越骂"的奇怪观影心理。

但同时,伴随着"新纪录运动"的展开以及第六代导演的转型,中国电影中也出现了一些反映现实生活和民生疾苦的影片,如王兵的《铁西区》、杜海滨的《铁路沿线》等纪录片,贾樟柯的《三峡好人》、李杨的《盲井》、张扬的《落叶归根》等故事片。这些影片在对"底层"的关注中,发展出了独特的艺术形式,代表着中国电影突破"大片"的垄断,关注现实并进行艺术探索的新希望。

在今天,"底层"越来越成为文艺界关注的一个中心,这是在 21 世纪出现的一种新的文艺思潮,它与中国现实的变化,与思想界、文艺界的变化紧密相关,是中国文艺在新形势下的发展。在文学界,以曹征路的小说《那儿》为代表,涌现出了一批描写"底层"人民生活的小说,如陈应松的《马嘶岭血案》、刘继明的《我们夫妇之间》、胡学文的《命案高悬》、罗伟章的《大嫂谣》等,此外还出现了"打工文学""打工诗歌"等现象。在戏剧领域,黄纪苏的《切·格瓦拉》和《我们走在大路上》突破了小剧场的局限,在文艺界和思想界引起了巨大的争论与反响。在电视剧领域,

《星火》甚至创造了中央电视台近10年来最高的收视率,达到了12.9%。而在流行音乐界,也出现了"打工青年艺术团"的音乐实践。伴随着以上文艺实践,《文学评论》《文艺理论与批评》《天涯》等刊物纷纷推出理论与批评文章,从各个角度对"底层叙事"文艺的"人民性"等问题进行辩论与研讨。

我们可以说,电影中的"底层叙事"是这一思潮的一部分,但在这些影片对"底层"的具体表现中,仍存在着不同的视角与价值观,值得我们做进一步的分析。在这里,我们将分析的范围限定于故事片。

一、精英视角下的"底层"

2006年,贾樟柯的《三峡好人》与张艺谋的《满城尽带黄金甲》(以下简称《黄金甲》)在国内同期上映,但前者票房大败。这是一个具有象征性的事件,不仅意味着第六代导演与第五代导演的对决,也是"中国式大片"与"底层叙事"的对决,两种电影观念、两种电影发展方向的对决。

《黄金甲》虽然在票房上取得了胜利,但却在知识界和观众中引来一片质疑与骂声。这部改编自曹禺的《雷雨》的影片,不仅削弱了原剧的现实意义与各种层次的矛盾,如情欲冲突、阶级矛盾、"个人"与环境的矛盾、上一代与下一代的矛盾等,而且其中每个人物都是扁平的。《雷雨》中各个人物却都是丰富、复杂、饱满的,像繁漪、周朴园都不是单面的,即使周萍、周冲、鲁四、鲁大海、侍萍、四凤也都具有各自的性格和内在的发展逻辑。而在《黄金甲》中,只剩下了华丽的服装、精美的画面和宫廷斗争。这说明"大片"不仅丧失了讲述世界的能力,而且丧失了改编故事的能力。

而《三峡好人》虽然在国内票房上不如人意,但却得到了知识界的肯定,在《读书》杂志组织的座谈会上,汪晖、李陀、崔卫平等都对影片做了极高的评价。在我看来,影片最大的优点,是能呈现出一种生活的实感和质感,抓住了社会变迁中的景观变化和人物的内心世界。

在《黄金甲》与《三峡好人》的对比中,《三峡好人》无疑更贴近当下中国的生活，让我们看到了社会现实的变迁及其对人物命运的影响，是一部重要的中国电影。但同时《三峡好人》也存在一些问题，这既有属于这部影片自身的问题，也有属于当前"底层叙事"共同的问题。

就《三峡好人》自身来说，电影以两条线索来建构，以"寻找"为主题，但两条线索只是串起了两个故事，没有交叉，没有在相互作用中使影片在主题意蕴上更深入、在艺术上更有探索性。影片最精彩的地方并不在故事，而是散落在叙事中的一些点，比如旅馆的老板，还有那个想出去打工拦住赵涛的小女孩，但故事没有更紧密地贴在生活上，更多地发掘这些东西。韩三明跟妻子谈话的一场戏，两个人的对话没有表现出内在的情感，感觉像是在背台词，或许更自然一些会更好。流行歌曲的元素，在这部影片中用得不是很成功，在贾樟柯的《小武》和《站台》中用得都很自然，但在这部片子中，让那个小孩跑来跑去地唱，就有些过于刻意。还有学周润发的那个小马哥与《上海滩》的音乐，似乎也有些不自然，现在农村的孩子对周润发似乎不会如此迷恋，在这里导演似乎仍在以20世纪90年代初的经验来把握现在的农村青年。此外，飞碟的出现和移民塔的飞走，和影片的整体风格似乎也不太协调。

就电影中的"底层叙事"来说，影片还是以外来人的眼光来看待这个地方，没有深入生活本身的逻辑之中，去发现他们的内在情感，所以其中的人物都是一个表情，麻木、忍耐。这是一种启蒙的精英视角，与真实的底层世界有着较大的距离。当然贾樟柯还是力图呈现"真实"，也达到了一定的深度，比如跟王超的《江城夏日》相比要好许多。《江城夏日》似乎还停留在故事和生活的表层，《三峡好人》则深入了进去，但深入得似乎还不够，也不如《小武》表现得更好，我们可将这视作启蒙视角本身的局限。

在这方面，李杨的《盲井》与《盲山》的正反经验也值得探讨。《盲井》根据刘庆邦的小说《神木》改编，相对于刘庆邦的一些优秀的短篇而言，《神木》并不是最好的，语言比较粗糙，故事也有些生硬。但影片《盲井》紧凑、简洁，更有张力，影像的粗糙、简单、自然反而成就了它的风格。不过影片的焦点不是具体的事件，而是探讨在这种极端境况下"人性"的问题，就总体来说，影片将现实中具体的矿难事件与对"人性"的探讨结合得比较好，深入到了矿工生活的内在逻辑中，让我们看到了矿工理解、认识这个世界的独特视角，给人一种震撼性的冲击力。

《盲山》似乎也想结合现实与"人性"，但这一次，他理解的"人性"似乎过于简单了。故事讲的是一个女大学生被拐卖到农村，几次逃跑未遂，在那里生下了一个孩子，最后被解救，却又舍不得孩子的悲惨故事。在叙述节奏、影像风格上，影片都有一些特色，并比较完整地呈现出了导演所要表达的意图，在这个意义上还是比较成功的。但就这个故事本身，以及导演要表达的主题来说，则不是很成功。真正的问题在于作者的思想意识，他把造成这一悲剧的原因归结于村民的贫穷与愚昧，这在影片中很清晰地呈现了出来，但是"文明与愚昧的冲突"这个20世纪80年代以来占据主流的思想框架，已经无法解释拐卖妇女这样的社会现象了，现实中要复杂得多。所以这部影片的根本问题，在于以一种陈旧的思想框架来解释现实，给人们提供一个既定的结论。

就拐卖妇女这一问题来说，并不仅是所谓"愚昧"带来的，也是"文明"带来的。据人民大学一个学者对广西某个山村的调查，在这一个小村里就有30多个光棍，而这在之前是没有的，这是因为修通了公路，有更多村里的姑娘到外面去打工了，她们也就嫁到了外面，而村里的光棍也就多了起来，光棍现象可以说是"文明"带来的结果之一。男人当然也会出去打工的，但出去的男人不是那么容易讨到媳妇的，因为所谓"文明"的逻辑是一种按逻辑链条来分配性资源的结构。《读书》的一篇文章，谈到在台湾这种逻辑性的结构，就一般而言是，大城市里的好女人嫁到国外，小城市里的好女人嫁到大城市，农村里的好女人嫁到小城市，农村的男人呢？只能娶东南亚一些国家的好女人，而至于东南亚国家的男人呢？也是沿着这样的逻辑链条推延下去，直到最底层，娶不到女人的只好打光棍。现在农村里的男人，也处于这样的链条之中，并处于最低端，村里的好女人跑到城市里去了，而没有出去的男人与女人比例严重失调，他们中有一部分必然要打光棍。这还是仅就一般而言，如果考虑到在城市里，处于链条高端的某些人所拥有的性资源不止一个女性，那情况就会更加严重。

影片在国外获奖，有助于我们从"全球化"的视野来看这一影片，除了奇观展示之外，影片似乎还让西方人看到了中国的"愚昧"，正如中国的精英看到了中国底层的"愚昧"一样。在我们上述"文明"的链条中，西方白种男人无疑处于链条的顶端。这些西方男人一边享受着上海宝贝们

"蝴蝶的尖叫",一边在电影中欣赏着中国男性的"愚昧"。而中国的导演与知识分子却也将"愚昧"呈现给他们,而不反思整个"文明的链条"的合理性,这不能不说是"启蒙"视角所带来的遮蔽。

二、被娱乐遮蔽的大众

在另外一些影片中,我们可以看到"底层",但在这里,"底层"并没有构成影片的问题或主要表现对象,而是成为影片主体叙述的一部分,被编织进去成为一种娱乐的因素。这显示出"底层"虽然成为关注的对象,但却并没有获得主体性的地位,而只是作为一种被动的"客体"被反映,因而在这些影片中,我们听不到"底层"自己的声音。

《长江七号》的第一个镜头,是周星驰饰演的民工坐在尚未竣工的大楼顶端俯瞰整个城市,端着饭盒慢慢咀嚼。这一镜头具有象征意义,也让人对民工的处境有一个整体性的认识:他们是城市的建设者,却被疏离于城市之外;他们从事着高度危险的工作,但对生活却有一种麻木与顺从。作为周星驰的转型之作,这样的开端让人期待,但在故事的逐渐推进中,我们发现影片的叙事重心从周星驰的故事变成了小男孩的故事、从民工的故事变成了儿童的故事、外星人的故事。影片中虽然还留有劳作的场景、民工与老板的紧张关系、民工从脚手架上跌落的情节,整个故事也隐含着穷人至少还有幻想的寓意,但就总体来说,民工生活的元素被整合进了影片的整体叙述中,并失去了其内在的冲击力,这使影片不仅对底层的表现只流于表面,而且也失去了周星驰电影"关注小人物"的特色。

在《苹果》中,虽然出现了底层的洗脚妹与"蜘蛛人",但影片真正表现的主题却是"情欲",底层以一种在场的方式"缺席",并没有得到关注,而只是构成了影片的叙述元素,并被精英阶层的审美趣味刻意地扭曲了。在《疯狂的石头》复杂的故事网络中,也涉及了房地产商对公共资源的侵占以及下层小偷的困窘处境等社会问题,但这些问题并没有得到正视,影片将之作为背景或者纳入到总体性的叙事结构中,成就了一场叙事上的狂欢。

《我叫刘跃进》与《疯狂的石头》相似,也力图将对底层的叙述纳入到一个大的结构中去,在"几伙人"的互相斗争与寻找中,影片试图表现小人物的无奈和世界的复杂性。然而这个影片却不是很成功。首先在娱乐性上,它并没有达到《疯狂的石头》的狂欢效果,这是因为它的线索并不清晰,出场人物比较杂乱,又过于讲究戏剧性与偶然性,这使故事本身显得支离破碎,缺乏一个稳定的内核;其次在对底层的表现上,影片将之纳入到与不同阶层的对比中,应该说这是一个不错的构思,但影片虽然触及了底层的真实处境,却将重心放在不断地编织外部关系上,从而以一种游戏的态度滑过了对底层的关注。

《我叫刘跃进》改编自作家刘震云的同名小说,如果我们将小说与电影加以对比,可以发现,小说相对于电影可以说是较为成功的。这可能是因为长篇小说的篇幅足够容纳一个复杂的故事,小说中的人物、情节虽然繁杂,但却是清晰的,为我们呈现出了不同阶层"几伙人"的世界及他们的所思所想,并以一种复杂的技巧将之编织在了一起。不过在对底层的表现上,小说与电影存在着共同的弊端,那就是对故事复杂性的过分追求淹没了作者与小说主人公的主体意识,主人公更像一个道具或符号,而不是一个活生生的人。这对于以呈现"生活原生态"著称并创作过《一地鸡毛》《单位》等小说的刘震云来说,应该是一个小小的讽刺,当然这与他近年来在创作上的转变有关。

如果我们比较一下《我叫刘跃进》与导演马俪文借以成名的《我们俩》,可以发现这两部影片在风格上形成了鲜明的对比。《我们俩》的故事是极端简单的,虽然它只是表现了一个女学生与一个房东老太太的关系,但却清楚地呈现出了她们的现实处境与内心世界,以及她们交往中的微妙之处;而《我叫刘跃进》是极端复杂的,它编织了一个复杂的故事,但却只是流于表层,并没有触及更深层次的问题。在艺术上,《我们俩》多用长镜头,平实自然,在缓慢的推进中显示出了作者的真诚与自信;而《我叫刘跃进》则多用跳切,并在两条故事线索中不断穿插,显示出了现代生活的紧张、焦灼,我们也可以将之视为创作者主体情绪的一种投射。

在这里,一个有意思的问题是,马俪文的《我们俩》、刘震云的小说《我叫刘跃进》都比较成功,为什么他们合作的电影《我叫刘跃进》却并不成功呢?我想这里最为关键的并不是能力问题,而是作者是否能够真诚地面对世界、面对底层的问题,在这个基础上,如果能够寻找到适合的艺术表现方式，就会拍摄出好的影片。在这方面，我们可以说《我们俩》是一个成功的例子，而电影《我叫刘跃进》则是一个反面的例子。

三、直面底层的生存困境

与以上影片相比，另外一些影片却为我们描绘出了底层生活的困境，这些影片大体上可以分为两类：一类是从一个小的视角切入，着力呈现某一种人的生存状态及其内部的人际关系，注重表现生活的原生态，从而表现出他们的生活逻辑与内心世界，这类影片以《卡拉是条狗》《我们俩》《公园》等为代表；另一类则更注重影片的故事性，将戏剧性与现实生活结合起来，从而表现出底层生活中的困窘或悖谬之处，这一类影片以《落叶归根》《光荣的愤怒》《好大一对羊》等为代表。需要指出的是，这些影片大都是小制作，而且较少使用大牌演员，但却为我们呈现了一个较为真实的底层世界。

路学长导演的《卡拉是条狗》，开头是工人老二的妻子去遛一条没有"养狗许可证"的狗，结果被警察发现没收了，如果在规定的时间内不能缴纳5000块钱，狗就会被送到郊区去。影片的重点是老二处心积虑地寻狗过程。在这一过程中，围绕老二一趟趟去派出所，展开了他的整个世界，他与妻子、儿子的关系，他与另一个女人杨丽的关系，他与狗贩子的关系、与警察的关系，等等，同时也展现了处于底层的老二的内心世界。正如有人指出的，"与其说老二是在找狗，倒不如说他是在找回自己正在失去的做人的乐趣与尊严，一个收入不高的普通工人的安乐生活"。我们从影片中可以看到，老二不仅在经济上处于困窘的状态，而且在精神上也处于极为卑微与尴尬的境地，这在儿子对他的鄙视态度以及他借来的假狗证被警察没收时的难堪中，都有极为细致的表达，而这也是底层人最为真实的处境。

在尹丽川的《公园》中，父亲执著地为女儿征婚，扰乱了女儿的生活，迫于亲情压力，女儿一步步退让，甚至和小男友分手。而父亲在时髦的"公园相亲"过程中，认识了为儿子征婚的母亲，女儿又萌生了为父亲找个老伴的念头。这对彼此深爱的父女却总是互相伤害。影片以一种缓慢的节奏，表现了一对父女之间复杂而微妙的亲情，让我们看到了城市底层的伦理关系与伦理观念。影片不追求故事性与戏剧性，而是以一种散文式的抒情笔调，将情感的幽深细微处呈现了出来。

《卡拉是条狗》《公园》与上面谈到的《我们俩》，都以一个简单的事件贯穿始终，在这一事件中呈现主人公的现实处境与内心世界，不强调戏剧性，而力图在日常生活中加以表现，节奏也比较缓慢，这或许是表现城市底层常用的方法。与之相比，表现农民或农民工的影片，则更追求强烈的艺术效果，戏剧性与节奏都比较强。之所以这样，一方面农民与农民工的生活本身更具偶然性、戏剧性，另一方面或许从居身于城市的创作者看来，农民与农民工的生活更具有一种奇观性。

曹保平的《光荣的愤怒》根据阙迪伟的小说《乡村行动》改编，以一种狂欢式的节奏讲述了一个农村抗暴的故事。在上街村有四个无恶不作的兄弟——仗势欺人的赌徒熊老大、鱼肉百姓的村会计熊老二、无法无天的村长熊老三以及色胆包天的轴承厂厂长熊老四。这四个人横行霸道，成为当地的一股恶势力，村民们对其所作所为恨之入骨，但是又没有人敢招惹他们。新上任的支部书记叶光荣表面虽然与四兄弟和睦相处，私底下却酝酿着如何找机会将这股恶势力铲除。影片以叶光荣与村民抓捕熊家四兄弟的过程为线索，表现了农村的现实状况以及村民面对恶势力时恐惧、动摇、终而反抗的细腻心理。影片的结局是巧妙而无奈的，在村民与四兄弟即将分出胜负的紧要关头，四兄弟突然被公安局以另外的理由抓捕了，它将一个偶然当作了"光明的尾巴"，却将思考留给了观众。影片不仅能直面现实，在形式上也颇具探索性，将一个小成本的农村故事，拍成了具有现代感的、快节奏的狂欢故事，显示了创作者构思的巧妙。

根据夏天敏同名小说改编的《好大一对羊》（刘浩导演），讲述了一个扶贫的"悖论"。刘副县长在视察时看到了德山大叔窘迫的生活，把别人捐献的两头外国羊让他家养，外国的高级羊需要非常讲究的饮食和生活环境，麻烦接踵而来：一开始，外国羊什么东西都不吃，后来总算吃东西了但不久就开始便秘，再以后，德山大叔为了让两只羊吃上鲜嫩的青草，跋山涉水带着两只羊去鹿坪……故事的最后，德山大叔实在无力继续伺候这一对昂贵的羊，被县里牵走了，但这时他却对这对羊产生了情感。扶贫本是一件好事，但却对德山大叔造成了伤害，影片以此表现了底层的生活逻辑和他们的困窘处境，也让我们反思扶贫及扶贫的形式，不适当的扶贫反而会对底层造成物质与精神上的损伤，这是只有从底层的视角才能看到的问题。

张扬导演的《落叶归根》，在《黄金甲》与《三峡好人》对决的2006年上映，取得了很高的票房，显示了不同于《三峡好人》的另一种"底层叙事"倾向。在影片中，赵本山饰演的老赵，南下到深圳打工，因为好友老王死在工地上，决定履行诺言，背着他的尸体回乡安葬。老赵先把老王伪装成醉鬼，混上了长途车，却不幸在途中遇上劫匪。老赵誓死保护老王的补偿金，赢得劫匪敬重之余，还救了一车人的财物。而这不过是一个开始，在他回乡的路上，还遇到了一个又一个波折，影片以公路片的形式，描绘了老赵在回乡途中的遭遇。这样一部电影，之所以取得票房上的成功与评论界的赞誉：首先来自于"背尸回乡"这一事件的传奇性，以及从中体现出来的民工的悲惨遭遇；其次在于赵本山的明星效应；再次影片并没有将民工的生活简单化与平面化，将他们的生活仅仅理解为悲惨，而是深入到了他们生活的内在逻辑中，比如在老赵身上体现出来的重信守义的品格，以及他在苦难面前积极乐观的精神，大大丰富了我们对"底层"的认识；最后影片不仅可以为知识分子所接受，也能吸引普通观众，显示了它面向"大众"的努力方向。

以上我们分析了电影中表现"底层"的不同角度与方式，尽管对一些影片提出了批评性的意见，但"关注底层"本身却是没有错的，问题只是怎样才能更深入地进入底层的世界，并以独到的艺术形式加以表现，创作出能为底层所欣赏的影片。我们关注底层，也是在关注中国的根基，只有充分焕发出底层的主体性，才能建构出中国与中国电影的主体性。从20世纪80年代以来，我们电影的主流就发展出了一种面向精英、面向海外（市场）、面向电影节的倾向，在这个过程中则忽略了中国的底层，不仅作为表现对象忽略了他们在银幕上的形象，也作为观众忽略了他们的精神文化需求和广大的市场。在"底层"受到更多关注的今天，这样一种倾向已经得到了反思，出现这么多表现"底层"的影片就是一个证明，尽管它们还存在种种不足，但这也正是一个今后发展的动力。我希望中国电影在对底层的关注与表现中，能涌现出更多不同风格的优秀影片。

工人生活、历史转折与新的可能性
——简评《钢的琴》

张猛导演的《钢的琴》有一个巧妙的构思：下岗工人陈桂林为了在离婚时挽留住女儿，需要一架钢琴，但是他既没有钱买，去偷又搬不动，最后他决定自己制造一架钢琴。于是他寻找铸造厂下岗的旧日同事，杀猪的、修锁的、打麻将的、做小买卖的、以及退休的"汪工"等，他将这些人联合起来，在废弃的工厂开始铸造一架"钢的琴"。影片以这一故事为核心，让我们看到了后社会主义时期的工人状况。如果说下岗之前，这些工人是作为一个"阶级"而存在的，而在下岗之后，他们则分散地走向了各自的生活，他们不再作为一个集体而出现，而是散落在社会结构的不同层面，独自承担起了自己的生活。与以前相比，他们的生活不再有集体的保障，他们的精神也不再像以前那样昂扬或自信，而是处于挣扎与困顿之中。在这个时候，"制造钢琴"这一事件将他们团结在一起，他们又相聚在旧日的厂房之中，开始为一件"共同的事业"而奋斗。但是时过境迁，他们这时团聚在一起，与以前已经有了极大的不同，破败的厂房，巨大的管道，废弃的烟囱，都在说明一个时代已经结束，而他们重聚的欢欣与劳作的快乐和这些场景形成了鲜明的对比，有一种近乎荒诞的喜剧效果。

这可以是一种双重"错位"。他们在一个不属于他们的时空中仍然延续了旧日的行为，这是时空上的错位。而另一方面，他们"联合起来"的目的也和以前有很大的不同，如果说在下岗之前他们铸造钢材是在为国家或社会主义事业做贡献，那么此次"联合起来"，则只是为了私人的目的，帮助陈桂林造一架钢琴。同时在这里，"钢琴"作为一种象征性的符号，则代表着另外一种生活方式——讲究格调或趣味的、中产阶级或资产阶级的生活方式。这样一种追求与他们"联合起来"的行为本身也构成了一种错位或反差,即在联合的过程中,他们并没有形成自身所处阶层的阶级意识,反而是另一阶层的阶级意识或主流的意识形态在向他们渗透:他们所努力的目标,不过是为陈桂林的小女儿提供另一社会阶层生活方式的象征性符号。在这里,他们所认同的价值观念与陈桂林前妻并无太大的不同,所不同的只是他们提供的方式更加艰难曲折而已。在此处我们也可以看出,昔日的"工人阶级"在经历了沧桑巨变之后,仍然没有生成自己的"主体性",在思想意识上仍然为另一阶层的主流意识所主导,而并没有发掘出自己生活方式与思想意识的真正价值。

但是另一方面,这些下岗工人毕竟联合起来了,那么是什么促使他们联合起来的呢?除了与陈桂林的私人友谊之外,我们还可以看到另一个重要的因素,那就是对集体的渴望与对昔日生活的美好情感。他们共同保有着对那一段生活的温暖回忆,那是他们生活中最值得珍惜与骄傲的日子,那不仅属于他们个人,也是属于钢铁产业乃至"东北老工业基地"的辉煌。正是这些美好的回忆,以及他们在过往生活中所形成的彼此之间的情感,让他们以一种新的方式走到了一起。在这里,值得注意的是他们的情感联系,这些工人在下岗后散落各处,从事着不同的行业,但是一旦遇到某一件事,他们还是可以重新凝聚在一起,可见他们之间的情感联系是多么坚固。而这样一种关系,既来自于现代化大产业在运行中所产生的协作需要,也来自于同一社区"熟人社会"所凝聚起来的情感,可以说是一种既现代又传统的关系。这一关系不同于传统农业社会的熟人关系,因为他们所从事的是现代化的钢铁产业;也不同于现代私人企业工人之间的彼此隔离,因为他们在生活之中也形成了紧密的联系;同时他们也不同于传统的以"义"为核心的江湖兄弟的关系,因为他们所从事的是一种以现代化与社会主义为目标的大业。但是这一关系也带有上述三种关系的某些特点,在这个意义上,他们之间的关系是有传统中国特色的阶级或同志关系,或者说是一种"阶级兄弟"关系,他们在阶级关系上叠加了"兄弟"关系,形成了一种独特而密切的现代人际关系。影片中对这种关系有着细致的把握,但也没有回避其内在的复杂性、人与人之间性格的差异、彼此之间的矛盾与纠葛、现在生活处境的不同,等等。但是这些内在的差异并没有成为他们彼此合作的障碍,反而更加丰富了他们之间的情感,让我们看到了他们的多面性及其内在的一致性。影片的整个故事逻辑正是建立在这种"阶级兄弟"关系之上,不过这是一种迟到的表演,是沧桑巨变之后的缅怀与追忆,也是一种深情的告别或对未来的期盼。

在结构上,影片采取了类似《七武士》《海角七号》的组织方式,不同的人物在面临一件大事时,经历种种波折、矛盾与纠葛,最后凝聚在一起,共同面对与解决了这一问题。在《七武士》中,这一事件是对付外来的强盗;在《海角七号》中,这一问题是组织一场音乐会;而在《钢的琴》中,这一事件则是制造一架钢琴。这样的组织方式的长处在于其丰富性与曲折性,如《七武士》便塑造了七位性格迥然不同的武士,《海角七号》也呈现了不同阶层的人物在组织音乐会这一事件上态度的差异。这一结构不易把握,如果处理不好,很容易散漫或散乱,是对主创人员结构控制能力的一个重要考验。《钢的琴》对这一结构有着较为出色的把握,影片中的陈桂林、淑娴、王抗美、大刘、胖头、二姐夫、汪工、季哥、"快手"等人,形象鲜明,个性突出,他们每个人都有着自己的故事,最终融汇到"造钢琴"这一大故事之中,在一个"集体"之中找到了自己的位置。他们既分工又协作,既有矛盾又统一在一起。相比《七武士》《海角七号》,由于《钢的琴》的结构方式与主题呈现相关,因而别具一番深意。他们的"组织起来",是在下岗分散之后的重新"组织起来",所以这一组织的过程也就更加引人深思。所以当影片中荒废的厂房中再度响起他们的欢声笑语,再度迸溅起钢花,再度充满忙碌的身影,他们所勾起的,不仅是历史的温情记忆,也是对现实的批判性反思。或者说,影片向我们展示了历史的另外一种可能性,让我们去想象:如果没有下岗或国企改制,他们的生活是否会更好一些?我们的国家是否可以更好一些?

在这个意义上,我们也可以将这部影片与库斯图里卡的《地下》(《没有天空的城市》)、沃尔夫冈—贝克的《再见,列宁》加以比较。这两部影片也提供了反思历史的一种新视角,以轻盈的艺术构思让我们看到了历史的厚重。在库斯图里卡的《地下》中,革命已经结束,而被骗的革命领袖与他的同志转入"地下",在那里继续坚持革命理想与斗志达20年之久。等他们终于发现这一骗局时,南斯拉夫已经沧桑巨变,面目全非。库斯图里卡以此来反思南斯拉夫的历史。而在《再见,列宁》中,儿子阿历克斯为了不刺激病中的母亲,隐瞒柏林墙倒塌,假装东德依然存在。于是在那间小公寓里,阿历克斯尽力描述着一场东德仍然繁荣昌盛的场面,从食品到服饰，甚至伪造电视新闻，最后他甚至导演了一出西德为东德统一的"戏剧"。在这里，我们看到了历史的另外一种可能性。在《钢的琴》中，虽然没有南斯拉夫、东德那样天翻地覆的巨变，但是中国的发展与时代的巨大转折，也让我们对另外一种生活与生产方式感到陌生——那种集体的、"社会主义"的生活方式，被冠以"大锅饭""铁饭碗"之名受到批判与否定，在市场经济时期已经失去了其"合法性"。影片则以一种新的方式将我们带到了那样的生活方式之中，让我们看到了那种生活方式曾有的温暖与美好回忆。但是这样的反思，是在双重隔离的效果之中达到的。如我们上述所言，小说在荒凉的厂房中再现了火热的劳作场面，具有一种强烈的时代对比，这种对比具有一种反讽性的戏剧效果，这可以说是一重"隔离"。另一重隔离则来自影片的艺术效果，影片在呈现上述场景时，配以欢快或怀旧的音乐，这些音乐的巧妙运用使我们在接近这一场景时又远离了"现实"，可以从一种有距离的高度面对这一切。这双重的隔离，将一种更加丰富的历史与艺术意蕴呈现在我们面前。我们不得不思考历史的另外一种可能性，在时代巨变之后，我们应该如何看待工人曾经有过的历史，如何面对工人当下的现实？影片对"转折"的戏剧性呈现，及巧妙的艺术构思，让我们可以像《地下》《再见，列宁》一样，面对与思考这一历史转变对国家发展所带来的种种后果，并探索新的可能性。

另一方面，如果与描述工人生活的电视剧如《大工匠》《钢铁年代》《金婚》等作品相比，我们可以看到，这些电视剧几乎都以编年的形式讲述工人生活数十年的演变，它们所表现的是历史的"延续"。这一"延续"又因为故事的家族结构与个人成长史的讲述方式而得到加强，于是其中呈现出来的工人生活的故事便似乎是"自然而然"的变化。在其中我们很少能够看到历史的"转折"与"断裂"，在这里，"工人阶级"的故事便不是一个阶级的故事，而表现为"家务事，儿女情"，"工人阶级"命运的转折也不是一个整体性的叙述，而表现为家庭与个人命运的沉浮。这样讲述故事的方式虽然为电视观众所喜闻乐见，却缺乏对历史的一种总体性的认识和把握。而《钢的琴》不同，它所讲述的是历史的"断裂"与"转折"，将不同时代工人的生活方式，以艺术的方式"叠加"在一起，在巧妙的对比中，让我们看到了历史转折在每个人的生活与心中留下的印痕。这样的方式虽然不像上述电视剧那么面面俱到，但却从总体上让我们看到了"工人阶级"的历史经验与现实处境：在他们作为一个"阶级"瓦解之后，他们只能以个体的方式进入"历史"，因而是无力的，他们所拥有的只是个人技艺，但这种技艺在离开工厂之后又无用武之地；只能成为小生产者式的谋生的饭碗。在影片中，我们可以从不同的地方看到这一对比。在影片所营造的氛围中，我们可以看到"集体"时的火热与现在厂房的凋敝。"钢"这一意象，在过去的时代是"铁水奔流"的象征，而现在则是冰冷的，甚至是"废铁"，只有在"造钢琴"的过程中，才回光返照似的重现了昔日的火热与激情，而这只不过是转瞬即逝。在影片的结尾处，陈桂林的父亲去世，或许这真正象征着一个时代的结束。

张猛导演的《耳朵大有福》曾经引起电影界的广泛关注与好评。这部影片描写一个退休工人一天的生活，他生病的老伴，被羞辱的女儿，在外惹事的儿子，无人照顾的老父亲，以及他漫长而艰辛的寻找新工作的过程。影片以生活流的方式展现了他生活中的方方面面，让我们看到了一个底层小人物的现实处境及其喜怒哀乐。这部影片深入人物的生活与内心，较之某些描述底层生活的纪录片与故事片，更深刻细腻地表现了这一阶层的生活世界。而作为他的第二部作品，《钢的琴》与《耳朵大有福》既有区别又有联系。两者的相同之处在于它们所关注的都是底层小人物或"工人阶级"的历史与现实处境，甚至《耳朵大有福》中的主人公王抗美，在《钢的琴》中也作为一个次要人物出现，更是将两部影片联系在一起，也显示出创作者创作"系列影片"的艺术雄心。两者的不同之处主要在于艺术表现方式，《耳朵大有福》是以接近纪录风格的"生活流"表现主人公的生活，而《钢的琴》则更体现了创作者艺术上的精巧构思，但是这一艺术化的表现不仅没有削弱对生活的深入，反而以新的方式让我们从一个更加开阔的视野去看待工人生活的变化。在艺术表现上，二者也有相似之处，那就是音乐元素的出色运用，这些革命歌曲、通俗歌曲与钢琴曲，不仅象征着不同时代的风格与文化理想，而且也将我们带到了历史与时代的深处，让我们可以从总体上思考工人生活的变化、历史的转折以及新的可能性。

"我们坚持自己艺术梦想的道路不会改变"
——张猛导演访谈

李云雷：在拍电影之前，你在辽宁电视台工作，也担任过本山传媒的副总，并曾为赵本山的小品做过编剧，是什么原因促使你放弃这些工作，从事电影拍摄？能否请你简要介绍一下你的人生经历与创作经历？

张猛：归结原因有两点。一生活，本山传媒名声很大，我的职位很高，但工资低下。当时我已结婚，脱离父母自立门户，工资收入不能让我养家糊口，思前想后选择离开；二事业，我在本山传媒期间始终建立不起来与二人转的情感，集团倡导的所谓绿色二人转早已脱离了原本二人转这门东北民间艺术的本质，故分歧越来越大，矛盾越来越多，沉溺在伪江湖的气氛中又不能仗义执言，于是心中一直惦念着的电影梦想开始死灰复燃，思前想后决定离开。

我1975年出生在东北，父亲是导演，母亲是演员，标准的艺术家庭配置。耳濡目染让我在高中毕业那年选择了艺术，1995年考入中央戏剧学院，学习舞台美术，1999年毕业。之后混迹圈中，从事编剧、舞美、照明、场记、剪接、文案，积累经验，丰富自我，直到2007年电影梦想死灰复燃，拍摄第一部电影《耳朵大有福》，2010年拍摄第二部电影《钢的琴》，生活好转，事业好转……

李云雷：在一些材料中也看到，你拍摄影片时面临着严重的资金短缺，《耳朵大有福》《钢的琴》都是如此，戴锦华在一篇文章中也说过。那么是什么促使你坚持自己的选择？仅仅是出于对电影的热爱吗？或者是出于一种理想主义？

张猛：资金短缺的根本原因是你选择的题材不合时宜，不是当下观众的审美主流。可总得有个人来做不合时宜的事情，即使不是我，肯定还会有别人。今天两部电影已经呈现在观众面前，回想两部电影的历程，不禁倒出一身冷汗，觉得自己的做法"挺二"，这不完全来自对电影的热爱，更有一份责任，这份责任莫名其妙地就被我扛在了肩上。资金短缺使《耳朵大有福》和《钢的琴》的拍摄充满了悲壮的英雄主义色彩，像一场弹药粮草不足的战斗，随时等待着肉搏、等待着牺牲！

李云雷：在《钢的琴》之前，你拍摄的影片《耳朵大有福》，也是一部引起广泛关注的电影，但采取的是"生活流"的表现方式。但在《钢的琴》中，你采取了极为风格化的艺术呈现方式，与《耳朵大有福》完全不同，不过这样的艺术方式不仅没有削弱影片切入现实的力度（这与很多以"艺术"的方式逃离现实的影片不同），反而以一种更深刻的方式呈现出了我们这个时代的核心问题。请问你当初为何选定了这样的艺术风格？

张猛："哀而不伤"是我在做导演阐述的时候提到的一个词，怎么做到哀而不伤呢？这需要我们放大快乐，呈现快乐的过程，别做在伤口上撒盐的事情。因为那个时代的苦难已经过去，隐隐作痛已沉在每一个人的心底，苦难作为共鸣不是要我们去扒开创伤，是要我们带着流血的伤口舞蹈歌唱，逃避苦难，对苦难视而不见。逃避表现痛苦便给了影片一个艺术风格的基础。

李云雷：《钢的琴》的故事构思十分巧妙，在主题意蕴上也很丰富，在最初构思时，你是怎么想到以这样的故事来表达你对工人生活的思考的？或者说，在这个已经完成的影片中，最初让你萌发灵感的是什么地方？这最初的灵感又是如何生发成完整的构思的？

张猛：回老家铁岭帮姑姑装修，发生了两件事儿。

在铁岭评剧团排练厅我发现了一架钢琴，掀开已经龟裂的琴盖，按了一下琴键，居然还能发声，只是按下的琴键陷在键盘里，不能复位。我父亲跟我说这是他们当年为了视听练耳自己做的。我到铁岭一个钢材市场加工一块钢板，发现每个作坊的主人都是原钢厂的工人，买断工龄后，不要钱，跟厂里要了车床之类的设备，来到钢材市场开店。市场里，车钳铣铆电焊，一应俱全，钢材市场的红火，一下把我带回工厂繁盛的时代。虽然它不是集体，只是个人，但是这些人组合到一起，又形成一个小的工厂氛围，工人阶级的力量强烈地击打着我。这样一群人，用个体的努力，就把体制改革给消化了。他们没有苦闷，且活得起劲儿。只能发一次声的琴键和红火的钢材市场，此后便在脑海中挥之不去。

李云雷：《钢的琴》的结构采取了一群人共同完成一件大事的方式，不同的人物在面临一件大事时，经历种种波折、矛盾与纠葛，最后凝聚在一起，共同面对与解决了这一问题。这有些类似于《七武士》等影片，但是另一方面也与这些影片不同，由于《钢的琴》的结构方式与主题呈现相关，因而别具一番深意：他们的"组织起来"，是在下岗分散之后的重新"组织起来"，所以这一组织的过程也就更加引人深思。不仅是结构上的"组织"，影片的主题也是"组织"，不知你在拍摄时是否经过了深思熟虑才选定这样的结构方式？

张猛：黑泽明的《七武士》给了我们太多的灵感，此片也有向黑泽明致意的意思，同是没落的武士和失落的工人，在相隔不同时空中有着某种相似，应该说这是种经典的结构方式。《钢的琴》结构方式是事先想好的，"组织起来"一方面需要它来推动故事，另一方面，在这个"组织"的过程中，自然地展现了当年那些失业工人的形色百态，而这也是我想通过影片展现给观众的重要的一部分。工人们从失去劳动到重新找到劳动快乐是个自发组织的过程，因为他们已经意识到，文明的进程正在吞噬着昔日曾繁盛的工厂，意识的觉醒已经挽救不了失去劳动的权利。最后的疯狂，让他们再次组织起来，废墟上点燃炉火……

李云雷：我国也有不少电视剧描述工人生活，如《钢铁年代》《金婚》等，这些作品几乎都以编年的形式讲述工人生活数十年的演变，它们所表现的是历史的"延续"。这一"延续"又因为故事的家族结构与个人成长史的讲述方式而得到加强，于是其中呈现出来的工人生活的故事便似乎是"自然而然"的变化。在其中我们很少能够看到历史的"转折"与"断裂"，"工人阶级"的故事便不是一个阶级的故事，而表现为"家务事，儿女情"。但我觉得《钢的琴》不同，它所讲述的是历史的"断裂"与"转折"，将不同时代工人的生活方式，以艺术的方式"叠加"在一起，在巧妙的对比中,让我们看到了"工人阶级"的历史经验与现实处境。请问你如何看待电视剧表现的工人生活,你为何会采取这样的方式,是否认为这样更接近于"真实"?

张猛:您提到的两部电视剧,我没怎么看过。我想电视剧主要观众还是面对普罗大众,百姓喜欢看的东西更多的是"家务事,儿女情",他们喜欢什么,创作者生产什么就是了。带有"转折""断裂"这类东西还是作为背景和坐标出现比较好,否则看起来会很累。电影的创作初衷是要把观众带回到他们曾经经历过的那个年代,共同感受那个年代的转折与断裂,随主人公共同承受时代变化。这就需要我们对历史做出判断,要给自己一个立场,便于我们更接近历史的真实,找到真相。

李云雷:说一些影片的不足之处,我感觉影片中的一些次要人物形象尚不够鲜明,另外后面的三角故事似乎也有些枝蔓,这些对影片的整体艺术效果有些削弱。另外也有的评论指出,影片中的平移镜头使用过多。不知你对这些问题怎么看?

张猛:各花入各眼,有则改之无则加勉,在艺术前进的道路上时间还长,继续努力吧。大量的摄影机匀速平移镜头是有设计的,这是一个客观的视角,它是时代步伐的一个象征。不管镜头下的人是否跟得上,它都会按自己的节奏向前。而尽可能让画面平面化的处理,是想展示工业的废弃空间,人在那个空间里会变得渺小,这是拍摄前一个既定方针。

李云雷:《钢的琴》在国内外获得了很多奖项,但是在票房上却不是很理想,形成了罕见的"叫好不叫座"的现象,你认为造成这一现象的主要原因是什么?是档期选择的问题?还是宣传方式的问题?或者是电影市场本身的问题?

张猛:每部电影都有它的命,有命好的,有命不好的。

李云雷:《钢的琴》在国外获得了不少奖项,不知在国外的发行情况如何?另外,国外对这部影片的评价与分析角度,应该与国内有很大的不同,不知你是否了解?能否请你简单地介绍一下有代表性的观点与看法?

张猛:《钢的琴》去年10月在美国上映了,但规模很小,今年也拿到了在中国台湾的放映许可，至于发了多少钱不太清楚。《钢的琴》在海外的评价及分析角度与国内没有太大不同，他们也很感动，感动父女之情，他们也有理解怀旧的情节，让他们看到了自己当年也是从这样的工业时代走过来的。

李云雷：在当前的中国电影格局中，所谓"大片"占据了绝对的市场份额，其他类型的影片甚至主旋律影片也都在"大片化"。在这样的格局中，艺术电影的空间有多大？或者说，艺术电影如何才能有更大的空间？

张猛：电影分级，院线细分。

李云雷：在2011年的电影市场上，另有一部《失恋33天》，以小成本获得了较高的票房。我想这部影片的成功在于"现实主义"，即相对于那些云山雾罩的"大片"，这部影片表现了当代社会的具体经验，能唤起观众的认同感；另一点或许在于这部影片所表达的情感，比较切合当今主流电影观众群的趣味与心理。不知你是否关注到了这部影片？对这一现象怎么看？

张猛：《失恋33天》和《钢的琴》同属完美世界影视出品的电影，在市场上表现出的状态截然不同，所以相当关注，经验值得借鉴。如果我们都去做主流电影观众趣味的电影，那非主流的观众看什么呢？《钢的琴》在市场上拿到了600万的票房那就意味着仍有人花钱进影院去看，我们可能都忘记了毛主席《在延安文艺座谈会上的讲话》"阳春白雪，下里巴人，百花齐放，百家争鸣"。

李云雷：在一个座谈会上，你谈到有的下岗工人在你们拍摄影片时无法理解，甚至有一些不愉快。"在鞍山拍戏被打了两回，都是工人干的。无非是拍戏挡了他们回家的路"，你感到"哀其不幸，怒其不争"。那么，你的影片的预期观众会是他们吗？或者说，当前电影市场的主流观众中，是否会容纳这一阶层？如果不能，那你的预期观众又是哪些人？不知道在你那里，有没有来自工人对《钢的琴》的反应？

张猛：被工人阶级揍两顿，不错，让他们发泄一下也好，也许比进影院看《钢的琴》得到的快感更强烈。预期观众是哪些人，更像是投资人的问话，《钢的琴》从开始就没考虑这个问题，所以步履艰难，所以下次要考虑切合当今主流电影观众群的趣味与心理！

李云雷：关于工人阶级题材的电影，尹力导演的《铁人》、贾樟柯导演的《二十四城记》都是很优秀的影片，但也存在一些问题。可以说《铁人》遇到的是"主旋律影片"的普遍困境，即无法在历史与现实之间建立起一种流畅的叙事，同时在市场上难以与"大片"竞争；而《二十四城记》遇到的困境则是另一种，即艺术电影与资本的关系，当我们看到华润公司既是影片的投资方，又是影片中"二十四城"项目的开发者时，便可以理解为什么《二十四城记》的风格只能是怀旧与伤感，因为它无法揭示更深层次的问题，只能加以回避。相比之下，《钢的琴》对工人现状的表现更为深刻，在艺术上也很成熟，而这或许主要来自于你在政治与资金上的"独立"，不知你怎么看待这一问题？

张猛：独立很重要！因为只要有钱，拿钱的人就要说话，这就是市场。《钢的琴》之后，我在投资环节上好了很多，可废话也多了很多。对于我们这些苦日子过惯了的导演来说最怕的就是，如果有一天有钱了，却拍不出来电影了。

李云雷：你在《大众电影》的一篇访谈名为《为工人阶级拍电影》，这让我想起了英国著名导演肯·洛奇，他也是一位为工人阶级拍电影的导演，并且坚持了40多年。在我看来，肯·洛奇实现了"双重超越"，即他既是对资产阶级美学的超越，也超越了传统左翼文艺"主题先行"或"模式化"的弊病。不知你为"工人阶级拍电影"能坚持多久？你能否创造出一种新的"工人阶级"的美学？

张猛：至少我下一部电影仍是表现工人阶级在社会转型时期的故事，再下一部不敢说。至于创造出新的工人阶级美学想都没想过。

李云雷：不少关于《钢的琴》影评中，会提到与库斯图里卡《地下》的相似之处，主要是指影片中音乐与歌舞段落的相似性。我那篇评论也提到了《地下》，但是从另一个角度提出来的，即以"地下"这个时空来反思地上的时空，与《钢的琴》中在废墟中重现昔日的年代有相似性。同时我还提到了《再见,列宁》,我认为这部影片呈现了历史的另外一种可能性,与《钢的琴》也有相像之处。那么,你对社会主义时期有什么样的认识与反思,对你成长于其中的工厂的命运有什么样的思考?

张猛:那是一个有条不紊的时代,社会安定,因为人们都被拴在工厂里,一个工厂就是一个集体,一个集体少则三五万人。时代变化,工人们一下子离开集体,成为个体,每一个人都在思考,突然三五万个独立的思想出现了,还来不及找到行为准则的时候,工厂一个一个地被扒掉,楼盘一个个地立起来,再想看到工厂就到电影里吧。

李云雷:在那次座谈会上,上海大学的石川教授说:"过去大工厂时代,工人里面就是藏龙卧虎,有些人虽然是体力劳动者,却有理想、有抱负、有高雅的生活情趣。可计划年代的世俗观念又迫使他们压抑自己,只能'像一个工人那样去生活',不然你就成了异端。今天,工厂变成了一堆废墟,压个性的东西也失去了力量,因此他们的内在渴望反而被释放了出来,反而获得了更多的自由。当然,这是精神方面的,而物质上,他们又陷入了另一种困境,那就是贫穷。"我觉得他说的有道理,但是如果我们换一个视角来看,可以说"大工厂"时代恰恰可以保障工人有余暇与余裕发展个人的兴趣爱好,而在今天,无论是在岗工人、下岗工人还是"新工人"(农民工),恰恰丧失了这种"余暇"与"余裕",只能为生存奔波。在这个意义上,石川先生所说的更多"精神方面的自由"也是不存在的,不知你如何看待这一问题?

张猛:其实精神方面的自由还是存在的,他们在工厂里得到的劳动体验无时无刻地体现在生活的智慧中。在离开集体的日子之后他们曾为了生活奔波过,曾放弃过内心美好的东西、高雅的生活情趣。近年来随着生活的改善,这些似乎又从心底冒出来了,诗会、合唱、交谊舞等。富裕了,情趣便回来了,所以说应该是先建设物质文明才会有精神文明。

李云雷:"下岗工人"作为一个社会问题与社会现象,引起了广泛的社会关注。在今天,我们已不可能再像20世纪90年代初那样,以一曲乐观与豪迈的《从头再来》掩饰具体的社会阵痛,那么在你看来,"下岗"的产生存在哪些合理性与弊端?而在今天,在宏观层面应该如何面对与解决这一问题，而不是仅仅让工人自己消化？

张猛：下岗已转换成减员增效，合理性与弊端我们无从考量，无论是宏观调控还是工人自己消化，必然是个相互的作用，工厂绩效已无须看到滚滚的浓烟，昔日的工人也已混迹街边市井，不必重提昨日阵痛，因为生活仍在继续……

李云雷：在关于《钢的琴》的讨论中，有一个有意思的现象是，有些"自由主义者"也开始由这部影片关注下岗工人，关注"底层"。但是这样的关注仅止于人道主义的同情，而并没有像左翼学者那样，反思20世纪80年代以来的"新自由主义"政策——以全球化、市场化、私有化为导向的"改革"。不知你是否了解思想学术界论争的情况，你对这一问题怎么看？

张猛：我不太了解这个争论情况，但有人看、有人讨论总是件好事。

李云雷：2011年是个多事之秋，从"阿拉伯之春"到"智利之冬"，从轰炸利比亚到"占领华尔街"，从英国学生骚乱到欧洲债务危机，整个世界处于动荡不安之中。在这样的动荡背后，有两股动力：一股力量是2008年金融危机之后，生活愈益窘迫的底层民众与第三世界，为改变自身处境所做的抗争、奋斗与挣扎；另一股力量是控制世界体系的资本主义国家及其上层，为压制上述抗议所制造的混乱、镇压与战争。这两股力量相互激荡、冲击，此起彼伏，让整个世界处于动荡之中。在这样的世界图景之中，《钢的琴》作为"底层声音"的一种艺术表达，具有重要的意义，不知你如何看待你的电影与世界的关系？

张猛：总觉得《钢的琴》跟经济危机能联系上，在2009年上海国际电影节CFPC（创投）我阐述《钢的琴》这个项目的时候，我说请尊重每一个个体的劳动，让劳动回归到它本身的价值，也许这样就能化解危机。

李云雷：不知你接下来筹拍的影片是什么题材？你在资金等方面是否还像前两部影片一样遇到困难？如果遇到困难，你会以怎样的方式解决？另一方面，如果有大资本的介入，你是否仍然能坚持自己的艺术理想呢？

张猛:《钢的琴》之后,我和我的团队好转了许多,终于多云转晴了。目前正在筹备一部跟工业有关的电影,依旧是那个阵痛的年代、跟阵痛有关的人。目前我和我的团队都签约到了完美世界影视,我们相信完美世界影视的眼光与视野,也许未来还会有冲突,但我相信我们坚持自己艺术梦想的道路不会改变。

看不到的"铁人"

因为答应了要写关于《铁人》的影评,一直留心关于《铁人》上映的消息。但看到这部影片的过程却颇为曲折,在这里我想略为说一说,因为我觉得这也是此类影片所遭遇的普遍问题,而这又涉及影片放映发行的体制、对这部影片的"接受"与评价等问题。有朋友告诉我,这部影片在"五一"前后上映,所以从5月1日之前,我就开始注意影片的信息,但直到5月10日,在网上搜索各大影院,都没有看到要上映《铁人》的信息,在电视上,也只在北京文艺台的《每日文娱播报》中看到过这一影片的消息,但也只是在"建国60周年献礼片"中提到了影片的名字。5月11日,给中影影院打电话,得知该影片正在上映,但安排在下午,在小厅。5月12日下午,我赶到了中影影院,想去看2点40分的一场,但到了售票处,却发现并没有《铁人》的电影票出售,"今日上映"的影片目录中也没有《铁人》,我还到小厅(3厅)去看了看,问工作人员是否在演《铁人》。答曰"到售票处去看",我又回到售票处,询问工作人员《铁人》何时上映或者是否已经演过了,答曰"不知道"。无奈之下,我只好回家了。又,在国安剧场看到5月13日、15日下午要上演此片,去售票处询问,工作人员告诉我,影片是包场的,不向个人单独售票。又,在网上看到双安的华星影院有此片的消息,给他们打电话,工作人员说影片只在下午放映,且已经上演过了。各个影院都看不到,为了不辜负写影评的嘱托,我托一个朋友找到了该片尚未正式发行的DVD。正准备看时,突然听说5月16日电影学院要放映此片,并有与主创人员的交流,于是到了那天便去看。影片放映活动是该校研究生会组织的,免费入场,我大约提前10分钟进场,上座率大约有二分之一,等影片放映之后,我注意观察了一下,上座率大概有三分之二强,并未坐满。

以上是我终于看到了《铁人》的过程,之所以不厌其烦地做这些琐细的记录,并非想表达我个人看一场电影有多么艰难,而是想以此呈现《铁人》在当今社会的遭际,而这也应该是"主旋律电影"所遇到的普遍困境。如果不是要写影评,我也不会一定要找这个电影来看,特意去看这个电影,还会遇到上述困难,而对于不一定非看不可的观众来说,碰到上述任何一个情况,也就不会去看了。有趣的是,在中影影院的外面,我看到了《南京!南京!》的大幅海报,以及各种类型的小幅海报,而关于《铁人》,却没有任何宣传与介绍。对一部以日本士兵的视角讲述"南京大屠杀"的电影如此热情,而对一部以铁人王进喜为主人公的电影却如此漠然,症候式地呈现出了我们社会价值观的错乱。

  之所以出现这种情况,似乎也不应该仅仅责怪影院或院线。影院或院线作为一个企业,追求利润,追捧"大片",在市场经济的逻辑中似乎并无特别可责怪之处,这也是它们选择影片、安排放映场次与时间,以及制订宣传策略的出发点。问题在于电影并不仅仅是一般意义上的"商品",它既具有"商品"的属性,可供人消费、娱乐,同时也是一种负载了特定思想价值观念的"艺术",可在精神层面给人以触动、感动或提升,可以起到某种教育或宣传的作用。在计划经济时代,我们较为注重电影后一方面的功能,以电影作为宣传的"工具";而市场化改革之后,则较为注重电影娱乐、消费的属性。这对于大部分影片是适用的,但对于"主旋律电影"来说,则难免会遇到困境与矛盾。这一矛盾在于,既要把一切都推到市场,以票房收入为衡量的标准,又要让已经企业化运行的影院承担起思想教育的责任,而对于观众来说,则是让他们自己花钱去受"教育",而不是去消费或娱乐,这对于当今以青年为主的观影群体来说,是一件在心理上难以接受的事情。在这种情况下,出现看不到《铁人》的情况,以及上座率不足的现象,是可以理解的。而要扭转这一情况,只能根据电影的特性采取不同的分工与运作机制,适合商业化的影片由院线体制运作,而对于"主旋律电影",则似应吸取计划经济时代的某些经验,如包场,如超低票价,如覆盖城乡的广泛的发行网络等,而不应一概推向市场,否则这类影片很难在市场上与"大片"竞争,也无法将影片的"社会效益"充分体现出来。

  以上是由《铁人》对放映体制的一点反思,下面我想具体谈谈对"主旋律电影"以及《铁人》的看法。"主旋律电影",作为一种体现主流思想价值观念的电影作品，在计划经济时代，过于注重影片的宣传教育作用，在艺术形式上便难免出现模式化与僵化。虽然也涌现出了一大批优秀的作品，但总体上却给人以"灌输"或想教育人的印象，让观众在接受心理上有一种排斥的机制，这也是自然的。但近年来，却出现了一些新的"主旋律电影"，在艺术形式上有所创新，在思想表达上不那么生硬或"居高临下"，在人物塑造和故事编排上富有新意，比较适应当前观众的审美方式与审美趣味。或许我们可以将这些作品称为"新主旋律电影"，而其代表便是近年尹力导演、刘恒编剧的一系列影片，如《张思德》《云水谣》以及最近的《铁人》。

我们可以在不同的向度上，来总结这一系列影片的特点。首先，与以李安的《色，戒》、冯小刚的《集结号》、陆川的《南京！南京！》为代表的"新历史电影"相比。这些"新历史电影"虽然在艺术层面各有特色，并达到了相当程度的造诣，但它们对历史的阐释却缺乏逻辑的合理性，缺乏为人所接受的历史观与价值观，有的甚至对中国人民的情感造成了严重的伤害。与这些影片相比，"新主旋律电影"的特色在于：影片试图以新的方式、新的角度讲述现代中国的故事，但故事背后有一种对现代中国的"同情之理解"，有一种较为稳定且能为人所接受的历史观。影片从平凡人的角度去重新认识20世纪中国所走过的艰难曲折，以及几代人的奋斗与牺牲，并探讨其中凝聚的价值观对今天的启示。这与那些否定或怀疑20世纪中国历史与中国革命的影片，形成了鲜明的反差。

其次，与以往的"主旋律电影"相比，这些"新主旋律电影"具有以下特色：（1）影片的整体基调不是高亢的或充满乐观主义或浪漫主义的，而是平实自然的；（2）影片的叙述者或主人公是平凡的人或者"小人物"，即使塑造的是英雄人物或模范人物，也力图从平凡人的角度去审视与理解，而不将之拔高或升华，成为不可企及的"特例"；（3）影片所讲述的故事，也都不是惊天动地的大事，而是日常生活中的小事，影片的结构或叙述节奏，也不以某件事为中心、在紧张激烈的情节推进中加以展示，而是以散点式的叙述，在舒缓平静的语调中娓娓道来。这些特色是"新主旋律电影"所独有的，但这并不意味着对以往"主旋律电影"的否定，而可将之视为新时代的一种继承或发展，一种适应当前观众审美方式的变革。而且从"主旋律电影"到"新主旋律电影"，也有一个发展的过程。在20世纪90年代中期的《离开雷锋的日子》等影片中，我们已经可以看到"新主旋律电影"的某些特色或因素，但这在当时并没有形成一种"现象"。

将冯小刚的《集结号》与尹力的"新主旋律电影"做一些比较，是很有意思的。不仅因为《集结号》的编剧同样是刘恒，而且由于《集结号》也一直被某些人视为"主旋律电影"，并在这个意义上获得了多种奖项，在票房上也取得了骄人的成绩。在表面上，《集结号》很符合我们上述"新主旋律电影"的特征，但在我看来，它却并非是一部"新主旋律电影"，而是一部"新历史电影"。这主要是由于其主题的暧昧或含混造成的，也即这部影片有两个相互矛盾、冲突的主题，创作者以高超的"技巧"将之缝合起来，从而在不同层面上都取得了成功。在显在的层面上，正如创作者所说的，影片的主题是"每一个牺牲者都是不朽的"。在这个意义上，这是一部向先烈致敬的影片，它之所以被视为"主旋律电影"，也是在这一层面上。这部影片双重主题的"变奏"，灵活地穿梭于政治与商业的夹缝中，体现出了走钢丝绳的高度技巧，但这种自反的方式却产生了一种瓦解的力量，因而与尹力的"新主旋律电影"不同。尹力的"新主旋律电影"虽然以一种新的视角、新的方式讲述过去的故事，提出了如何重新认识以前的价值观念的问题，但更多的是持一种理解的态度，在新的时代对之做出新的阐释，而并不像"新历史电影"那样持一种否定或怀疑的态度。

在以上的基础上，我们再来具体分析一下《铁人》。这部影片从现在与过去两个不同的时空，讲述了"铁人"王进喜为石油而奋斗拼搏的精神以及今天应如何看待这一精神的问题。影片在两条线索上展开：一条线索是"铁人"和他的队伍从玉门转战大庆，为石油而艰苦创业的故事，故事主要在铁人和他的徒弟们之间展开；另一条线索是如何认识过去的奉献精神的问题，故事主要在两个石油工人刘思成与赵一林之间展开。刘思成是单位的业务标兵，他沉默寡言，除了拼命工作，就是像追星族一样收藏"铁人"的纪念品。他的朋友赵一林对刘思成的生活方式感到不解，也很看不上，而以更"潇洒"的方式生活，不认真工作、追女友、追时尚等。影片通过他们两人生活态度的对比，让人思考如何看待"铁人"精神的问题。这两条线索，通过刘思成联系在一起。刘思成的父亲刘文瑞是"铁人"的徒弟，"铁人"对他颇为器重，但他在三年自然灾害中忍受不了饥饿，逃回了家乡，从此对"铁人"既敬重又愧疚。影片在刘思成父子与"铁人"之间建立了一种复杂的联系，父亲的"逃跑"与儿子的"回归"形成了一种戏剧性的反差，而父亲的"逃跑"与当时其他工人的坚守、儿子的"回归"与周围工人的散漫之间的"对比"也都具有较强的戏剧性。正是在这多重的戏剧性之间，影片建立起了一个独特的思考空间，也将历史拉入了现实，让我们跟随刘思成的视角，去重新认识与理解上一代人的价值观，及其对今天的启示。

影片并没有将"铁人"塑造成一个高不可及的模范，而是通过他的行为方式、他为人处世的态度、他对待工作的热情，在平凡的生活中展示了这个西北汉子的性格特征，以及一代人的精神风貌。影片中的一些段落具有震撼人心的力量，"铁人"演讲的片段，"铁人"跳进水泥池的场面，以及"铁人"去追刘文瑞的情景，都能给人以心灵的触动。而在这一条线索中，广袤的冰天雪地以黑白片的方式呈现出来，简洁而有力，很好地衬托出了"铁人"的精神与风骨。值得一提的是，影片中"铁人"的扮演者吴刚，正是饰演《梅兰芳》中十三燕的管家费二爷、《潜伏》中陆桥山的演员，这两个角色，一个是精明的奴才，一个是老谋深算的军统特务，吴刚都演绎得颇为出色。但让他去饰演"铁人"是否能够胜任，在看到这部电影之前，观众心里都会有些疑问，但看过影片之后，我们都会对吴刚的表演颇为信服。而之所以让吴刚去饰演"铁人"，或许不仅仅在于他演技的高超，可能也在于导演想通过这个擅长饰演"反面人物"的演员，制造一种间离效果，打破人们对"铁人"、对模范人物的先在的固定观念——无论这种观念是崇敬，还是认为他们已经"过时"——而用一种更为平实的角度去审视、去理解他们。

影片中现实的部分，围绕刘思成的"铁人"情结、他的"沙漠综合征"、他对父亲的情感以及他和赵一林与一个女孩的关系展开。这一部分的场景是在西北，金黄色的大沙漠之中是现代化的工厂与办公室，在物质生活上，在衣食住行上，"现在"与"过去"之间有着鲜明而强烈的对比。同样的对比也体现在人的精神上：为什么过去即使在冰天雪地中，人们也会有一种豪情与骨气？而在越来越舒适的今天，人们反倒离这种精神越来越远了呢？这是导演的追问，而这一追问在镜头看似不经意摇过的《石油战争》这本书中，也向我们揭示了另一个向度：在石油资源越来越紧张、竞争越来越激烈的当今世界,如果没有一点"精神",处于第三世界的中国,将何以生存、何以崛起呢?在这个意义上,"铁人"时代面临的问题,也正是我们今天所面对的。

在"主旋律电影"中,《铁人》无论在思想还是艺术层面,都堪称一部佳作,这样的影片无法被更多的人看到,未免可惜。可见今天的问题在于,"新主旋律电影"在制作层面已经取得了创新与突破,但在发行放映层面尚缺乏配套的机制。在即将结束这篇文章时,笔者注意到《铁人》"将重新整合公映"的消息,5月22日又举行了此片的"首映"晚会,推荐与宣传的力度不断增强。希望这不只是针对一部影片的临时措施,而是在发行放映方面改革的开始。只有制度层面上的创新,才能彻底扭转"新历史电影"叫好又叫座而"新主旋律影片"乏人问津的怪现状,才能使怀疑与否定的风尚与"时髦"能够得到转变,才能使"反思"不至于瓦解现代中国史与革命史的合法性,才能在继承与扬弃中凝聚起新时代的核心价值观。而只有这样,中国电影才能有一个新的发展与新的局面。

抵达中的逃离，贴近中的遮蔽

——贾樟柯《二十四城记》观后

贾樟柯的新作《二十四城记》，展现了一个国营大厂从成都市中心迁走的故事。420厂（成发集团）原是一个军工厂，1958年三线建设时由东北迁到成都，在"对越自卫反击战"后转为民用。在影片表现的时间中，厂区的地皮被华润集团收购，开发名为"二十四城"的房地产项目，而厂子则被搬迁到郊外的新址。影片通过对一些工人的采访和故事编排，表现了这个3万多人的大厂50年的风风雨雨，以及独特的工厂文化。

影片中最引人注目的，是纪录片与故事片的混合，或者说现实与想象的交织。影片开头采访了两个老工人，通过他们回顾了这个厂的历史以及他们的个人命运，老工人对工厂的感情与奉献，迁到成都后对东北老家的怀念，转产后的窘迫，下岗后的艰难，在他们的表情与言谈中都有较为深刻与细致的表现。在这些现实的部分之外，影片还让吕丽萍、陈建斌、陈冲、赵涛出演，以工人或工人子弟的身份讲述厂子的故事。这部分采用的仍是"采访"与"讲述"的形式，与前面的部分形成了一种呼应，但这些演员的"表演"和故事的"编排"，却又与前面产生了一种疏离：如果说前面的基调是沉痛，那么后面的基调则是"怀旧"。

从影片中，我们可以看到不同年龄的人对待工厂的态度。老工人有一种"主人翁"的奉献精神，他们经历过工厂的辉煌时期，心甘情愿地为工厂、为国家付出，但如今他们的处境都不好。中年一代面临时代的转型，在工厂的转产和改革中处于不同处境，因而有不同的态度：陈建斌代表的领导层对昔日的工厂文化充满怀旧；下岗女工只能艰难地自谋生路；陈冲饰演的"厂花"，则在工作与业余生活中寻找着一种微妙的平衡。而青年一代，则对工厂、劳动避之唯恐不及，他们以不同的方式逃离工厂。

将纪录片与故事片编织在一起，可以视为作者在艺术上追求自由的一种努力。片中引用曹雪芹、叶芝、欧阳江河、万夏诗歌的片段，并将之直接打在银幕上，也可以做这样的理解（其中或许有影片的另一编剧、诗人翟永明的创意），至少这在形式上是新颖的，也为观众打开了一个想象的空间。贾樟柯在交流中说，他本来是想拍一部纪录片的，但在拍摄过程中改变了主意（正如《三峡好人》一样），引入了剧情和职业演员，拍摄成了现在的样子。应该说贾樟柯想法的转变不无道理，面对3万人的一个大厂，即使采访的对象再多，也很难从整体上呈现整个工厂的历史与现状，因而引入剧情与职业演员，以艺术的方式做一种更概括、更凝练的把握是必要的。但是在影片的创作实践中，职业演员的出现却并没有使影片更典型、更丰富地表现出工厂的转变以及工人在这一转变中的处境与心态，而是以他们的才华与风格化的表演，将影片引入了歧途。在这里，艺术不是更深刻地切入了现实，而是以一种优美的姿态逃离了现实，或者说以艺术的轻盈遮蔽了现实的沉重与残酷。在这个意义上，我们可以将这部影片视作一个具有症候性的样本，这样或许我们可以分析一下影片不能直面现实的原因。

首先，我们会注意到影片的第一行字幕是"华润集团七十周年"，而在出品方里也有"华润置地"，也就是说购买了成发集团地皮的华润集团，是影片的投资方之一，那么在影片中就必然不会呈现房产商与工厂、工人的矛盾。而在现实中，在房地产开发所需要的拆迁中，房产商与工厂、工人的矛盾是最为常见也是最为激烈的，作为一种普遍的社会现象也是很典型的。在成发集团地皮收购的具体事件中是不是有这一矛盾，我们不得而知，但我们知道即使有，也不会表现出来，这对影片的真实性与艺术性不能不说是一种伤害。即使在《疯狂的石头》中，我们也可以看到，房产商是如何压低价格逼迫厂方让步的，在现实中这样的矛盾更是屡见不鲜。影片对这一矛盾的回避、甚至美化（开发后保留一个纪念性的建筑），使整部影片看上去更像一个"二十四城"项目的巨型广告。这样说虽然略嫌夸张，但至少我们可以看到资本对艺术的限制，或者说艺术对资本的妥协。作为一种更需要资金支持的艺术形式，电影或许难以摆脱资本的控制，但如何在这种限制中坚持自己的观察与思考、站在民众而不是资本一边，却是一个艺术家所必须直面的问题。

其次，影片之所以能够在成发集团拍摄，深入厂区、车间、小区等成发集团的"内部",并长期关注整个拆迁的过程,可能也需要与厂方或相关部门的协商(从电视台主持人这一段落的出现,我们可以窥见一些蛛丝马迹)。出于厂方的压力或者人情的考虑,影片也没有过多呈现工厂与工人的矛盾,虽然也涉及"下岗"的话题,但只是一掠而过,没有进行深入或集中的探讨。对于工人阶级从"主人翁"到劳动力商品化的过程,以及这一变化中工人的处境与心态,也只有一个粗线条的勾勒。对于现实与学术界最为敏感的"国企改制"问题,影片中没有丝毫触及,当然也可能成发集团没有进行"改制"。我们不是说影片一定要表现这一矛盾,但脱离社会的主要矛盾而力图保留一种"历史感",则这种历史感必然是虚幻的表象,或者至少是不够典型的。由此,作为中国电影界最有现实感与艺术追求的导演之一,贾樟柯也不能不落后于学界或其他艺术领域。在这方面,我们读读汪晖的《改制与中国工人阶级的历史命运》、曹征路的《那儿》,或者围绕"郎咸平旋风"的相关争论,或许能对国有企业或工人阶级的现实状况有更为深入的了解。

最后,我们要说到贾樟柯的电影风格。由于回避了以上两个矛盾,影片所表现的便只是历史的表层,支撑影片的只是"怀旧"与"个人记忆"。"怀旧",或者说以影像挽留历史的面目,既是电影的重要功能之一,也是贾樟柯电影风格性的特征,从《小武》《站台》到《三峡好人》,贾樟柯的影片都为我们留下了特定时代或特定地域的典型场景。但在《二十四城记》中,由于对主要矛盾的回避,"怀旧"面对历史留下的只是一种抒情,在"怀旧"中我们抵达了现场却又远离了现场,作者以怀旧的"温情"化解了矛盾的尖锐性。

影片以对七个人的采访作为整个影片的结构,呈现出来的只是分散的个人问题,而没有贯穿性的整体问题。无论是"吕丽萍"失踪的儿子,还是"赵涛"在工厂的母亲,还是老工人的"下岗",似乎都是孤立的个人问题,似乎缺乏一种构思上的整体性。当从个人的角度无法解释历史,也无法解释个人的遭遇时,我们是否可以从更为开阔的视野来审视世界?不同的个人记忆固然呈现了历史的丰富性、复杂性与偶然性,但我们是否可以从整体上认识与表现我们的时代?这或许不仅是这部影片的问题,也不仅是贾樟柯的问题,也是我们这个时代的艺术所遇到的根本问题。

如何重新讲述革命的故事？
——电影《古田会议》观后

21世纪以来，中国影视剧不断重述20世纪的中国革命，在重述中发展出了两种颇具影响力的叙述模式：一是讲述"草莽英雄"的个人革命史，以《亮剑》等为代表；二是讲述国共双方秘密阵线斗争的谍战剧，以《潜伏》《悬崖》《风声》等为代表。在前一种叙述模式中，吸引观众的是"草莽英雄"的个性、人性与血性；在后一种叙述模式中，吸引观众的是跌宕起伏的剧情和主人公在复杂局面中的英勇智慧。但这两种叙述模式都没有回答一个根本性的问题：中国革命为何能够取得胜利？中国革命的胜利显然并不是靠草莽英雄的个性与血性，相对于共产党人的形象，国民党人或者北洋军阀甚至会更有个性，更有血性，但他们并不能领导中国革命走向胜利。同样，秘密阵线的斗争只是中国革命的一部分，但凡熟悉历史的人都知道，中国革命是以"农村包围城市"的道路最终走向胜利的，秘密阵线的局部斗争并不能从整体上解释中国革命。

在这个意义上，谭晓明导演的《古田会议》是一部寻根究源的作品，也是一部不忘初心的作品，他试图从根本上探讨，中国共产党人为什么能够领导中国革命走向胜利。在影片中我们可以看到，从井冈山转战于赣南闽西的一支只有4000人的队伍，外有强敌环伺，内有思想分歧，随时面临全军覆没的危险，在这样的生死关头，究竟是什么让这支队伍转危为安，转败为胜？影片令人信服地展示了思想与原则的重要性，并让我们看到，共产党人的建军原则——"党指挥枪""从思想上建党、从政治上建军""三大纪律八项注意"等是在什么样的环境中形成的，并在实践中发挥了怎样的威力。正是因为有了这样的建军原则，共产党人领导的军队才不同于国民党军队、北洋军阀的队伍，才从根本上解决了党与军队、政治与军事、军队与人民以及军队内部的关系，才让先进的思想找到了实践的道路，找到了改变世界的途径。在这里，我们可以看到，真正改变了20世纪中国之命运的，不是草莽英雄的血气与英勇，也不是谍战人员的机智灵活，而是新的思想、新的政治与新的军队组织形式，《古田会议》向我们生动地展示了这一点。

在艺术上，《古田会议》也颇具特色。影片触及了党史、军史上的敏感问题，但又恰当地把握了其中的度，将之放置在具体的历史背景中，塑造了毛泽东、朱德、陈毅、刘安恭、傅翠柏等一批共产党人的形象，他们坚持真理，相互争论，但又光明磊落，思想分歧与激烈争吵并没有改变他们救国救民的共同理想。毛泽东、朱德、陈毅是我们都很熟悉的历史人物，影片的突破之处在于对他们之间矛盾的呈现，以及不同个性的充分展示。刘安恭、傅翠柏是我们相对陌生的人物，影片对他们的刻画显示了作者的艺术功力。刘安恭是上海中央派到红四军的特派员，他下车伊始就搬出了德文、俄文的马列原著，对山沟里的马克思主义指手画脚、颐指气使，一副钦差大臣的模样，为此与土生土长的傅翠柏发生了激烈的冲突。但随着军事斗争的失利，他也逐渐改变了自己的看法与态度，最后在一次战斗指挥中英勇牺牲。影片塑造的刘安恭的形象是复杂的，也是生动的，让我们看到了历史的深度及其鲜明个性。影片的叙事很有节奏感，红四军的七大、八大、九大以及军委与前委关系的变化成为叙述的转折点，脉络清晰，逻辑分明，将一段复杂的历史呈现在观众面前，并放置在晚清以来中国人的奋斗与求索之中，具有开阔的视野和坚定的价值观。在叙述类型上，我们可以说《古田会议》是一种主旋律与艺术片相结合的尝试，也是在今天如何重新讲述革命故事的重要探索。但这样的影片也在考验着当前的文化市场，并让我们思考，在以人民为中心的创作倾向背后，或许需要以人民为中心的发行传播机制为支撑，而如何建立起这样的市场机制，则需要我们不断进行探索。

《白毛女》：风雨七十年

一部歌剧的诞生

1945年4月，歌剧《白毛女》在延安公演，观众中有毛泽东、周恩来、刘少奇、朱德、陈毅等中央首长。首场公演盛况空前，因为戏票紧俏，陈赓将军是坐在窗台上看完演出的。该剧的创作团队和演员们收获了雷鸣般的掌声。2015年，歌剧《白毛女》走过了70年的历程，已然是中国民族歌剧史上的一座高峰。

歌剧《白毛女》源于"白毛仙姑"的传说：1940年，在河北北部一个山村中，村干部和村民都很迷信，说曾在庙里看到过"白毛仙姑"，要他们每月初一、十五上供。于是，区干部带人夜里到奶奶庙捉"鬼"，终于逮住了这个"白毛仙姑"。经审问才知道，"白毛仙姑"原来是一个贫苦人家的女儿，被村中的恶霸地主以讨债为名逼死父亲，抢掠回家，后来地主要续娶新人，想阴谋害死她。她设法逃到深山，一住多年，因缺盐少吃，全身发白。她常到奶奶庙去偷供品，被村人看见，称为"白毛仙姑"。区干部告诉"白毛仙姑"，世道变了，将她从山洞中解救出来……

"白毛仙姑"的故事有不同的版本在晋察冀边区流传，《晋察冀日报》社的记者、作家林漫（李满天）写出故事《白毛仙姑》，寄给了延安鲁迅艺术学院院长周扬。1944年5月，西北战地服务团回到延安，也将这个故事带到延安，引起了延安文艺界的重视。周扬提出把白毛女的故事改编成一部新型歌剧，作为向中共七大献礼的剧目。剧本最初由邵子南执笔，他是按秦腔脚本创作的，周扬不太满意，觉得"没有走出旧剧的窠臼"，在修改过程中，邵子南与创作组发生争执，退出了创作组。剧本改由贺敬之、丁毅执笔，这就是1945年4月上演的歌剧版本。

演出过程中的几个小插曲不能不提：当黄世仁在白虎堂向喜儿施暴

时，首长席后面的几个女同志失声痛哭；当幕后唱起"旧社会把人逼成鬼，新社会把鬼变成人"的主题歌时，掌声经久不息；座中的毛泽东、朱德、周恩来等中央首长也深为感动，毛泽东在喜儿唱出"太阳底下把冤申"时，眼中闪出泪光。第二天一早，中央办公厅便向剧组传达了中央领导同志的三点意见：第一，主题好，是一部好戏，非常合时宜；第二，艺术上是成功的，情节真实，音乐有民族风格；第三，黄世仁罪大恶极，应该枪毙。创作组吸收了来自党中央的意见，以及来自群众的大量建议，对剧本做了数次修改，才形成现在的版本。

集体创作的佳话

歌剧《白毛女》的成功，部分缘于"白毛仙姑"故事的传奇性，但更主要靠的是当时鲁艺的文学艺术界精英组成的创作团队，他们相当年轻，具有鲜活的创造力。他们将来源于生活的"白毛仙姑"的故事，进行艺术上的构思、提炼与升华，赋予了这一故事新的主题与新的艺术形式，使之焕发出了全然不同的生命力。在贺敬之的《〈白毛女〉的创作与演出》中，我们可以看到，关于如何改编"白毛仙姑"的故事曾有不同的意见，一种意见认为这是一个没有什么意义的"神怪"故事，另一种意见认为可以作为"破除迷信"的题材来写。但是，"仔细研究了这个故事之后，我们没有把它作为一个没有什么意义的'神怪'故事，同时也不仅仅把它作为一个'破除迷信'的题材来处理，而是抓取了它更积极的意义——表现两个不同社会的对照，表现人民的翻身"。这就是"旧社会将人变成鬼，新社会将鬼变成人"这一全新主题的提炼，使之从一个现实生活中的具体事件，成为一个能反映时代变化本质的典型故事，一个新的中国故事。

有研究者称《白毛女》"唱出了一个新中国"，这不仅表现在《白毛女》向人们展示了一种新的政治文化，以及新中国政权为穷人当家做主的性质，也表现在《白毛女》巨大的社会动员能力与影响力，很多战士正是喊着"为喜儿报仇""为杨白劳报仇"，冲上了解放战争的战场。

还必须提到一个小故事，据说愤怒的战士差点向演黄世仁的陈强开枪，此后部队首长规定，观看《白毛女》必须子弹退膛。《白毛女》不仅具有艺术影响力,它还直接触动了穷苦中国人最深层次的情感结构,让他们从千百年精神奴役的创伤中觉醒,从而迸发出了巨大的精神力量。可以说,像《白毛女》这样,将艺术的影响力直接转化为精神力量乃至战斗力的作品,在世界文艺史上也是极为罕见的。

在艺术形式上,歌剧《白毛女》也是一种全新的尝试。"新歌剧"不同于西洋歌剧,也不同于中国的民间戏曲,是鲁艺创作团队在秧歌剧基础上的一种新创造,也是歌剧民族化与戏曲现代化相互融合的一种新探索。要表现新的世界、新的人物、新的思想,用原来的旧瓶子已不适合装新酒了,这也是为什么《白毛女》的秦腔脚本不被采纳的原因。喜儿的扮演者王昆曾回忆,"周扬同志说:'因为我们马上要胜利了,新的局面来了,我们一定要有一种新的气象、新的味道。秦腔是古老传统的剧种,当然是我国优秀传统文化,但不能表现当前我们军民的新的精神面貌。'"

但是要创造一种新的形式却并不容易,张庚在《关于〈白毛女〉歌剧的创作》中指出:"在最初的讨论中,我们定下了这样一个方式:创造一个歌剧。但是在我们面前,有两种歌剧,一个是中国的旧剧,一个是西洋的OPERA。用哪一种,这是得立刻决定的。我们觉得,首先要广大的工人、农民、士兵能懂,而且喜欢,完全的洋派是不行的,就是洋气过多也不行,再说它也表现不出中国农民的生活来。中国旧剧呢?当然,它是中国的,但它是旧的,这里的故事、生活,是解放区农民的新生活,旧戏的一套无论如何是表现不出来的,正是应当遵照毛泽东同志'延安文艺座谈会讲话'所指示的,从生活和民间文艺出发,来加以创造提高,一面吸收旧的,一面吸收西洋的,我们就根据过去搞'秧歌剧'的一点经验来开始。然而一个大的歌剧不比小秧歌那么容易对付,做着做着,问题就一个一个地出现了……只能从实际做的中间慢慢积累点滴的经验……"

创造新的艺术形式是一个艰难的探索过程,正是在《白毛女》的创作过程中,我们看到了不同艺术部门的艺术家携手合作,为了一种新的理想和新的艺术,迸发出了惊人的艺术才华。他们是中国历史上第一次"写群众,为群众写,写给群众看",他们与新的历史主体共同成长,充满了历史与创作的信心,而正是这些,才成就了《白毛女》的辉煌与传奇。

1945年1月执笔创作《白毛女》的时候,贺敬之刚满20岁。贺敬之在抗日战争的艰难环境中,从山东枣庄经四川梓潼,辗转到达延安,那是

1940年,他还是一个少年诗人。如果说贺敬之改变了《白毛女》,让这个民间故事具有了一种全新的艺术形式,那么我们可以说,《白毛女》也改变了贺敬之,让他获得了一种新的历史意识与主体意识。

周扬、张庚组建并领导着整个主创团队,导演王滨,作曲马可、张鲁、瞿维,贺敬之和另一位执笔者丁毅,以及喜儿的主要扮演者王昆等人,对歌剧《白毛女》来说都功不可没。王昆在回忆中就谈到张鲁犹如星探般发现她的过程:"那个时候,嗓子不经常唱就难受。所以,走路也唱,打饭吃饭也唱,到后来种西红柿的时候也唱,修飞机场的时候也唱……有一天,我感觉有一个人老跟着我,跟了好几天。后来才知道,那个人就是《白毛女》的曲作者张鲁。"

在1942年毛泽东《在延安文艺座谈会上的讲话》之后,文艺"为群众"以及"如何为群众"成为了文艺界的核心命题。创作集体中从周扬、张庚等领导者到贺敬之、丁毅、马可、张鲁等具体创作者,都认可并信奉这一艺术理想,并将之作为创作《白毛女》的艺术追求。

在具体的创作中,创作集体各有分工,充分发挥每个人的特长。"在张庚的领导下,剧组采取'流水作业'的方式,即贺敬之写完一场后,作曲者就谱曲,由张庚、王滨审定,交丁毅刻写蜡纸印出,再由导演和演员试排,每幕完后总排,请鲁艺师生、干部群众和桥儿沟老乡观看并评论,边写作边排演边修改。这确实是一种独特的集体创作的新方式。"①

经典唱段风靡解放区

民族歌剧《白毛女》对观众来说是一种全新的艺术形式,作曲家采用了《小白菜》、河北梆子等民间音乐的曲调,并加以创新,令人耳目一新的《白毛女》中不少唱段因此而流行。

北风吹,雪花飘,

---

① 陶文玲:《从歌剧到舞剧——〈白毛女〉创作、影响史话》,《永远的红色经典——红色经典创作影响史话》,长江文艺出版社2008年版。

雪花飘飘年来到。
爹出门去躲账整七天，
三十晚上还没回还。
大婶子给了玉茭子面，
我等我爹爹回家过年。

这首《北风吹》是《白毛女》中的著名唱段，简洁而生动，在短短六句歌词中，既有写景抒情，又有叙事交代，情境合一，在开始就将人带入风雪扑面的情景中，又表现出了喜儿既欣喜又不安的心情。古城延安到处飞扬着"北风吹""扎红头绳"的曲调。据说毛泽东在窑洞里与女儿李讷嬉戏时，用浑厚的湖南腔调唱起："人家的姑娘有花戴，你爹我钱少不能买，扯上二尺红头绳，给我喜儿扎起来！"在散步时，毛泽东常一边走一边用口哨吹"北风吹"的曲调。

在《白毛女》中，无论是人物塑造、场景描绘，还是歌词创作、戏剧冲突的设计，都让我们看到了贺敬之作为诗人与戏剧家的杰出才华。有研究者以白色意象的出色运用，阐释了《白毛女》的艺术特色："如果将歌剧《白毛女》比喻为一巨幅画作，酷爱写'雪'的贺敬之在制作这幅画时，对于白色的运用可谓苦心孤诣——从除夕夜纷纷飘落的轻柔的白色雪花，到杨白劳艰难挣扎在白茫茫雪原；从扑倒在杨白劳尸体上的喜儿披麻戴孝、一身素白，到经历了非人环境磨难的喜儿一头白色长发，以及喜儿发出复仇的呐喊时天空中炸裂的白色闪电——剧作家将白色的功能发挥到了极致。"[1]

有一篇文章如此描绘张鲁为《北风吹》作曲的场景："张鲁就在这张摇摇欲坠的桌子上陷入了沉思。他顺着刚才的思路前进。他想起了张庚一再强调的：'北风吹'一定要让观众一听就喜欢，关注人物的命运。按照剧本的描述，喜儿出场时是个十七岁的农家少女，自幼丧母，与父亲相依为命，多像河北民歌里的'小白菜'呀！想到这里，他心里猛地一动，又想起了贺敬之曾提醒过大家：喜儿的唱段可以用民歌'小白菜'作基调。顺着这个思路，在经过了一遍又一遍的自我否定之后，他终于揣摸到了喜儿

---

[1] 李存兆：《歌剧〈白毛女〉的署名问题》，《文艺理论与批评》2011年第4期，第70页。

在等待爸爸回家时那种又急又喜的感觉，一串串音符像一股山泉般在他的手上奔涌而出，不到三分钟的时间，他就写就了整首'北风吹'。"

风雨兼程 70 年

在 70 年的风风雨雨中，每一个版本的《白毛女》都承载着时代的深刻寓意。歌剧《白毛女》首演在延安，之后公演了 30 多场，场场爆满。丁玲曾描写过看戏的场景："每次演出都是满村空巷，扶老携幼……有的泪流满面，有的掩面呜咽，一团一团的怒火压在胸间。"然后从延安演到了张家口、哈尔滨、北京，最后是全中国。首演时，喜儿的扮演者是王昆。郭兰英于 1947 年第一次扮演喜儿，她的声音被公认有极强的穿透力。

全国解放后，由于歌剧《白毛女》的巨大成功，东北电影制片厂 1950 年摄制了同名黑白故事片，由水华、王滨担任导演，杨润声任编剧，田华、李百万、陈强、张守惟等主演。1951 年，电影《白毛女》在全国 25 个城市的 155 家电影院同时公映，一天的观众竟达 47.8 万余人，创下了当时中外影片卖座率的最高纪录。田华在回忆文章中说："《白毛女》摄制组无论主创人员，还是演员阵容，实力都很强大。导演王滨是内行，熟悉电影业务，懂得蒙太奇，主管分镜头和最后剪接；同期录音，三个同步，绝对是他的强项……联合导演水华，虽是首次拍片，但在延安鲁艺就是表演课教师，分工为执行导演。他排戏很细致，善于启发诱导和处理演员的表演，使我学到了许多宝贵的东西。两位导演各有所长，可谓珠联璧合，相得益彰。"①1951 年，《白毛女》参加了捷克的卡罗维·发利第六届国际电影节，荣获了特别荣誉奖。

1955 年，日本松山芭蕾舞团最早推出了芭蕾舞版《白毛女》，松山树子扮演主角喜儿、清水正夫担任创作的《白毛女》，博得了日本人的好评。清水回忆道："'那天天气非常冷，但是观众人山人海，连补座都没有。'松山说：'我还很清楚地记得芭蕾舞《白毛女》的首演，我亲自感受到了观众的热情，我只是拼命地跳舞。谢幕的时候，观众的掌声经久不息。我看到

---

① 田华：《王滨·我·白毛女》，《大众电影》纪念建党 80 周年专辑，第 4 页。

前排的观众都流着泪水，有的甚至大声地哭了起来，台上的演员也抑制不住自己的感情，都流着眼泪谢幕．'"①

《白毛女》还以其他艺术形式传播着。1958年，马少波、范钧宏将之改编成京剧《白毛女》，由中国京剧院演出。而连环画《白毛女》有多种，其中以华三川的彩色连环画《白毛女》影响最大，1965年曾获第二届全国连环画评奖绘画一等奖。

1964年，上海市舞蹈学校排演了中国版的芭蕾舞剧《白毛女》，在1965年第六届"上海之春"上进行公演，演出轰动一时，得到了周总理和陈毅副总理等人的好评，继而为缅甸和刚果等国国宾及各国使节演出。1966年"五一"节在北京，刘少奇、周恩来、邓小平等党和国家领导人陪同阿尔巴尼亚等国国宾观看。江青随之将芭蕾舞剧《白毛女》列入"八个样板戏"之内，进行反复修改排练。1971年拍摄成舞台艺术片，第二年在全国范围内大规模地反复放映。1975年，整个芭蕾舞剧《白毛女》剧组奉命被调往北京，对《白毛女》进行大修改，修改未成功，也未进行公开演出。直到1976年粉碎"四人帮"，芭蕾舞剧《白毛女》才又恢复原来的面貌。

在《白毛女》不断被改编、上演时，歌剧《白毛女》的原作者却受到了批判与非议："'文革'前夕和'文革'期间，由于杨白劳被逼自杀的情节和喜儿逃出黄家前性格发展的渐进过程，作者被指责为宣扬资产阶级人性论和站在地主阶级立场歪曲、丑化劳动人民形象，从而构成剧本执笔者'反对革命文艺路线'的一项重大罪状。80年代后期，特别是近年来，批判的角度则完全转到相反的方向。在一些人的笔下和口中，它又被说成了是'极左路线下的产物'。他们认为黄世仁和杨白劳两方只是债权人与债务人之间的关系，而不是剥削者、压迫者和被剥削者、被压迫者之间的关系。解决纠纷应当是按照经济法规偿还债务而不该搞阶级斗争。"②虽然经历了这样那样的风风雨雨，《白毛女》是经得住时间考验的成功的文学艺术作品，这一点无法撼动。

---

① 山田晃三：《〈白毛女〉在日本的传播和影响》，《文艺理论与批评》2005年第3期，15—20页。

② 贺敬之，张鲁，瞿维：《歌剧〈白毛女〉2000年重版前言》，《歌剧艺术研究》2001年第3期，第9—11页。

新时期以来，《白毛女》多次重演。1983年，为纪念毛主席诞辰90周年，芭蕾舞剧《白毛女》再次公演。1985年歌剧《白毛女》复排上演，青年歌唱家彭丽媛成为歌剧《白毛女》中喜儿的扮演者。彭丽媛在这版歌剧《白毛女》中同样有过人之处。比如，第三幕第三场彭丽媛唱根据河北梆子改编的"我要活，我要活……"这一唱段时，极富情感，戏剧表现力非常强，可以说唱和演都到了出神入化的地步。2005年，为纪念芭蕾舞剧《白毛女》诞生60周年，上海芭蕾舞团举办了"《白毛女》故乡行——从延安到上海巡演"活动。2011年为庆祝建党90周年，歌剧《白毛女》再次复排公演。

2015年是歌剧《白毛女》首演70周年，新版歌剧《白毛女》即将公演，3D版大电影《白毛女》也在拍摄之中。从1945年到今天，《白毛女》依然散发出历久弥新的艺术魅力。当回首仰望这座中国民族歌剧的高峰时，我们也应该从中吸取经验，努力创造我们这个时代文艺的新"高峰"。

《智取威虎山》：文本与历史的变迁

在2014—2015年的贺岁档，徐克导演的电影《智取威虎山》引起了广泛的关注和好评。"智取威虎山"的故事取材于曲波的长篇小说《林海雪原》，这部小说是"十七年"时期的经典作品之一，并于1960年改编为同名影片。"文革"时期，京剧《智取威虎山》是著名的"八个样板戏"之一，曾长时期风靡全国。今天，徐克又为我们带来了他的电影版《智取威虎山》。

为什么"智取威虎山"的故事可以引起不同时代读者与观众的兴趣？不同时期的"智取威虎山"在艺术与表达方式上有何相同或不同之处？与时代的变迁又有着怎样的内在联系？作为一个香港导演，徐克有过《青蛇》《倩女幽魂》等艺术片时期，也有过《通天帝国》《龙门飞甲》等大片时期，此次他执导《智取威虎山》，以"大片"的方式正面处理革命历史题材，可以说是一个具有症候性的文化现象。徐克的《智取威虎山》上映后，有不少评论与讨论。有的评论者将徐克的电影与样板戏加以比较，认为影片采用了"智取威虎山"的故事，但抽取了其核心内容——比如革命精神，以及共产党的"群众路线"，而只是强调故事的传奇性以及视觉奇观的呈现。也有的评论者认为影片的视角是从外部、后辈的视角来看革命故事，基本上是徐克本人的视角，但并没有还原历史的"真实"，更多的是想象性的成分。在这里，我认为最值得讨论的是，革命文化在大众文化中占据什么样的位置，为什么革命故事会以这样的方式呈现。而要探讨这一点，我们需要梳理革命文化的历史变迁，以及当代文化的总体格局。

我们知道，在当代文学史上最经典的"革命历史小说"是"三红一创，保林青山"，即《红日》《红岩》《红旗谱》《创业史》《保卫延安》《林海雪原》《青春之歌》《山乡巨变》。《林海雪原》虽然被纳入经典的革命历史小说之中，但在当时也有争议，争议的主要问题就是小说的传奇性与通俗性。当时的意见认为,《林海雪原》的传奇性削弱了小说本应具有的史诗性,以及对"历史必然性"的强调,所以在当时革命文学的序列中,《林海雪原》无法与《红日》《红岩》《红旗谱》《创业史》等作品相比。最近在当代文学研究界,"革命文学"与"通俗小说"的关系得到了重视,不少研究者的视角是"革命文学"如何吸纳、收编、采用"通俗小说"的某些要素与程式,从而为建立新的革命叙事提供新的可能性。在这方面的研究中,《林海雪原》是一部具有重要价值的作品,它向我们展示了革命文学与通俗小说是如何融合在一起的。但是另一方面,我们也应该注意到,这种融合是以"革命文学"为主体的,即讲述革命故事的需要让作者采取了通俗小说的一些模式。

在这里,我们应该梳理一下革命文学与通俗文学的关系。我们知道,五四"新文学"正是在批判鸳鸯蝴蝶派、"黑幕小说"等小说的基础上发展起来的,而"革命文学"作为新文学传统的一部分或一个新的发展阶段,对通俗文学也是以批判、排斥的态度来对待的。直到20世纪40年代,随着革命文学的进一步发展,在解放区,"民族化"与"大众化"等问题得到更加深入的讨论与认识,在赵树理等作家笔下才开始有一定的融合,在新中国成立后《林海雪原》《李双双小传》等作品中才有较为成熟的表现。

在初期,"革命文学"拥有绝对的合法性与主体地位。在这个时期的文化秩序中,通俗文学是需要改造、改变的对象,不仅张恨水等通俗小说家,甚至老舍这样的新文学作家,也需要对创作中通俗文学的倾向做出调整。《文艺报》1949年第1卷第1期,曾刊载一篇报道《争取小市民阶层的读者——记旧的连载、章回小说作者座谈会》,其中谈到,"文艺报社九月五日下午邀请过去常写长篇连载小说的部分作者,开了一个座谈会……主席陈企霞首先说明开会意义在于研究这一类连载的章回体小说的文艺形式的写作经验与读者情况,讨论怎样发展并改革这种形式。过去在报纸副刊上连载的章回小说在形式上很通俗,很适合一般市民的口味,如果能够把这些经验总结起来加以研究,并灌输进去新的内容,那么这种形式的小说是会起相当作用的……到会者热烈诚恳地发言,叙述他们在旧社会里写作的经过,其中大多数都是为了挣稿费而写,在写的时候,很少想到这篇东西有没有价值。它们的内容多是虚构的言情传奇或武侠侦探,前面已写出来了，后面的情节还不知道怎么样……"在这样的叙述中，我们可以看到"革命文学"在当时的主体地位。不仅如此，在"戏曲改革"以及一系列批判运动中，我们可以看到以革命文艺为中心重建文化秩序的努力。

但是在当前的文化语境中，问题则完全反了过来。现在的问题不再是革命文学如何吸纳、收编通俗小说的问题，而是在以大众文化为中心的文化秩序中，如何讲述革命故事的问题。在这样一个语境中，革命故事之所以仍然具有吸引力，仍然会得到市场的青睐，主要来自两个原因，一是革命叙事在社会主义国家的"政治正确性"，二是革命故事由于长期传播所带来的潜在的市场号召力。可以说正是这两个原因，使红色经典改编在20世纪90年代以来的影视剧创作中成为了一个热点。但是另一方面，以市场为中心的大众文化在改编红色经典时，必然也会有其内在的限制与要求，有其时代特点。以《智取威虎山》为例，影片讲述革命故事，但其着重点并不像《林海雪原》时期一样，要论证革命的合法性，要讲述革命何以成功的经验——这是"革命历史小说"的内在要求与叙述动力，而是关注革命故事中所蕴含的奇迹、奇观。换句话说，革命的传奇性是"智取威虎山"的故事，在我们这个时代，能够转换为"中国大片"的关键所在，也是它能够在大众文化中占据一席之地的原因。当然大众文化的消费性、娱乐性及其呈现的奇观，也削弱了"智取威虎山"的严肃性与革命性，但只要以大众文化为核心的文化秩序不改变，"革命故事"的改编只能适应市场的规则，只能适应大众文化及其塑造的美学趣味。在这个意义上，相对于一些戏说与胡说式的改编，徐克版《智取威虎山》可以说大体上从正面讲述了一个"革命故事"。虽然有批评者认为它没有完全回到《林海雪原》或样板戏《智取威虎山》的叙述立场与方式，但在当前的文化语境与秩序中，已经可以说是一部难得的红色经典改编的成功之作了。

在这里，仍然有两个问题。一个是以革命文化为核心的文化秩序如何转变成了以大众文化为中心的文化秩序，或者说革命文化如何失去了主体性，只能凭借其意识形态象征与市场潜力，才能在当今的文化市场获得一席之地。这是一个很大的问题，在这里我们不再具体展开，只是简单地提示一下，这与当代中国的历史变化密切相关，也与"革命文化"在20世纪50—70年代所经历的"一体化"及其在20世纪80年代的解体相关，更与20世纪90年代以来市场化与大众文化的崛起相关，需要做细致的梳理与分析。另一个问题是,在当前的文化语境中,我们如何讲述"革命"的故事。在这方面,我认为徐克的《智取威虎山》为我们提出了一个新的可能性,徐克以"市场化大片"的方式从正面讲述革命传奇,让我们看到了革命的"奇观"与"奇迹"。事实上中国革命的成功也正是一个"奇迹",无论是长征时期的爬雪山、过草地,还是抗战时期的持久战与"以弱胜强",还是三大战役的运筹帷幄与波澜壮阔,都让我们看到中国革命是前无古人的"奇观"。这样的故事,以视觉奇观的方式加以呈现,也并不是一种夸张。当然这只是问题的一个方面,更重要的一方面在于,在当今时代,我们是否有可能重建革命文化的主体地位、重建一种新的"人民文艺"。只有在一种新的"人民文艺"的文化秩序之中,我们才能够更加清晰地讲述中国的故事、人民的故事以及"革命"的故事。

论浩然的"自传体三部曲"

"我坐在中国作协的大楼上,手里捧着作协会员证,心中万感交集。从一九四九年秋季里在蓟县大刀剪营做起文学梦,至今恰恰十年。这十年是漫长的,曲折的,也是坎坷的,我这样一个农民的后代,一个只有三年半学历的基层干部,终于圆了美梦,跨进了文学这个大门口。"

这是浩然"自传体三部曲"最后一部《圆梦》中的一段,整个"三部曲"(《乐土》《活泉》《圆梦》)写了浩然的童年、少年、青年,写了他"怎样成为一个作家"的过程。法国叙事学理论家热奈特曾把七卷本的《追忆似水年华》内容概括为一句话:"马赛尔怎样成为一个作家。"他认为小说的全部内容都是这一句话的展开。按照他的方式,我们也可以用相似的一句话来概括浩然的三部曲。但与《追忆似水年华》不同,"自传体三部曲"所着重的不只是个人心理、细节、意识流的描绘,还涉及社会、时代的各个方面。这既与中西方文艺潮流的不同有关,也与在世界秩序里中国所处的位置相关。如果我们认可杰姆逊所说的第三世界国家的文学都是政治寓言,那么离开民族国家、阶级等范畴,我们很难讲述20世纪一个中国人"个人"的故事。

托尔斯泰写过《童年》《少年》《青年》,高尔基写过《童年》《在人间》《我的大学》。如果说托尔斯泰的写作方式更注重心理、细节,更注重"心灵的辩证法",从而较接近于普鲁斯特的话,那么浩然的写作方式则更接近于高尔基,他们都在描写自己的同时描写了社会与时代的苦难,描写了他们对革命与文学的向往。事实上,浩然也曾提及自己与高尔基的相似之处,即他们同样出身社会底层,经过刻苦的自学才成为作家,浩然将之称为"奇迹",曾引起不少人的非议。同时我们也可以把浩然将最后的精力付诸"自传体三部曲"的写作,视作中国传统的一种延续。司马迁在《史记》的最后写了《太史公自序》,祖述身世,阐明写作缘由与方式,其中说:"凡三百篇,五十二万六千五百字,为太史公书。序略,以拾遗补缺,成一家之言,厥协六经异传,齐百家杂语,藏之名山,副在京师,俟后世圣人君子。"这是对自己的写作的说明,而浩然在写作了大量与时代、社会密切相关的作品之后,转而写作"自传体三部曲",应该说也有此意。而报刊上所谓"浩然要把自己说清楚"的报道,虽然针对的是浩然的一些访谈,也可以说正合"自传体三部曲"的本意。

浩然的"自传体三部曲"的重要性既在于其文学价值,同时也在于它为我们提供了历史与现实、"成长"与"回忆"、作品之间的"互文性"等诸多方面的参照。在当前的浩然研究中,对于《艳阳天》《金光大道》等早期作品的研究仍占据了其中大部分,这些研究也仍纠结于对浩然与"文革"的关系,而缺乏对浩然20世纪80年代以后的创作的深入研讨,因而缺乏对浩然创作的整体性把握。在笔者看来,浩然的《艳阳天》《金光大道》固然是一个时代的经典,而他在20世纪80年代的《苍生》及其后的"自传体三部曲",在重要性上并不亚于前者,它们不仅展现了浩然在20世纪80年代之后创作的转变,而且在艺术性上达到了新的高度。我们只有对《苍生》与"自传体三部曲"有深入的研究,才有可能从整体上把握浩然的创作,也才有可能理解浩然之于当代中国文学的价值。鉴于当前研究界对"自传体三部曲"研究的匮乏,本文将主要加以阐释。

浩然的《乐土》描写的是自己的童年,也涉及旧社会农民在灾荒、兵、匪以及日本帝国主义压迫下流离失所的情景。浩然出生于河北开滦赵各庄煤矿,他的父亲在这个矿上做工。小说里写到了矿难发生时的悲惨景象,也写出了矿工们在危险与贫穷压力下的精神状态,尤其可贵的是,他真实而鲜明地塑造了"父亲"这一形象。这是一个在旧社会四处奔走,种地、做矿工、做买卖,什么都做过,但什么也无法做成,最终走投无路,在精神上消沉、堕落了的农民形象。

在经历了种种失败之后,父亲"既不想吃官饭,也不愿意再搞买卖,更厌恶重操当叫花子的旧业,甚至一跟他提及'置买几亩地'这样的话题,他都皱眉头发烦。他哪里有一点点回老家当个土财主的兴致呢?他说:'人世上所有的美梦我都做过,全都成了竹篮打水一场空。我醒过梦来，看透了，再不做什么梦，再不跟自己过不去，再不折磨自己！'于是他咬定一个字儿不撒嘴，就是'混'。他混得遂心，很自在；一天到晚出入于'宝局'（赌场）和酒楼之间，以及他从不带我去，不让我知道的地方。每逢回到家里，兜里不是装着钱，就是手上提着好吃的东西。脸上总是笑吟吟的，再不见煤黑和汗水，也少有愁容和焦虑的神色。母亲一抱怨，他就理直气壮地回答母亲：'我让你们缺吃，还是让你们缺穿的了？这不是混得很不错嘛！你还想让我怎么着'"（《乐土》，第205页）。后来"父亲"与一个女人相好，抛弃了妻与子，追随那个女人到她的家乡，结果被人打个半死，挖个坑埋了。

这里的"父亲"形象与老舍笔下的"骆驼祥子"相似，如果说《骆驼祥子》"真实地反映了旧中国城市底层人民的苦难生活，揭示了一个破产了的农民如何市民化又如何被社会抛入流氓无产者行列的过程，以及这一过程中所经历的精神毁灭的悲剧"（《现代文学三十年（修订本）》，第249页）。那么"父亲"的形象则除了没有"市民化"以外，跟骆驼祥子是一样的。他们在旧社会同样经历了无数次的奋斗、无数次的失败，最终心灰意懒，经历了先是精神上、后是肉体上的灭亡。

如果说《乐土》与《骆驼祥子》的"互文性"属于不期而遇，那么作为"自传体三部曲"，小说中写到作者的经历与体验，在他的另外一些小说中必然也会有所反映，将这些相似的人物与情节加以比较，不但可以使我们加深对作品的理解，而且能使我们了解作者的艺术构思与艺术处理，以及其他因素对作品的影响。上面我们写到了"父亲"的形象的"互文性"，接下来看"母亲"：

"母亲有一颗好强的心。她一生都在执着地追求一种东西，盼望'夫贵妻荣'，以便在亲友面前，特别是在故乡梁（夫家）苏（娘家）两族人的面前，显示出她高人一等，而不低人一头。在追求的路途中她屡遭失败，然而锐气不减；每失败一次，她的好强心非但不是削弱一次，反倒加强一次，以致'变本加厉'地发展到极端，变成了'虚荣心'：什么都不怕，最怕让人瞧不起；什么不顾，也要面子"（《乐土》，第204页）。

"母亲"对浩然有很深的影响，不仅幼时她讲的故事对浩然走上文学道路有着重要的影响，在浩然身上也继承了她不服输的精神，以及要做个"有正气，有志气"的人的信念。如果上面所说的还是童年最初的感悟，那么在他 14 岁母亲含恨而逝之后，每当遇到生命中的大事，他总是能想起母亲的教导，重新思考和面对人生。

母亲对浩然的影响既然这么大，那么在《苍生》中，当我们看到"田大妈"这一形象时，就不难辨认出在她身上有着"母亲"的一些影子："这位极平常的庄稼户的老太太，倒是个最热心肠、最爱脸面的人。可惜，用她自己自卑自怨的话说，'心比天高，命比纸薄'。老头子是个语不惊人、貌不压众、窝窝囊囊的极平常的庄稼汉。儿子们同样是没特长、没本事，普普通通的老百姓。所以不论赶上啥年月，上边的法令咋个变法，她家的日子总是'盖上脑袋，露出屁股；顾了屁股，又顾不上脑袋'，过得紧紧巴巴，不能给她争光露脸。越是够不着挂在高枝儿上的枣儿，越是眼睛盯着馋得慌。她也就越发想在村里处处事事追上大流儿，最好拿个尖儿，而别落在后面，别让乡亲们耻笑，别让外姓人瞧不起。回头看看熬过来的多半辈子，她却是干了许多光彩的事情，也做了不少当时被认为露脸、过后一瞧不免有些荒唐的事情。"

将上面的性格加以比较，我们很容易就可以看出"田大妈"与"母亲"的相似之处。但如果说浩然在"母亲"身上寄予了更多的感情因素，那么在"田大妈"身上则更多凝聚了浩然对历史、对社会的思考。"田大妈"是生活在 20 世纪 80 年代而因袭了多重历史负担的人，在这个人物身上，既有对传统文化和农村的传统生活方式的反思，也有着对新中国成立以来农村各种政治运动负面影响的批判。她不仅具有阶级性，也具有民族性，浩然在一个更为宽阔的视野中描绘出了一个生动而丰富的人物。

在"自传体三部曲"与浩然的其他小说中，有互文关系的还有很多，比如他在大刀剪营村工作时，发生了房东的童养媳偷着去上夜校的故事。"等到夜深人静，我们在教室里正上着课，他们果然瞧见搞鬼的'坏人'又一次出现，从窗户的破洞往里边窥视，就扑了过去，喊叫着把捉住的人扭进教室。我跟教室里讲课和听课的人都被惊动，一齐迎到门口，借着灯光一看那个俘虏的样子，所有的人都不由得大吃一惊。原来被逮着的人是我们房东的那个童养媳妇，她穿着褴褛的衣服，小脸儿吓得焦黄，浑身发抖，一只手抓着几张我们平时废弃的办公纸，一只手捏着一根铅笔头"（《圆梦》第 34 页）。这个故事，后来被写到了《金光大道》的《捉拿》和《渴望自由自在的人》两节里。在《金光大道》中，这个童养媳是富农冯少怀家里的（上面的童养媳是一个地主寡妇家里的）。后来在高大泉和他的妻子吕瑞芬的帮助下，她取得了受教育的权利，并与外出回来的冯少怀的儿子喜生，一起在家庭内部跟冯少怀做斗争，成了革命群众中的一员（见《金光大道》第四部，第460—479页）。

另外值得注意的是，浩然自己也曾有过"发家致富"的想法，在某种意义上，这也与《艳阳天》中的马之悦、《金光大道》中的张金发不无"互文性"。

"我一边随着共产党搞斗争，一边盼着快一些赶走国民党反动派，快一些解放全中国，快一些过上太平日子。我在心里打定主意，等到天下太平了，就回到家，守着妻子种那八亩平川地，好年景添头壮实的毛驴，再一个好年景把住着的一间半房子卖掉，购买些砖瓦木料，在东院的空宅基地盖上三间新房，再好年景拴上一挂车。只要不打仗，我有力气劳动，有勤俭会过日子的妻子当帮手，有正值壮年又有威望的老岳父当靠山，我那当一个富足庄稼主的正气和志气就一定能够实现"（《圆梦》第7页）。

但是浩然没有停留在这样的思想上，他在革命中不断成长，思想转变了，文化也提高了，并开始了文学创作，成为批判这一思想最激进的作家之一。

"自传体三部曲"写的是浩然的童年、少年、青年时期的生活与追求，写了他成长的历程。浩然的成长，也是与"历史"一起成长的。在小说中，我们可以看到这里的"成长"包括几个方面的内容，首先是他作为一个"个人"从童年到青年的历程，其次是他作为革命的一分子在斗争中逐渐成熟的过程，再次是他作为一个作家，是怎样由一个只上过三年小学的孤儿，经过刻苦的学习与磨炼，逐渐开始发表作品，直到最后加入中国作家协会，成为一个作家的。在这样的过程中，也包括他在思想修养上是怎样逐渐提高自己的。

在走上革命的过程中，老舅与八路军的黎明同志的对比对浩然起到了关键作用。浩然的母亲去世后，老舅对浩然很冷漠，还企图霸占他的家产，当浩然要求归还本属于他家的房屋和土地时："'哈哈哈……'老舅用他那瘆人的惨笑打断了我的话，又拿腔拿调地说，'好大的口气呀，怪不得这么仗义、这么厉害，敢情在王吉素躺着房子卧着地呀！我问问你，你的房子、地块在哪儿写着呢？你有文书吗？拿来让我开开眼'"（《活泉》，第 106 页）。

这里的声口让我们想到了《金光大道》中的反面人物张金发。后来在八路军黎明同志的秉公办理下，浩然终于得到了应得的财产，当黎明同志叫他时："这一声呼唤具有神奇般的力量，像亲人对待亲人那么亲近，那么亲热，这恰恰是我们这两个举目无亲、濒临绝境、处于生死关头的孤儿所渴求、所急需的。那亲切的笑容，亲切的语言，都一同化为甘露清泉，渗进我那干渴、冰冷的心田里，陌生的感觉立刻没有了，忐忑不安的恐惧感马上消失了"（《活泉》，第 130 页）。

这里的"亲人"老舅变得冷漠，而"像亲人对待亲人那么亲近"的恰恰是八路军。从此处我们可以一方面看出传统伦理的崩溃，而建立在阶级伦理上的"八路军"则取而代之，另一方面看出传统伦理仍是浩然判断善恶的标准。

在参加革命的过程中，浩然萌发了要当作家的愿望。在实现这一目标的努力中，他经历了种种的磨难，从幼时爱看书而不可得，到坚持自学文化知识，到一百多篇废稿换来一篇新闻稿的发表，再到历经嘲笑、轻视，终于发表第一篇小说《喜鹊登枝》，直到加入中国作家协会。其间既遇到了挫折，也得到了一些人的指点，比如唐飞虎、巴人、萧也牧、郭小川，小说中对后三位的描写以及对刘绍棠、丛维熙的描写，不但具有文学价值，对于文学史研究也具有相当的价值。

对传统美德的坚持，在浩然是一贯的。这反映在他的小说创作中，就是尽管在不同时期的正面人物或英雄人物坚持的政治方向不同，但他们都具有传统的美德——或者大公无私，像萧长春、高大泉，或者温柔贤惠，像吕瑞芬。而反面人物，则首先是道德上的败坏，如马之悦、张金发、邱志国，等等。浩然说："作风很坏的人也能干'为人民服务'的事，这是我至今没能解开的疑难问题"（《圆梦》，第 149 页）。这句话可说是真切地道出了浩然的困惑。在浩然这里，"私人领域"是与"公共领域"分不开的，"私人领域"的道德品质，也影响了对"公共领域"中人的评价。浩然的选择使他的作品有一种正气，一种温柔蕴藉之美，如果说在浩然其他小说中更多地表现了"正气"的话，那么在"自传体三部曲"中，二者得到了较为完美的结合。

赵四儿是浩然的"干姐姐"，自幼青梅竹马，他们因家长的反对以及彼此的误会而没有结合在一起。这一段爱情描写是中国当代文学中很少见到的美妙情景，具有很深的艺术魅力。小说写到在浩然结婚后，赵四儿去看他的家，当浩然走到外面去送她时，赵四儿表达了她的怨恨，而浩然也发生了动摇："在我们无言地四目相视的那片刻之中，我又不由得浑身颤抖起来。赵四儿的脸闪电般地变化成各种各样的面孔，其中不仅有我的妻子、我的岳父，还有我的干佬儿、干妈和我姐姐；尤其令人胆寒的，还使我想起了我那含冤而死的母亲和我那没有正气、没有志气的父亲，以及诸多亲友和王吉素的乡邻……假若当时我的手不因为联想到这些而退缩，勇敢地抓住那只等待我去抓的手，我，我和她命运的小舟将在顷刻间扭转航程，那会驶向一个什么样的江河大海呢？是水平如镜呢，还是波浪滔天？是一帆风顺呢，还是倾翻沉没？实在难以预料。结果，似有一股无形的而又强大无比的力量，压住了我的手，像被烫了电了一样急速地缩回"（《活泉》，第286—287页）。

小说中最后赵四儿因失望而堕落了，使浩然悔恨不已。而这一段心理描写既饱含深情，又"发乎情，止乎礼"，写出了悲伤与呢喃，也写出了缅想与沧桑，将"正气"与"温柔蕴藉"之美很好地结合了起来。

不仅在写到个人感情时，浩然能把握住情感的"度"，他还敢于把庄严的事情与一般认为猥亵的事情写在一起，而使阅读效果不显得低俗，反而充满了生活气息。这表明了他既能放得开，而且能很好地把握住分寸，小说中的开国大典就是这样写的："'伙计们！你们应该高兴应该乐呀！赶上个好时辰，这是千载难逢的机会呀！明天在北京举行开国大典，咱们得庆贺庆贺。知道什么叫开国大典吗？就是明天早上，毛主席在天安门上主持一个会议，宣布成立中华人民共和国。嘿嘿，咱们穷人把脑袋掖在裤腰带上，拼死拼活地打了这么多年仗，这一回总算把印把子夺到手里了。能成立一个自己的国家，能按照自己的主意治理这个国家，咱们还不该高兴高兴？还不该祝贺祝贺呀？憋几天有啥了不起的？这几十年有多少同志把命都搭上了，也没见到这一天，偏偏让咱们赶上了，咱们该有多福气！国家是咱们的了，往后搂着媳妇睡觉的日子多着哪，着急哪家子？我不相信，再憋几天就能憋得放炮开花！'他说到最后这句的时候，不光脸上做着滑稽的表情，那只空着的手还在自己那裤裆上发狠地揪了一把。这种怪模怪样招惹得我们全都放声大笑起来"（《圆梦》，第11—12页）。

这些描写都是出于情节的需要，既不炫人耳目，也不肮脏，反而恰到好处，有一种适度之美。以"成长小说"的眼光来看上引段落，我们发现，如果说"个人"的成长与历史的成长紧密联系在一起，那么同时"历史的成长"也必然带上了个人亲身体验的色彩。我们在这里，看到的就是浩然的独特经验，仅属于他自己的"开国大典"经历。

以"自传体小说"的体例来写作，这不能不涉及真实性的问题，我们无法知道其中是否"包含着许多幻影和梦想"，是否由于他个人的"视角"而遮蔽了其真实。在这个意义上，浩然拟想中的后两卷"自传体小说"或"'文革'回忆录"最终也没有写出，或许不仅是时间或精力的原因，而其中也包含着"视角"的困难。"回忆"本身是否可靠是个重要的理论与实践问题，一方面作家很难摆脱自己的思维框架，另一方面"回忆"本身也是在历史之中进行的，特定时空的"回忆"也必然会对回忆的内容加以选择、甄别、确认，那么就很难将之作为完整的、唯一的"真实"。然而这样的"真实"或许是不存在的，我们也只能在文本之内或不同文本之间探寻作者想要表达什么，或者想将自己塑造成什么样的人。而在这些方面，"自传体三部曲"无疑为我们提供了接近浩然的一个方式。

重温《青春之歌》

最初读《青春之歌》是在中学时期，现在我还记得读完之后的激动。当天晚上我夜不能寐，反复回想着小说中的场景，想象着林道静的音容笑貌，以及她所走过的成长道路，被小说中的故事深深吸引着。在那之前我已经读过巴金的《家》，我在当天的日记中写下了对这两部小说的感想与比较，心中也萌生了一种朦胧的愿望，作为一个青年人，我要像觉新和林道静一样，挣脱家庭的束缚，走向广阔的社会，勇敢地承担起时代所赋予我们的重任。这是我当初最深的印象，或许也是这两部作品在历史上所起到的重要作用。

到了北大之后，我主要研习中国当代文学，《青春之歌》作为"三红一创，保林青山"之一，已成为当代文学的经典作品，当然也在我的关注范围之内。这个时候我更多是以研究者的眼光阅读《青春之歌》，也阅读了与之相关的不少资料与论文。我知道了小说的主人公是林道静，但作者杨沫主要讲述的是青年知识分子如何走向革命的故事；我知道了小说的叙述结构是"一女三男"模式，林道静选择恋爱对象的过程也是选择正确道路的过程；我知道了杨沫曾接受当时的批评意见，增写了农村生活的部分；后来，我又知道了小说中余永泽的原型是张中行，他20世纪90年代以后散文写作的成功，似乎对《青春之歌》的叙述构成了一种挑战；我知道了作家老鬼是杨沫的儿子，他在《母亲杨沫》中真实而残酷的描述，似乎对《青春之歌》中林道静的形象及其恋情造成了一定的颠覆；再后来，我又知道了对《青春之歌》的评价史是当代中国思潮的一个折射；我知道了《青春之歌》是当代中国发行量最大的小说之一，也是在海外影响最大的作品；我知道了有些研究者在以《青青之歌》为例，重新思考知识分子与革命的关系、女性与革命的关系、"小资"与革命的关系，等等。这些方兴未艾的研究让我们看到了20世纪中国的丰富复杂，以及知识分子走向革命的艰难、曲折与必要。

但是在今天，我却想从另一个角度来阅读《青春之歌》，也就是在一个新的语境中，我们该如何理解林道静和那一代青年的选择。对于当前的"70后"、"80后"、"90后"来说，我们熟悉的是"小时代"的氛围，是消费主义与娱乐至上，我们熟悉的是"个人奋斗"的故事，是个人意义上的挫折、痛苦与幸福。在这样的语境中，我们是否能够想象另外一种青春、另外一种青年？对于他们来说，"富二代"的处境带给他们的不是满足与炫耀，而是精神上的束缚和痛苦；他们追求的是理想与正义，是改变不公正的社会秩序，是将个人生命融入到一个伟大事业之中去。在婚恋问题上，他们所向往的不是嫁入豪门、去过富足的生活，也不是门当户对、在同一个阶层中彼此联姻，他们追求的是恋爱自由、婚姻自主，是超越于物质条件之上的精神愉悦，是在共同奋斗中凝结而成的深厚情感。对于我们来说，这样的青春与爱情似乎已经很陌生、很遥远了，需要我们重新思考，重新认识。但如果从这样的角度去阅读《家》、阅读《青春之歌》，或许可以给我们更深刻的启示。对于《家》中的觉新来说，如果只是追求个人物质条件上的幸福，那么作为一个富三代，他只要继承并维护高老太爷的秩序就可以了，根本没有必要寻找人生的出路。同样，对于《青春之歌》中的林道静来说，作为当地大户人家的宝贝女儿，嫁入豪门或门当户对结亲，本来就是她必然的人生选项，她为什么要逃出家庭、踏上茫茫未知的旅程呢？

在这里，恰恰隐藏着现代中国的秘密。正是高老太爷和林父所代表的传统中国秩序无法维系，在内忧外患的空前危机中，才诞生了新一代中国青年；正是因为有觉新、林道静等一代代青年的奋斗、牺牲，中国才能避免被瓜分或灭亡的命运，才能凤凰涅槃，浴火重生，走在民族复兴的道路上。而在这一过程中，中国青年不仅承担起了时代的使命，而且改变了自身，成为真正意义上的现代青年。在历史的视野中，我们可以清楚地看到，现代青年是在五四运动之后才诞生的，在那之前，中国虽然有生理年龄意义上的青年，但并没有文化或政治意义上的青年，那些青年被束缚于"长幼有序"的传统伦理秩序中，并没有成为改变中国与世界的力量。而在五四运动之后，经受过新思想、新道德洗礼的中国青年，焕发出了前所未有的能量，彻底改变了中国的命运，将一个气息奄奄的老大帝国转变为一个生机勃勃的新中国。在《家》《青春之歌》中,我们可以看到觉新、林道静这两代青年走向社会、走向革命的过程,这个过程是艰难曲折而又充满痛苦的。在今天的后设视角中,我们也能看到更多在小说中没有充分表现的现实苦难与心灵磨难,正如在巴金的《随想录》、韦君宜的《思痛录》等作品中所表现和反思的那样。但这并不应该指向对一代青年奋斗的否定,而应该让我们更深切地理解历史的复杂、改变的不易与奋斗的可贵。

  对于今天的青年来说,《青春之歌》的价值或许不仅仅在于一个故事,而在于让我们将自己对"青春"的理解相对化,让我们看到还有另外一种青春、另外一种人生。相对于我们日渐物质化、世俗化与保守化的生活世界,林道静的青春之歌无疑是富有光彩与魅力的,那就让我们和她一起踏上旅程吧:"清晨,一列从北平向东开行的平沈通车,正驰行在广阔、碧绿的原野上……这女学生穿着白洋布短旗袍、白线袜、白运动鞋,手里捏着一条素白的手绢——浑身上下全是白色。她没有同伴,只一个人坐在车厢一角的硬木位子上,动也不动地凝望着车厢外边……"

关于《我的阅读史》的答问
——洪子诚教授访谈

李云雷： 我们曾多次问起您最喜欢哪位作家、哪些作品，您总是语焉不详，很不愿意回答这个问题，为什么？在面对这一问题时您是否存内心困惑，觉得不是三言两语能够说清的？

洪子诚： 我确实经常遇到这样的提问，因为文学研究是我的职业。不过，每一次我都含糊其词，避免给出确定的答案。我有一篇文章，写日本学者丸山升的，里面就说到，1993年我在东京大学和他第一次见面，他就问："洪先生喜欢当代哪位作家？"当时我没有一点思想准备，支支吾吾没有回答。造成这个情况可能有几方面原因。第一是性格上的，对自己的审美能力缺乏信心，常常不敢也就不愿做出明确判断；这对从事文学批评、文学史研究的人来说，肯定不是优点。另外一点是，作为文学史上作家作品位置的评定，和个人的兴趣喜好，并不总是完全一致。我明白一些作家在当代文学史上应该有比较高的地位，但是我并不喜欢。所以，我几年前在首师大演讲说到"讲真话"，我说这个问题其实很复杂，说我在自己编写的文学史中，讲的也不全是"真话"。更重要的一点是，从文学史也从自己的阅读经验看，评价的高低和"喜欢"的问题，常常变动，包括对不同作家，也包括同一个作家的不同作品。

李云雷： 您说的是个人经验与审美趣味的"历史化"问题。您是不是自觉从历史中来确认当下"自我"的审美立场？我认为在这里隐藏着您独特的思想方法。在我看来，相对于"文学"，您似乎更注重"历史"，历史及其变化对您的"文学"观念有着较大的影响。我想这既来自您的个人经验，也与您从事的当代文学史研究这一学科相关？

洪子诚：正如你说的，80年代后期以来，我和许多文学研究者都逐步认识到，不应当以一种"一元"的、本质化的观念去看待文学，要认识到文学是一种"生产"，具有构造的性质。这也不仅仅是来自于理论，从50年代开始，我就经常看到作家、作品、流派在历史过程中的升降沉浮，而且我自己对许多事情的看法，也常常发生意想不到的改变。这让我明白，价值、审美标准的问题，和特定的历史情境相关。倒也不是重视"历史"还是更重视"文学"的问题，而是要把文学放到历史中去观察。不过，历史学总归具有阐释性的品格，历史撰述者肯定有自身的意图、倾向，文学史因为兼具历史和文学这两个不是总能协调的因素，所以，也意识到不能将这种"历史化"推向极端。事实上我们都不可能有绝对的"静观"而不做任何的"审判"。

李云雷：在《我的阅读史》中，您对个人阅读经验的梳理、反思，具有多重意义。您不仅将"自我"及其"美学"趣味相对化，而且在幽暗的历史森林中寻找昔日的足迹，试图在时代的巨大断裂中建立起"自我"的内在统一性。由此书中呈现的便不是一个坚固的"自我"，而是它的形成并变化着的过程。在我看来，这里的"自我"不是孤立的、封闭的个体，而是在历史中诞生并试图将历史"对象化"的主体。正是在这样的意义上，个人的"经验"便获得了非同寻常的意义。"经验"在这里就不仅是"自我"与历史发生具体联系的方式，也是"自我"据以反观"历史"与切入当下的基点？

洪子诚：写《我的阅读史》这些文字的时候，是有你说的这些意图，但不是很明确，模模糊糊的。当初如果有你的这样的清晰认识，或许我会写得好一点。写的过程中，读到米兰·昆德拉一段话，说20世纪和19世纪不同，这是个变化迅速、激烈的世纪，在这样的时间里，"历史的加速前进深深改变了个体的存在"，"历史奔跑，逃离人类，导致生命的连续性与一致性四分五裂"。这是我们这代人普遍性的感受和焦虑。因而，重建这种被断裂的联系和一致性，成为我们写作动力的一部分，也包括我写当代文学史。我想，发生在文学领域里的"虚构家谱"、寻根、人文精神寻思……多多少少都有这样的倾向。可是，《我的阅读史》在写了若干篇之后，虽然有朋友希望我继续写，我却自觉停了下来。主要是意识到再写下去，在这种"重建"中，有可能发生"过去的出现尽在不真实之中"的情景——这是我不大愿意的。

李云雷：那么，在您看来，"自我"及"经验"的变动不居，在保持思想活力的同时，是否也具有其局限性？另一方面，在面对"历史"与"文学"等宏大的词语时，"自我"的有效性是否也有其边界？这其实也涉及一个有意思的问题，就是您"个人写作"的文学史，如何成为了"中国当代"文学史？在个人与"历史"之间，有着怎样复杂而微妙的关联？

洪子诚：文学史和"阅读史"这两类文字在性质上有所不同。文学史在发现、总结自身经验的时候，更需要关注克服个人经验的局限，而"阅读史"的那些文字，就是要立足自己的感受、经验。不过，它们也不是截然不同，同样都要程度不同地处理你所说的"自我"的成效和局限的矛盾。这里面没有现成的答案，需要每一个写作者的探索，甚至挣扎。我在那篇写黄子平的文章里说到，"回到"历史情境之路有许多的难题："既要有个人经验的积极介入，但也要与对象保持一定距离，对自我的立场、经验有警惕性的反思。离开个体经验和自我意识的加入，论述可能会成为无生命之物……成为悬空之物，但过度的投入、取代，对象也可能在'自我'之中迷失，'历史'成为主体的自我映照。"有一位阐释学家这样说，这种关系，大概就像参加一种游戏，置身其间的游戏者，不将自己从"自我"中解脱出来，放弃已经形成的"前理解"，允许对象追问所设定的立场和标准，这种"游戏"就无法进行。

没有疑问，那种"真理在握"的宏大历史叙述，它的重要性是"小历史"——既指立足于个人经验，也指主要讲述非重大事件的历史碎片——不能比拟的。但是，在人们对"大历史"的信任程度下降的今天，众多呈现个体经验的"小历史"的价值，也不容忽视。这可以挑战历史叙述"集体模式"的遮蔽，而让当事人有"发出自己声音"的可能。

李云雷：您写契诃夫的《"怀疑"的智慧与文体》，我认为是《我的阅读史》中最有分量也最有情感色彩的一篇。这篇文章，融合了您对时间的敏感、对艺术的微妙感受以及对个人经验的执著。特别让我注意的是里面用楷体字插入的抒情性散文部分。在您的著作中，这类抒情性的部分很罕见（另一个例子是《1956：百花时代》的前言与后记），在理性、思辨的整体框架中，为整篇文章带来了润泽与温暖的因素，仿佛活跃的音符，让我们看到了作者的真性情——那些无法化约的经验与情感。这一写法和您以前的文章大不相同。这是您有意的尝试，还是为了表达复杂感受而进行的必然"选择"？

洪子诚：大学快毕业和刚参加工作那些年，我写过一些散文。许多不成功，也有几篇当时在报纸上刊载。在60年代，因为生活、性格、阅读的种种原因，逐渐形成一种靠拢、推崇节制、简洁，嫌厌滥情、夸张的美学观。有的时候，这种取向在我这里表现得有些极端，不愿明确表达自己的感情，也拒绝使用抒情性的文字、句式。有的学生说我的书、文章枯涩，读起来昏昏欲睡，确实！因为《我的阅读史》确定了侧重个人的方式、角度，就有意识添加一点水分、一点情感，收缩那种"正确评价"的紧张感，将它降低到个别的感受和认知的范围。这种方式，和处理的对象、写作的目的有关系，但也是岁数一大把之后的一点改变。不过，说到写契诃夫的那一篇，虽然有你和一些朋友的肯定，但是我想我不会再那样写了。几次重读，都有一点不舒服的感觉，有点羞愧：其中有些话，一些写法，属于我想尽力避免的部分。不过，如果我以后还写文章，包括学术性的，会注意采取一种更平易、随意的语言方式，尽量避免堆砌概念，减少注释，少用引号……

李云雷：《一部小说的延伸阅读》描述了您阅读《日瓦戈医生》的历程。在这里，值得关注的不仅是您在不同时期认识的变化，更是在这些变奏中不变的因素。我想有以下几个方面：（1）对"革命"的理解与态度的主题；（2）对（自由主义）知识分子在历史中的价值与作用的思考；（3）对文学的"独立性"或"非政治化"的关注；（4）对当代中国精神语境变化的自觉，以及将之与作品相联系加以考察的思考方式。在这里，我们可以大体辨识出您的自我认同及问题意识，即您更认同（自由主义）知识分子的"定位"，更强调文学（相对于政治）的"独立性"传统，但这一认同却又是开放的、复杂的、"相对化"的，有着暧昧的边界与微妙的变化。在这篇文章中，您以核心问题的关切为中心，在渐次递进中呈现出了问题的不同层次与不同侧面。请问您这种复杂化与"历史化"的态度，对于20

世纪50—70年代的文学是否有效？比如当我们以您这样的方式，重新去阅读《红岩》或者"样板戏"，是否会有不一样的发现？

洪子诚：这些都是很大的问题，三言两语肯定讲不清楚，我对它们的理解也不是很确定。不过，你的概括很准确，这几个方面，的确是我自80年代以来借助当代文学史研究思考的问题。在20世纪的中国，特别是当代，文学／政治，思想／语言，自由主义／左翼，手艺人／批判知识分子……已经被建构成带有封闭性质的"结构"。这当然也反映了当代思想文化的状况。和一些学者将这些结构中的"两造"处理成对立、非此即彼不同，我对它们的对立性质、它们关系的紧张度不是那么强调。它们之间肯定存在矛盾、龃龉，而且在历史过程中，它们也常常更替地以"原告"或者"被告"的关系出现，但是，它们也是互相依存的，它们的矛盾性构成也具有积极意义的张力。这就是你说的开放、复杂、有着暧昧的边界的意思。在我这里，"文学"并非有了"政治"的附灵和托举才有价值，而文学出现问题，文学自身自然难辞其咎，可是"政治"也不能就推卸责任。

你说到我特别关注"（自由主义）知识分子"的责任、价值的思考，这里需要做一点解释。如果这里存在一点误解的话，那么可能是在中国语境中，"自由主义"等的边界不是那么清晰。其实从80年代到现在，我最关心、读的资料最多、上课时讲的最多的，恰恰不是那些被称为"自由主义"的作家和知识分子，比如沈从文、废名、卞之琳、萧乾、朱光潜那些人，甚至也不是汪曾祺，而是那些革命、左翼的作家，如丁玲、胡风、周扬、邵荃麟、秦兆阳、赵树理、郭小川、艾青、柳青……我觉得"自由主义作家"在当代的命运，他们遇到的矛盾和做出的反应，相对起来较为清楚，而不同的左翼作家的当代命运就复杂得多，那种各个层面的"悖论"情境值得做更深入的探究，对他们的遭际、命运的了解也更有现实意义。我的《中国当代文学史》、一些论文以及《问题与方法》这本书，很大篇幅都在试图处理、解释这里面的问题。这半年我在台湾交通大学社文所做讲座，也用很多时间讲胡风、讲晚年的丁玲、讲赵树理、讲周扬，讨论他们在当代悲剧命运的不同情形。八九十年代我读罗曼·罗兰、阿拉贡、聂鲁达、爱伦堡的材料，读赫尔岑、卢卡奇，在读了夏志清之后读普实克，读罗杰·加洛蒂，读丸山升，读伊格尔顿的《马克思主义与文学批评》《20

世纪西方文学理论》，读法兰克福学派的一些书，以及赛义德的《知识分子论》，也都是出于加深对这个问题的了解——虽然我的研究不深入，也没有多少像样的成果。在我的印象里，我涉及的许多左翼、革命作家，不论是信仰、思想情感，还是人格、生活道路、文化修养，都相当的丰富和复杂：他们面对时代所做的勇敢选择，他们的无可奈何的退却，他们推动时代的雄心，他们的可敬可叹、可恨可爱……他们中一些杰出者，确实不像现在的我们：我们（当然不是所有人）孱弱、单薄，属于马尔库塞说的那种"单向度的人"。

李云雷：在您关于《文艺战线两条路线斗争大事记》的"阅读史"中，以及编辑《回顾一次写作》这本书的过程中，我看到了您"在历史中拯救个人"以及"以个人的方式拯救历史"的努力。对您来说，重要的并非现在所持的立场，也并非对历史的道德性姿态，而是将"历史"还原到当时的语境中，呈现出历史的"真实"及其内在的曲折，而这对当下立场的选择无疑更具启示意义。我想有的人对这样的事情会选择避而不提，或者他们的知识体系无法容纳这一问题？

洪子诚：从50年代上大学起，我经历、参加过许许多多的政治运动。"鸣放"，"反右派"，"大跃进"集体科研，50年代末的"反右倾"，"文革"前夕的大批判和农村"四清运动"，然后就是十年的"文革"。我"激情燃烧"地做了一些好事，也肯定做了不少坏事，说了许多违心话，伤害过一些同事、朋友、老师。这是我的心理负担、我的"债务"，这需要说出来。自私地说，就是寻求解脱；用你严肃的概括，也可以说是"拯救个人"。从"认知自我"来说，就是达到辨析自身思想、情感变迁的轨迹，了解生命分裂与连续的关系。

但是，就像你说的，简单的道德性忏悔并不能将我们对历史问题的认识推进一步，还是要思考造成这种状况的原因。对当代政治运动的回顾，有两个问题到现在仍然让我十分困惑。一个是革命和暴力的关系，另一个是思想、精神、语言、思维方式的简化趋向。就像我谈编写《文艺战线两条道路斗争大事记》的文章里说的，当代的许多时候，"精神的要求是将一切复杂、丰富的事物，极端性地变成一种'概要和轮廓'"：这"呈现在两个方面。一是事物、情感、思想被最大程度清理过，事物都被区分为两极，一切'中间'的光影、色调、状态都没有存在的理由……另一方面是，一切的'本质只对勇气却不对观看开显'"。"革命"当然要删减细节、突出主题，但是否必然伴随精神的"简化"运动、必然导致"世界上的道理千条万条，归根结底只有一条"、必然将"社会主义新人"塑造成头脑简单意识形态偏执者？这其实还不是我的困惑，而是周扬60年代初在多次会议上的追问。

李云雷：《回顾一次写作》收录了您和谢冕、孙绍振、孙玉石、刘登翰、殷晋培等老师在1958年编写《新诗发展概况》的经历，还有你们现在的回忆与反思。在回忆部分和研讨会的发言中，我注意到您和谢冕、孙绍振等老师的不同。您对20世纪50—70年代与20世纪80年代以来的文学有一种双重反思，力图在两种对立的美学原则中艰难地确立一种立场。那么，您如何看待20世纪50年代与20世纪80年代两个时期不同的"新的美学原则"？在今天，是否有可能在对它们的反思、继承中，发展出另外的"新的美学原则"？或者说，在剧烈变化的当代历史与文学史中，将来能否形成一种相对稳定的美学评价体系？

洪子诚：我发起编写对1958年集体科研回顾、反思的书，就是想提供我们在返回历史时态度、分析、经验提取上的差异。所以我拟定问题之后，采用互相不沟通各自作答的方式。现在看来，差异是有的，但是不如我原先估计的那么大。我觉得谢冕老师对50年代的那些事件、那个时期的文学，有更多的同情和肯定，这也反映在他编选的《中国百年诗歌总系》的"50年代"那一卷中。孙玉石老师的批判、否定要尖锐得多，对自己当年的行为也有更严厉的自责。我和他们的观点总体是一致的，但是有点暧昧，有点含混，也就是你说的"双重反思"。对这种表现，现在我更多看作是自身思想欠缺穿透力的缺失。但里面也确实有着我的一个基本看法，即并不将20世纪50年代要崛起的"美学原则"和20世纪80年代崛起的"美学原则"，看作是对立、正相反对的东西。50年代的"新的美学原则"，采取与启蒙的新文学断裂的姿态出现；而80年代的人道主义、新启蒙美学，又宣称与"人民文艺"决裂。这种断裂的对立性，是特定历史情境下的产物，可能有它合理的方面，不过，从历史过程看，它们严重的互相伤害（特别是五六十年代对新文学的伤害），其结果是严重伤害自身。

你是知道的,我是个没有能力和胆量做出前瞻性预告的人,这个弱点表现在我所有的文章和书里。在文学世界,我们当然不愿意它总是分裂成各种碎片,而是期待"形成一种相对稳定的美学评价体系"。不过,这不应该是新的"一体化"。可行的路子,只能是不同的主张采取互相倾听、批评、对话,以达到对某种"共识"的接近。

李云雷:我在最近的一篇文章中,谈到了您的"一体化"与"多元化"。我说,"洪子诚教授的描述与概括是富于创见的,他令人信服地解释了'十七年文学''文革文学'与'新时期文学'之间的内在关系。但是在这里,也存在一个问题,那就是他对'多元化'持一种乐观而较少分析的态度。事实上,当他遇到金庸小说等通俗文学作品时,并不能像更年轻的一代学者那么顺畅地接受。在这里,可以看到洪子诚教授所能接受的'多元化'的限度——'新文学'的边界。对于超出'新文学'边界的通俗小说与类型文学,他是难以接受的。"我受您的启发,将新时期的"多元化"细分为三种:左翼文学内部的"多元化"、新文学内部的"多元化",以及超出新文学界限的"多元化"。在这个基础上,我认为五四文学与20世纪80年代末的文学具有一种内在的一致性,而新时期文学不仅是"左翼文学"瓦解的过程,也是"新文学"瓦解的过程。不知您对这个看法有什么意见?

洪子诚:你的看法和对我的批评很好,对我很有启发。你认为我是在"新文学"的范围内来谈"一体"和"多元",这个概括很对。自从我的《当代文学史》出来后,对"一体"和"多元"就有许多讨论和批评。我对"多元化"的确有理想化的态度,赋予它太多的积极意义,而没有能指出它的限度和问题,也没有深入认识到90年代以来,特定的政治/文学制度和市场经济形成另一种"一体化"强大制约性力量的事实。不过,我其实并没有排斥"通俗小说",包括金庸的作品。在《当代文学史》中,我用了一节讨论通俗小说在当代的命运。编写《文学史》的时候,也想过如何处理金庸的问题。只不过我限定范围是"大陆",所以没有列入。事实上,严家炎老师在90年代初就提出应该将通俗小说纳入"新文学",也得到学界普遍认同。

你说"新时期文学不仅是'左翼文学'瓦解的过程,也是'新文学'

瓦解的过程"——这个观点我很同意。我最近在台湾交大上课,也说"当代文学"结束于八九十年代之交。我们的看法,自然影响不了教育部有关学科界限的划定,但是作为一种文学史观,作为一种文学史论述,也不必要以官方的学科体制规范作为准绳。他们让"当代"这样地无限期延伸,有不便明说的考虑和苦衷。

李云雷: 关于左翼文学研究,您在季亚娅的访谈中有这样一段话:"台湾的左翼文学界、思想界毕竟比较幸运,他们有陈映真这样的作家,这样的没有被大陆当代左翼文化规范所缩减、所教条化的作家。你只要读读陈映真的作品就可以明白这一点。因此,当吕正惠、陈光兴、赵刚等教授拿陈映真来表达他们的左翼文化理念的时候,让人感触到一种厚实感和可信性。你说的那种自我反思、自我批判很重要,没有这样的工作,总是简单地拿浩然、拿《创业史》来支撑全部论述,那是不能解决问题的。"陈映真确实是台湾左翼文化界的幸运,但是我觉得浩然与《创业史》也具有很高的价值。陈映真的魅力在于其批判性,但是当代大陆试图建构一种具有"建设性"的左翼文学。这应该是左翼文学内在逻辑的展开,也是一种更复杂的文学现象,其成败得失也值得总结。您在这方面做了不少开创性的研究,但在情感上似乎并不能接受?

洪子诚: 你提的这个问题,是我观察当代文学的一个没有解开的"结",现在也还不具备充分的条件来回答你的质疑,我会继续思考这个问题。如果说为什么会形成这样的认识,初步的清理是,我可能十分重视"左翼文学"的批判性,多少认为这是它的生命。这种批判性在当代的弱化和被压制、删除,我认为是个严重的问题。另外,从"左翼文学"(主要指叙事和代言的文学)坚持的现实主义品格上说,我信仰的是马克思、恩格斯的那种拒绝席勒观念化的美学主张,以及卢卡奇的有关整体性的论述。我自己认为,在当代,赵树理是比柳青更值得重视和探讨的作家,虽然他50年代以后的创作呈现弱化的趋势。

李云雷: 关于路遥的评价问题,包括您的《文学史》在内的多部"当代文学史",都没有提到他和他的《平凡的世界》,或者评价不高。但路遥的小说当今却受到很多青年人与普通读者的欢迎。不知道您在写作《文学史》的时候，对路遥有一个什么样的判断？您如何看待这一现象？

洪子诚：我在不同的学校演讲，总有同学提出这样的问题。除了为什么没有写路遥之外，还有为什么不写王朔、为什么没有写王小波。为什么？我也有点纳闷。记得80年代我上课的时候，曾经用很多时间分析路遥的《人生》。90年代写《文学史》，确实对他没有特别的关注，也翻过《平凡的世界》，感觉是《人生》的延伸，艺术上觉得也没有特别的贡献，那时我也不知道他的小说在读者中的广泛影响。这也许就是一个疏忽？当代人写当代史，缺失、偏颇、疏漏应该是一种常态。我们常常举的例子，就是唐朝人选的唐诗选本经不起时间的检验。认识到这种"过渡"的性质，可以减轻压力。如果在这个问题上要为自己辩护的话，那就是：不要说我这样的庸常之辈，即使才华横溢、咄咄逼人的别林斯基，在独具慧眼地正确论述普希金、果戈理等的价值的同时，他也有不少看花了眼的地方。

李云雷：请问您如何看待这几年的打工文学与"底层文学"？在2007年深圳召开的"打工文学论坛"上，您指出："打工文学的那种批判的力量才是它最宝贵的东西。如果在主流的关注过程当中，这种力量慢慢地消失、慢慢被驯化，这个问题就需要我们更多的注意了。"我赞同您的这一看法，但打工文学或底层文学，是否有足够的力量与可能去建构一种美学原则，以之对抗现实与文学的既定秩序？如果有这样的可能性，应该从哪些方面做一些建设性的工作？

洪子诚：按我的理解，"打工文学"和"底层文学"有相同的地方，也有不同之处。强调作家表现"底层"的生活状况、揭示存在的问题，这是五四以来新文学传统的组成部分，当然，无论是观念、角度、方法，现在会出现新的因素。至于"打工文学"或"底层写作"，应该是强调处于"底层"者自己发声，讲述自身的生活、思想情感，这种写作倒是作家难以代替的。但这里有一个"悖论"：当这种带有自发性质的写作出现，文学界如果不管不问，它将自生自灭，无法引起人们的重视；但是，当文学界加以关注、评论，写作者逐渐成为"作家""诗人"，就已经被组织进既有的文学秩序、体制之中。五六十年代工农作家的道路，还有"文革"期间的工农写作，都说明了这一点。"文革"时上海批判、挽救"蜕变"的工人作家胡万春,其实并不是胡万春自己的问题。

李云雷:现在新诗似乎很少受到一般研究者与评论家的注意,但您的态度似乎有所不同,不但持续进行研究,而且对90年代以来的新诗一直有很高的评价。您主编了《在北大课堂读诗》一书,又主编或参与主编北大出版社出版的"新诗研究"丛书和《新诗评论》,不知您如何评价现在的新诗?如何看待新诗受到一般人冷落的现状?

洪子诚:我对诗的尊重,主要来自自己的感受。我从诗中得到许多安慰和鼓舞,加深我对生活、对人内心的认识,增强我对人类美好方面的信心。

前年,也是在一次对我的提问中,也谈到这个问题。我说,在我们生活的时代,诗歌必定是冷落的,不过,"在现在,诗歌是一种边缘性写作,有可能保持比较多的'纯粹性'。尽管90年代以来诗歌受到严厉批评,也确实存在许多问题,但我还是觉得这二三十年中有不少很好的作品。我们的环境太不重视诗歌、诗人了。没有诗歌的文学是奇怪也畸形的文学。中国作家协会不重视,他们那里好像也没有人懂诗,评出的诗歌奖,有的很搞笑。所以大家开玩笑说,作协可以改名为中国小说家协会了。"对作协的这些说法可能有些偏激,但是大体上是符合事实的。对文学负有一定责任的人,不能停留在诗歌受到冷落的描述。这些年我两次到台湾大学任教,每次半年。和大陆一样,"严肃文学"(姑且使用这个概念)在那里也被边缘化,但是文学界还是继续保持尊重诗歌、诗人的传统。今年3月,台湾大学举办了相当规模的周梦蝶诗歌国际研讨会。几年前,当商禽先生辞世的时候,他们非常重视,举办追思纪念活动,出版他的全集,是大陆这边难以比拟的。大陆诗人蔡其矫同年去世,竟然悄无声息,作家协会什么表示也没有,因为蔡其矫没有什么官职——这真是一个令人感叹的势利社会。去年,台湾拍摄了"在岛屿写作"的"大师电影系列",第一辑六位作家中,竟有四位是诗人:周梦蝶、余光中、杨牧、郑愁予(另外两位是小说家林海音、王文兴)。

李云雷:不知您现在在做哪方面的研究?我们都很喜欢您《我的阅读史》中的文章,希望您能延续这样的写作,也希望您能多保重身体,不断为文学界奉献出更多好文章。

洪子诚：岁数大了，精力也越来越不济，新的研究已经谈不上。特别是当代文学，原本就是属于你们这样的年富力强的年轻人的！如果身体允许，会写一点不需要搜集太多资料的文章。目前正和年轻朋友编一本新诗选，也会整理我在台湾讲学的讲稿。

陈映真是一面精神旗帜

听到陈映真先生去世的消息，我内心感到一阵悲凉。虽然我并未有幸与陈映真先生谋面，仅有一点文字之交，但在我的心目中，陈映真却是我们这个时代最值得信任、期待的作家与思想者之一。伴随着他的离去，在这个日益纷乱复杂的世界上，我们失去了一位可以信赖的知识分子，一个"时代的良心"。在这个意义上，我们也可以更深刻地理解，1936年鲁迅先生去世之后，社会各界和青年学生所表现出来的那种悲痛。

作为一个作家和思想者，陈映真先生在文学、思想与社会各领域都取得了众人瞩目的成就。我并非陈映真与台湾文学研究的专家，只能从个人的角度谈一点感想。我与陈映真先生的交往极为有限。21世纪之初，中国大陆出现了"底层文学"思潮，我应人间出版社范振国先生的邀请，撰写了一篇文章《转变中的中国和中国知识分子》，分析介绍了围绕底层文学的争论，并在邮件中发去了曹征路《那儿》等代表性作品。那时围绕《那儿》等作品出现了不少评论，我想编辑一本《〈那儿〉评论集》，也写信给范先生，问陈映真先生是否有可能写一篇文章。过了大约一个月，他就传来了陈映真先生的文章《从台湾看〈那儿〉》。在这篇文章的开头，陈映真先生谈道："朋友如获至宝似的拿了从网站上下载的、大陆作家曹征路先生（以下礼称略）写的中篇《那儿》来。后来又取得李云雷先生（以下礼称略）新写的论文《转变中的中国和中国知识分子——〈那儿〉讨论评析》。……读完《那儿》，心情很激动。读完云雷的大论，也让人思潮起伏。《那儿》在祖国大陆的读书界讨论，已阅两年许。为了免于狗尾续貂，想从一个半生生活在台湾的老作家的视角，说一说一些不成熟的感想。"在这篇文章中，陈映真先生结合他在台湾的经验，谈了左翼文学与艺术性、工人的阶级意识、外来文论的失效、光明与希望之必要等问题，让我们看到他的热情与理论兴趣。这篇文章是陈映真先生晚年最重要的文章之一，也是他很少的专门谈大陆作家作品的文章。或许在"底层文学"之中，陈映真先生看到了他所期待的中国文学，2009年大陆编选的《陈映真文选》也以此文收束。

读了这篇文章之后，我期待能有机会与陈映真先生见面。后来听说陈映真先生来到了北京，但是生了病，正在治疗，不愿意见人，我想等他病好之后或许能够见到，但没想到一直拖了这么多年也没有见到，没想到最后等来的竟是他去世的消息！

在我的心目中，陈映真先生是一面精神旗帜，他的意义在于文学，在于思想，在于他的人格魅力，在于他对左翼文学传统的继承与创新、对底层民众的深厚情感、对祖国统一的坚持与热望。这些体现在他的作品和行动中，我们都可以看到，这也是我们最为宝贵的精神财富。陈映真的文学，在今天的文化语境中具有重要价值。无论是大陆还是台湾，无论是中国还是在欧美，文学在整个社会格局中的分量都在减弱，文化消费主义甚嚣尘上，很多人更愿意将文学当作一种消遣与娱乐。但陈映真的文学却并非如此，从最初走上文学道路开始，陈映真就将文学当作一种精神上的事业，是他直面世界、直面自我的一种形式。而陈映真最为卓越之处，不仅在于他继承了鲁迅的文学传统，而且在于他真正实现了艺术上的创造，他的《将军族》《山路》、"华盛顿大楼系列"等作品，深刻地切入了台湾的历史与现实，让我们看到了幽暗历史的回声，以及人性在时代变化中的扭曲与畸变，至今仍是难以超越的经典。陈映真不仅是一个作家，也是一个知识分子。他有着自觉的理论意识与现实追求，是他为台湾打开了一个新的思想空间，让更多的人意识到台湾的真实处境，以及底层劳工的重要价值。而他创办人间出版社、组建"中国统一联盟"等实际行动，更是让我们看到了一位知识分子身体力行的风采与精神魅力。

陈映真是一面精神旗帜，他的意义在于台湾，在于中国，在于世界。今天的台湾知识界，吕正惠、蓝博洲、赵刚、陈光兴等学者都在重新解读陈映真，陈映真为台湾带来了左翼的传统和"第三世界"的视野，而这，在今天台湾的现实环境与文化语境中，尤其具有重要的意义。陈映真的视野可以让我们看到，台湾社会各界的议题虽然众多，但却忽略了最为重要的议题，那就是底层民众的现实处境。在众声喧哗的文化泡沫之中，陈映真的声音可能会被边缘化，但伴随着现实的发展，更多有识之士将会在陈映真身上发现闪光的东西。

陈映真在中国大陆的被接受,有一个历史的错位。王安忆、阿城、张贤亮、陈丹青、查建英等人,对陈映真都有过或排斥或"误解"。当陈映真在反思跨国资本主义的时候,刚经历过"文革"的中国文学界与知识界,正在反思社会主义的"伤痕",那是在20世纪80年代。但是,伴随着中国逐渐融入资本主义世界体系,当年陈映真所批判的东西真的出现在了我们面前,我们的思想界也在重新认识陈映真,重新认识左翼文学传统,重新认识中国的社会主义道路。"底层文学"与"新左翼文学"的兴起,是文学界所做出的一个反应。而在学术界,虽然洪子诚、蔡翔等研究者已将左翼文学—社会主义文学推到了文学研究的最前沿,但是在中国大陆的语境中,在经历过"文革"的历史波折之后,"左翼文学"在某种意义上并不具有自明的说服力。在这样的时刻,陈映真作为"左翼文学"在台湾的传承者与创造者,以其精湛的艺术与精深的思想,让人意识到了左翼文学的创造性与生命力。在这个意义上,我们可以说,陈映真及其文学传统,为我们打开了一个新的视野。而这样的视野,不仅限于文学与思想界,也与当今中国的现实密切相关。

在当今世界的整体格局中,伴随着英国脱欧、特朗普选举等事件,新自由主义所建构的世界观与历史观正在瓦解,底层民众对公平正义的追求、对贫富极端分化的不满,以"民粹主义"或"文明冲突"的形式表现出来。在这样的历史时刻,我们尤其需要重新认识20世纪的社会主义经验,重新探索超越资本主义的可能性,重新想象人类的未来。这可以说是人类重新认识自身历史的时刻,也是人类重新寻找自身道路的时刻。在这样的时刻,我们需要"重估一切价值",需要反思"历史终结论"所带来的深刻影响,需要找到一条让底层民众可以发声的理论与实践的可能性,而陈映真所走过的路,也正是对这样的道路的探索。在这个意义上说,陈映真是一面精神旗帜,他的意义是属于未来的,他已经融入了一种伟大的传统,并将召唤未来的人们继续为公平和正义而奋斗。

日本的"《蟹工船》现象"及其启示

《蟹工船》是日本著名左翼作家小林多喜二的代表作,发表于1929年。令人惊异的是,在1980年之后,这部作品再度成为畅销书,在一年内销出60万册,并被改编为漫画、电影等多种艺术形式,成为2008—2009年日本最值得关注的文学现象,也是一种具有症候式的文化现象。不少人都在追问,究竟是什么原因使得这部作品再度流行并在青年读者中引起阅读的狂潮。本文试图综合不同角度的分析,并探讨这一现象对中国文学发展的启示。

一、《蟹工船》与"《蟹工船》现象"

中国读者对小林多喜二及其《蟹工船》并不陌生。小林多喜二1903年出生于日本秋田县一个贫苦农民家庭。1928年至1929年,小林多喜二积极参加日本共产党领导下的文学运动,写出了《防雪林》《蟹工船》等作品。1930年,加入日本共产党。之后,他又写了《沼尾村》《为党生活的人》等小说,表现了日本的工农运动和日本人民反侵略的斗争。1933年2月20日,小林多喜二被军警特务逮捕。在酷刑拷打下,宁死不屈,被迫害致死,年仅30岁。

《蟹工船》主要讲述了在日本社会底层苦苦挣扎的一群失业工人、破产农民、贫苦学生和十四五岁的少年,被骗受雇于蟹工船,在非人的环境下被强迫从事繁重的捕蟹及加工罐头的劳役,受尽欺压,最后劳工们终于忍无可忍,团结起来,与监工们展开了一场血腥的抗争活动。《蟹工船》真实地描写了渔工们由分散到团结,由落后到觉悟,由不满、反抗到进行有组织的罢工斗争的过程。这部作品虽以蟹工船为舞台,但它通过船上各阶级的代表人物，包括作为资本家代理人监工的浅川的活动，以及"秩父号"的沉没、川崎船的失踪、帝国军舰的"护航"等情节，有机地把蟹工船同整个日本社会乃至国际社会密切联系起来，展示了两个阶级的对立和斗争。

《蟹工船》最初发表在日本左翼文学刊物《战旗》1929 年 5 月号和 6 月号上，同年 9 月出版单行本，随即引起整个文坛的广泛重视。日本文坛最大的综合性杂志之一的《中央公论》主动向小林多喜二约稿，其他报刊也纷纷发表评论文章，给予积极评价，他的文学地位得到了文坛的广泛承认，并产生了国际性的影响。

对于《蟹工船》，我国文学界也很重视。早在 1930 年初，夏衍就以"若沁"的笔名在《拓荒者》第一期上发表了《关于〈蟹工船〉》一文，文章写道："假使有人问：最近日本普罗列塔利亚文学的杰作是什么？那么我们可以毫不踌躇地回答：就是《一九二八年三月十五日》的作者小林多喜二的《蟹工船》。"1930 年 4 月，陈望道等主持的大江书铺出版了潘念之译的《蟹工船》，但不久即被国民党反动当局以"普罗文艺"的罪名密令查禁。此后还出版了叶渭渠、李思敬等人的不同译本。当小林多喜二被虐杀的噩耗传来，曾激起我国进步文学界的极大义愤。[①]

在日本国内，小林多喜二也以其卓越的艺术才能，以及为无产阶级而奋斗牺牲的精神，在文学界尤其是在左翼文学界享有崇高的声誉。藏原惟人指出："小林多喜二活动的 1925—1933 年，是日本解放运动开始明确地选择马克思列宁主义的方向，以此为指导思想的时代，是国内阶级斗争极其尖锐的时代。……无产阶级文学运动却以尖锐的形式反映了当时激烈的斗争，留下了许多文学功绩，但是在实践中，还没有产生很多能回答争取

[①] 参见胡从经《纪念〈蟹工船〉出版五十周年》，《读书》1979 年第 2 期。鲁迅曾为小林多喜二之死发去唁电："日本和中国的大众，本来就是兄弟。资产阶级欺骗大众，用他们的血划了界线，还继续在划着。
但是无产阶级和他们的先驱们，正用血把它洗去。
小林同志之死，就是一个实证。
我们是知道的，我们不会忘记。
我们坚定地沿着小林同志的血路携手前进。"

鲁迅

以上原是用日文拟的，题为《闻小林同志之死》，最初发表于日本的《无产阶级文学》一九三三年第四、五期合刊，亦参见上文。

群众的问题、与广大人民血肉相连的作品。小林多喜二是在这个时代中比谁都更多地回答了这类问题并亲身实践了的作家,在这个意义上,他的作品成为这个时代无产阶级文学的顶峰。"[1]

二战后,日本每年2月20日都要举办全国性的"多喜二祭"。另一位左翼作家宫本百合子去世后,与多喜二合祭,称"多喜二、百合子祭"。在2008年突然畅销之前,《蟹工船》每年的销售量只有5000册左右,但也较为稳定。

《蟹工船》的畅销有一个契机。2008年1月9日,《每日新闻》刊登了著名作家高桥源一郎和偶像作家雨宫处凛的新年对谈"差距社会:追寻08年的希望",展望日本社会以及文学界的走向。对谈中,雨宫提到,"昨天偶然读到了《蟹工船》,我觉得与现在的自由打工者的状况非常相似","现在年轻人的劳动条件非常差,让人感到《蟹工船》是真实的"。同样是自由打工者的长谷川仁美从《每日新闻》上看到这篇文章时,对雨宫的话产生了共鸣。她深受启发,在书店里竖起"'working poor(贫困劳动者)'必读!"的广告牌。从这里开始,《蟹工船》很快就风靡全日本,形成了一种"《蟹工船》现象"。

这一现象包括不同的层面。

首先是小说《蟹工船》及改编作品的畅销。仅新潮社的"新潮文库"一种,一年内销售60万册。其他出版社的文库本《蟹工船》同样受到读者的青睐。除去文学文本以外,2006年,白桦文学馆多喜二文库策划编辑、藤生刚作画的《漫画蟹工船》由东银座出版社出版后,到2008年5月重印了四次。其他出版社也纷纷跟进,出版社之间的竞争使《蟹工船》以及相关图书成为2008年日本出版界炙手可热的图书。另据介绍,继1953年改编为电影之后,《蟹工船》又一次被搬上了银幕,并计划在2009年夏天

---

[1] 藏原惟人著,刘海东译,李心峰校:《小林多喜二和宫本百合子》,参见林焕平编《藏原惟人评论集》,未刊稿。按,藏原惟人为日本20世纪二三十年代革命文化界的理论家与思想领袖,对我国左翼文化运动也产生过相当广泛的影响。作为小林多喜二的"师友",他对小林多喜二亦产生极大的影响。在写完《蟹工船》翌日,小林即将手稿寄给藏原惟人,并在信中说:"这部作品里没有所谓的主人公,没有个人传记式的主人公或类似的人物,是把劳动者的集体当作主人公的。在这个意义上,我想是比《1928年3月15日》前进一步了。"此外,小林多喜二的《为党生活的人》,在"附记"中也特意标明"献给藏原惟人"。又,《藏原惟人评论集》系林焕平先生在20世纪80年代末及90年代初组织翻译的,迄今尚未出版。

上映。

其次,"《蟹工船》现象"可以说是一个媒体事件。2008年5月,日本有全国影响的《读卖新闻》《朝日新闻》《每日新闻》《产经新闻》《日本经济新闻》几乎同一时间接连报道了"《蟹工船》现象",地方报纸也加入了相关话题的报道。更具影响力的是电视媒体的报道,包括NHK(日本广播协会)等日本各大电视网都报道了《蟹工船》的畅销以及所引发的对社会现实的讨论,富士电视台甚至在娱乐节目当中讨论"《蟹工船》现象"。NHK不仅在国内新闻中进行报道,还在国际频道中用英语播送了专题节目,向世界介绍了"《蟹工船》现象"。①

然而,究竟是什么原因,使得这部80年前的小说再次受到关注呢?这也是各方议论的焦点。

二、为什么会畅销?

《蟹工船》的再度流行,有几个突出的特点。

首先是读者都比较年轻,大多为出生于20世纪八九十年代的青年人,多数媒体认为青年人面对就业环境的恶化、贫富差别的扩大、生活贫困的现实,能够从小说中找到共鸣。例如《朝日新闻》(2008年5月13日)的报道标题为"现在,《蟹工船》受到青年人的欢迎,不向贫困屈服的坚强是小说的魅力吗?"其中引用了一个26岁的青年读者的感想,他说:"我很羡慕小说中的工人们团结一致面对敌人的做法。"

其次,读者不是从思想上,而是从个人的现实处境与切身体会中出发,对《蟹工船》产生了认同感。而这又集中表现在两个方面,一是对恶劣工作环境的不满,二是对工作制度及管理者恶劣态度的不满。在小林多喜二的母校小樽商科大学,2008年还举办了"《蟹工船》读书随笔比赛"。获奖的一个职员认为:"《蟹工船》里出现的工人们,都是我的兄弟,使我产生错觉,他们似乎就在我的周围,令人感到亲切。"获得特别奖励奖的竹中聪宏只有20岁,他在文章中写道:"现在的日本,有比蟹工船上死去

---

① 以上情况介绍,综合、参考了燕山独步《经济危机与"〈蟹工船〉现象"》等文章。

的劳工还要多的人们，被生活所压迫。"

最后，读者或媒体最为关注的不是小说的"文学性"或"现实性"，而是其"隐喻性"或"象征性"。作为一部现实主义（或"社会主义现实主义"）的小说，《蟹工船》对渔工的艰苦生活做了细致入微的描述，而当今的读者关注的并不是小说中具体的"生活"，而是抽象的"艰苦"，并将之与个人的现实处境联系起来，从而产生共鸣。另一方面，寓于"真实性"之中的"倾向性"，也即觉醒—团结—斗争的"方向"，也为如今的青年人提供了精神上的鼓舞与动力。

由以上分析我们可以知道，《蟹工船》的再度流行并非仅仅是由于它的"文学性"，而首先在于它在思想、象征或"倾向"上契合了当代读者面临的社会问题，从而为他们提供了一种"想象性的满足"。或者说，正是青年人的现实境遇，使他们选择了这部小说。这里，我们有必要对日本工人尤其是青年工人的状况略做一些介绍与分析。

20世纪90年代以来日本的经济停滞与不景气，使日本工人的总体状况发生了结构性的变动，而2008年的"金融危机"则进一步加剧了日本工人生存状况的恶化。这主要表现在：日本企业引以为豪的终身雇佣制与"年功序列制"①的瓦解，工人福利的消失，不稳定的或临时性的用工方式，如"派遣工"呈大幅度上升，临时工现在占到全部工人的三分之一；贫富差距的拉大，使"一亿总中流"——即生活属于中等程度的国民占人口绝大多数的社会——在结构上瓦解，出现了新的"贫穷阶层"，如今日本已成为发达国家中贫困率排名第三的高贫困率国家②；劳动强度的加剧与劳动时间的增长，不断有"过劳死"的新闻在媒体曝光，也有不少员工因工作上的压力而自杀③；青年人就业难、大学毕业生就职难的现象日益凸显，日

---

① 即按照一定工作年份的积累，可晋级与加薪的制度。
② 《日本中产阶级社会崩溃 贫困人口已经接近2000万》，http://www.cnss.cn/xyzx/hqsy/200609/t20060914_30206.html。
③ "在经济复苏过程中，2002年，与工作相关的死亡案例增加到317个，包括160例过劳死。1998年，年度自杀人数首次超过3万，2003年达到34 427人。日本的自杀率在主要发达国家中是最高的，是美国的两倍多。在自杀的原因中，经济和生计问题占26%，工作失败占6%，疾病占45%，后者中很多是与工作或多或少有关联的精神和生理疾病。过劳死和自杀人数增加如此多象征着大多数日本工人正面对失衡的、日益恶化的和艰苦的工作生活条件，这与资本主义大公司恢复盈利能力形成强烈的对比。"伊藤诚著《日本经济危机与工人阶级生活恶化》，黄芳、查林摘译，《国外理论动态》2005年第9期，另参见《丰田员工猝死震惊日本 每天加班五个多小时》等新闻。

本媒体指出,当前由于经济不振和雇佣关系恶化,大学毕业生们面临"就职冰河期",即使一流大学的毕业生,也难以找到理想的工作。

这样的社会现实,可以说是"《蟹工船》现象"出现的背景与主要原因,然而"《蟹工船》现象"的出现不是孤立的,新版与漫画版《资本论》的畅销,也是在这一背景下出现的。另据报道,近年来每年都有几千人申请加入日本共产党,而在新入党的党员中,30岁以下的占到两成左右。

另一方面,占据日本文化主流的是资本主义的消费文化、娱乐文化与流行文化。在文学界则是村上春树、村上隆等作家,以及通俗小说与"另类作家",这些作家的作品很少触及具体的社会现实,而以虚幻的想象给读者以满足。在思想界则是右翼的或保守的力量占据上风,将阶级矛盾转化为民族矛盾,比如将失业问题解释为中国、韩国、朝鲜"夺走了他们的饭碗",从而制造出以民族主义情感为内核的意识形态。

在这个意义上,"《蟹工船》现象"的出现,是日本社会与文化思潮的一个具有症候式的现象,这可以说是当代青年试图对自身处境与命运进行认识与把握的一种反映,也显示了左翼思想与文化在日本社会影响的增强,这在"金融危机"之后必将会有进一步的显现。

三、"反思",或者启示

但是从总体上来说,"《蟹工船》现象"只是一个征兆或开始,尚不能作为左翼文化占据优势的一个表现,这从以下几个现象可以看出:(一)新潮文库版的《蟹工船》一书,还附有小林多喜二的另外一篇作品《为党生活的人》,这是小林多喜二转入地下负责部分党务时期的小说,也是更具党派色彩的左翼小说,但在这次的畅销与广泛的讨论中,《为党生活的人》显然没有受到同样的重视,甚至很少被提及,由此我们可以看出,尽管青年人关注《蟹工船》与小林多喜二,但这种关注是有限度的,仅限于与个人经验引起共鸣的部分,而并没有扩展到理论上的较深层次;(二)与上一个现象相似,小林多喜二与《蟹工船》的畅销,并没有带来其他左翼作家作品的畅销,而只是一个孤例,正如一位学者所说,"我走了几家书店,只有看到新潮文库的《蟹工船》成列成堆,其他的普罗列塔利亚文学,举例说德永直的《没有太阳的街》完全看不到"①。这同样说明了青年人对《蟹工船》与左翼文学的"接受"是有限度的，或者并不是有清醒的认识与把握的，而只是处于朦胧的、经验层面的认同；（三）在日本的畅销书市场上，最畅销的书往往会达到上千万册，或者几百万册，如村上春树的《挪威的森林》，以及一些历史小说、侦探小说等，与这样的销售数量相比，《蟹工船》的"畅销"其实也是有限度的，而这也只是在文学书籍范围内比较，如果与充斥畅销书市场的各种政治、经济、实用、励志类图书相比，《蟹工船》对青年读者、对当前文化整体上的影响也可以说是有限的。

另一方面，"《蟹工船》现象"在日本尚未引起对左翼文学或左翼文化界的深刻反思，而只有在这种反思的基础上，才能重新激活左翼文化的内在活力，才能使之成为植根于现实的具有生命力的文化范式，才能对当代文化或青年读者具有真正的影响力，而不是仅仅昙花一现，或者仅仅成为畅销书市场上的一个点缀，一个古老而又新鲜的异类或"另类"，一个被展览、被消费而不具备实践性的"商品"。有文章指出："20世纪90年代后半期以来，左派知识分子对日本政治的保守化和年轻人的右倾化抱有强烈的危机感，在批判现实政治的同时，和歪曲历史事实、宣扬爱国主义的'右翼'展开了激烈的思想斗争……另一方面，年轻人却开始对左派知识分子的启蒙者的姿态、真理代言人式的语调、缺乏现实感觉的陈旧的口号等产生了反感。……说得极端一点，《蟹工船》流行的意义恰恰就在于读者并不是从思想出发而是从切身体会出发，试图自己来摸索理解世界的渠道。所以，《蟹工船》的流行对左派知识分子而言与其说是斗争的成果，毋宁说是更明确地指出了问题的所在。"②对于左派知识分子来说，如何在现实生活的具体感受中唤起青年人的认同，而不是以抽象的理论简单地说教，应该是处于低潮期或者"资本主义新阶段"的左翼思想所应采取的策略。

尽管"《蟹工船》现象"存在上述种种值得反思之处，然而从整体上，对于左翼文化无疑是一件值得欣喜的事情。我们的分析只是希望左翼知识分子不要陷入盲目乐观，而应从中受到启示，使这一现象成为左翼思想产生实质性影响力的开始，而不是其"终结"。

---

① 《思考小林多喜二的〈蟹工船〉畅销旋风的意义》，原载日本《思想运动》杂志，中译载于《批判与再造》，林书扬译。

② 石岫：《危机镜像：〈蟹工船〉话语解读》，《21世纪经济报道》2009年1月17日。

以上主要是对"《蟹工船》现象"在日本的影响做出的分析。那么在我们中国国内，我们的知识界或文学界，应从这一现象中得到什么启示呢？我注意到，这一现象在国内主要的报纸、网站都得到了报道，但这种报道除了极少的文章，大部分是新闻式或"猎奇式"的，属于边缘文化、弱势文化对"中心文化"或强势文化的应激反应。即使在较为深入的文章中，也仅限于日本相关情况的介绍与分析，而没有将之与我国的文学现状与文学研究现状相联系、进行深入探讨。这里我尝试着提出一些思考问题的角度，或许能使这一现象给我们的文学研究与文学创作以一定的启发。

首先，我们该如何评价中国的"左翼文学"？中国的"左翼文学"从20世纪20年代兴起，延续到70年代，在不同的历史时期遭遇了截然不同的评价。而从20世纪80年代以来，伴随着去革命化与去政治化的思潮，这一文学倾向逐渐被贬低与轻视，甚至不被视为"文学"。虽然21世纪以来，有少数学者对"左翼文学"加以重新评价与阐释，但对之的整体认识与评价还远远说不上是客观、全面、公正的。在资本主义金融危机空前的今天，在左翼文化在资本主义中心国家抬头的今天，我们是否该重新审视中国的"左翼文学"？

其次，中国的"左翼文学"有不同的发展阶段，有不同的派别，有与其他派别以及内部不同派别的激烈争论乃至批判，有独特的国情与历史上的经验教训，如果以日本"左翼文学"的发展为镜鉴重新审视，是否适用，或者在多大程度上适用？如何重新认识文学上的民族主义与国际主义或普遍主义？在资本主义及其文化"全球化"的今天，左翼文化是否也有"全球化"或者联合起来的可能性？

最后，通过对日本出现"《蟹工船》现象"的分析，我们该如何看待"底层文学"在新世纪的崛起？作为一种文艺思潮，"底层文学"的出现及其发展，与中国现实的变化、思想界的论争以及文艺界的转变有密切的关系，也可以说是"左翼文学"或"人民文学"传统在21世纪的继承与发展。但这一思潮却并未得到足够的评价与认可，其自身发展也仍受限制于20世纪80年代以来形成的思想框架，如何在思想上突破"人道主义""人性论"，如何在艺术上突破西方中心论与"文学进化论"以"中国"与"底层"为主体发展出新的艺术形式，仍是其能否得到继续发展所面临的难题。

肯·洛奇的双重挑战与超越

肯·洛奇的独特性，不仅在于他关注工人阶级与"底层生活"，而且在于他的这一视角坚持40年不变。从他的第一部电影作品《可怜的母牛》（1967），一直到最近的《自由世界》（2007），他的这一立场可以说毫不动摇。

如果说在20世纪六七十年代，一个知识分子很容易倾向于左翼，那么在80年代"新自由主义"席卷全球，尤其是90年代传统的社会主义国家纷纷变色的情况下，要坚持这一立场并不容易，事实上肯·洛奇在80年代大多拍摄纪录片或电视，90年代以后才以《雨石》《我的名字叫乔》等影片重新确立了他在世界影坛的影响力。关于肯·洛奇20世纪60—90年代的影片，已有不少文章进行了分析，本文着重谈他在21世纪以来的几部作品，并试图探讨他在思想与艺术上新的突破与挑战，这既包括他对资本主义世界的挑战，也包括他对无产阶级艺术以及"自我"的挑战。

一、工人阶级与新的"国际歌"

进入21世纪以后，肯·洛奇影片的一个特点在于国际视野的拓展。此前他的影片大多集中于英国本土阶级关系的揭示及底层生活的描绘，《铁路之歌》（2001）延续了这一题材。在国际题材上，他也拍摄过关于尼加拉瓜解放的《卡拉之歌》（1996）以及关于西班牙内战的《土地与自由》（1995），但这些影片的题材仍限于一国之内。而21世纪的一些影片，他则侧重于对国际范围内的不平等关系的揭示，将阶级问题与民族问题联系起来，从而探讨工人阶级在"全球化"进程中的命运。

在《面包与玫瑰》（2000）中，集中了当代社会的诸种矛盾，比如民族、阶级、性别与年龄等，这些矛盾紧密地纠结在一起，其中的核心是阶级问题。民族问题是通过移民表现出来的，影片开头以一段跳跃性极强的镜头，表现了来自墨西哥的玛雅在偷渡过程中极度的紧张与恐慌，闪烁的画面与快速移动的镜头，精确地呈现了外部环境与人物的心理。在这里，影片所关注的移民问题即"跨国劳工问题"，向我们展示了来自第三世界的"国际打工者"的处境，以此反思国际政治经济秩序的不平等，这既包括民族国家之间的压迫性结构，也有阶级之间的剥削与剥夺，《面包与玫瑰》更侧重于后者。

影片所展示的一个核心问题是：面对资产阶级、大公司的压迫与剥削，被剥削的人们是应该忍气吞声地默默忍受，还是应该联合起来为自己的利益而奋斗？影片最终肯定了后者，它以好莱坞式的流畅叙事，通过几次波折与斗争，展示了无产阶级最后如何取得了胜利。这样的故事虽然不无乐观的色彩，但却是激动人心的，至少在今天的语境中，展示了一种美好的希望和另一种可能性，正如片中的一位人物所说，"我们总是比自己想象的强大"。

事实上，联合起来是无产阶级斗争的唯一途径，早在《共产党宣言》之中，马克思、恩格斯就提出了"全世界无产者联合起来"的口号。但在今天，无产阶级、弱势群体之间的国际联合却出现了越来越困难的局面，这不仅在于马克思主义的实践在苏联解体之后出现了一些波折，从而使有的人认为"历史终结"了，更重要的在于其实践也局限于民族国家之内。在今天，全球化使得资本无孔不入，资本主义成为主宰世界统治结构的基本生产关系，但各国的无产阶级、劳动者由于所处的国际生产、流通网络位置的不同，因而也就有了不同甚至会相互损害的利益。

《帝国》一书中指出："在20世纪后半部分，尤其是从1968年到柏林墙倒塌之间的20年间，资本主义的结构调整和全球扩张与无产阶级斗争的转型同时进行。如我们在前面已经论述过的，一种建立在交往沟通和转移劳动力反抗中表达出的共同欲望上的国际斗争圈的形象似乎不再存在。作为组织斗争的具体形式，斗争圈已消失。然而，这一事实并未把人们推入无底深渊。相反，我们仍可以在国际舞台上看到一些影响巨大的事件。在这些事件中，民众展现出他们对剥削的拒绝，这些事件显示出了新无产阶级的团结性与斗争精神。"作者举出了20世纪90年代的洛杉矶暴动，恰帕斯起义，以及法国、韩国的罢工之后，指出："我们应该认识到，就在各种斗争损失了宽泛性、持久性和共通性的同时，它们的激烈性获得了增强。我们应该认识到，尽管各种斗争已都把焦点聚集到本地的、最贴近的境况之上，它们也提出各种具有超国家关联性的问题，各种为新的帝国式资本主义规范所固有的问题。"

应该说《帝国》的分析是乐观的，现在不仅国际之间的联合很少，即便是国内联合、某一集体内部的联合也处于困难的境地，《面包与玫瑰》所展示的便是一座楼里的清洁工人联合起来的艰难过程。在工人为自己的利益而起来斗争的过程中，不仅需要思想上的觉悟，还需要将自己目前的利益与可能的长远利益加以比较，还要诉诸个人的经验与历史记忆。值得一提的是，在对联合持消极态度的人中，有一位来自俄国的女人玛莱娜，她的民族身份联系着苏联社会主义的实践，她对待联合的冷漠，显示了一种对集体行动的不信任，而这因其身份背景而暗示着这样的问题：最终我们会不会成为联合的受害者呢？斗争胜利后我们会不会又沦为牺牲品呢？——应该说这对"联合"是颇具挑战性的问题，这也是左翼思想在今天的困境。因为她们一旦失去工作，生活的继续便难以保障，在这方面，最大的挑战来自玛雅的姐姐罗莎。

在改变目前处境的方式中，《面包与玫瑰》展示了两条路径：一条是山姆所代表的联合起来进行斗争；另一条则是鲁本的方式，那就是通过教育（上大学）的方式来改变个人目前的处境。山姆的方式是集体性的，鲁本的方式是个人性的，他只能改变个人的命运，却不能从根本上改变底层民众的艰难处境。鲁本的这种方式在影片中被放弃了，但影片中，对鲁本的这种方式并没有完全否定，玛雅甚至机智地偷了钱，资助他完成上大学的愿望，但没有选择他的道路，她只是说："如果你成不了大律师，我饶不了你。"在这里我们可以看到教育的两面性，一方面它可以改变一些人的现实处境，但这是以加入其逻辑为前提的，这也使得革命者不能将其作为根本的改变道路。

性或者爱情关系，是影片中的一条重要线索。如果说影片开头偷渡的组织者对玛雅并未成功的性侵犯是赤裸裸的，玛雅机智的斗争与逃脱是一种无奈的"选择"的话，那么在后来交叉展开的两段爱情故事中，玛雅则离开了一心想上大学的鲁本，最终选择了革命的宣传者、组织者山姆。这种主动的选择，不仅显示了玛雅对爱情对象的选择，而且也表明了导演对革命的青睐与乐观，他将玛雅的爱情赋予了革命者，同时也赋予了革命。为什么对于革命的肯定一定需要爱情的青睐？为什么在革命的叙事中一定要有爱情故事加入进来？从叙事与接受的角度来说，爱情所投射的对象更易于获得读者/观众直观的认同，而革命故事中爱情叙事的加入，也使叙述更灵活多样，接受起来也更有"趣味性"。对于剧中人物来说，面包和玫瑰都是要争取的对象，而观众也是既要看到面包也要看到玫瑰。《面包与玫瑰》里的爱情故事，在今天则是对资本主义全球化的"一体化"的一种质疑与挑战。

影片中革命的组织者或启蒙者的位置也值得深思。山姆第一次现身的时候，是作为一个被拯救的对象出现的，他在楼里被保安围追堵截，是玛雅把他藏入了垃圾车中，帮助他逃脱了出来。当他再次出现时，则是作为革命、斗争的组织者出现的了，而这一形象在他最后被群众簇拥在中间，发表关于"面包与玫瑰"的演讲时得到了最充分的塑造。在这里，我们可以看看革命者与群众的关系，是前者拯救了后者，还是被后者所拯救了呢？这也牵涉到知识分子（革命的宣传者、组织者）在革命运动中的位置问题。这不仅在于对启蒙背后知识权力关系的发现，而且在于一种相对主义观念的揭示：这样的行动是否真的对群众有益？是你观察到的世界有问题还是你观察世界的眼光有问题？——这种反观自身的思考一方面使其对世界与自身的认识深入，同时也减弱了革命性的力量。在《面包与玫瑰》中，当山姆得知贝尔塔因他的失误而被开除时，表现得很无奈，但他很快就与玛雅开始一起喝酒了。我们不能过于苛刻地要求革命的组织者，但同时也应该认识到真正的力量在于劳动者自身。正因为此，影片中玛雅刚到大楼去的时候，一个老工人对她所讲的那段使用吸尘器应该像跳舞一样的话才更值得重视。劳动与劳动中所体现出的美感应该是劳动者自我拯救的一种方式，而这是革命的组织者所无法传达给劳动者的。

如果说《面包与玫瑰》侧重于对阶级间的压迫与反抗的揭示，那么《自由世界》则更侧重于揭示民族国家之间的压迫性的结构。影片中有两条线索，一个是女主人公安吉创业的过程，另一个是跨国劳工在"自由世界"的处境。在这个影片中，首先引人注目的是安吉在激烈的市场竞争中的"异化"。她被解职后开创自己的"中介公司"，为跨国劳工介绍工作，但在这一过程中,她逐渐变得冷酷起来:为了租用新的办公室,她扣发工人的工资,为了给自己"非法移民"的工人找住处,给移民局打告密电话驱逐占据棚户区的其他非法移民,以至于跟她合作的露丝也离她远去。而她最后也遭到了报复,先是在街上被人痛打了一顿,后来儿子则被移民工人绑架。在"绑架"这一场戏中,最能见出肯·洛奇的立场,这些蒙面的移民虽然貌似"恐怖分子",但却是讲情讲理的,甚至是十分温柔可爱的,他们只是要回他们"该得"的工钱,而并没有伤害安吉和她的儿子,在她儿子的眼中,这些冒充警察的"叔叔"只是让他跟他们玩了一会儿。从这里我们可以看出,肯·洛奇的同情首先放在这些来自伊朗、波兰、捷克的"跨国劳动者"身上。

在肯·洛奇《土地与自由》中,在一次战争之后,面对战友的尸体,来自世界各地的战士,用不同的语言同声高唱着《国际歌》,这是一个激动人心的场面。而在《面包与玫瑰》中,肯·洛奇同样安排了一个群众狂欢的场面,不过这里唱的不是《国际歌》,而是一首劳工之歌,这是一首带有拉丁风格的欢快舞曲,但却表达了对老板与资本逻辑的拒斥,唱出了剧中人物的心声。在某种意义上我们也可以说,肯·洛奇关于国际主义题材的影片是"回环往复的国际歌"的一种变奏,或者说是全球化进程中的一曲新的"国际歌"。

二、民族或文明的"冲突"

肯·洛奇的电影虽然关注左翼运动与工人阶级,但这并非他题材的全部,他的作品还涉及民族问题、性别问题等各个层面,正如他自己所说,"人类生活无限多样,无限趣味。这让你愿意拍摄电影。但是,你不能和你看见的世界脱节,你必须决定拍摄什么色彩的电影,不要拘泥于其中一类。关于工人阶级领导权的问题,我相信有一个时期要关注它,但并不是说每一部电影我都要说这个问题。你的视野要宽,你觉得'这个故事有趣,得弄点钱拍它',就去拍。电影形态多种多样,你必须沿着一条相当实效的路子继续下去"。

在新题材与新主题的拓展中,民族问题与"文明的冲突"是肯·洛奇最为着力的，获得金棕榈奖的《风吹稻浪》（2006）便是一个突出的例子。影片的前半部分是爱尔兰共和军同英国殖民统治者之间的抗争；后半部分叙述爱尔兰同英国签订妥协性停战条款之后，爱尔兰共和军中妥协派与主战派之间的斗争。而这个故事是在一个家庭的框架中讲述的，在前一部分中特迪与丹民两兄弟并肩作战，共同对付侵略者，而在后一部分中，由于观念的分歧，兄弟二人分属不同的阵营，最后以兄弟相残而告终。

《风吹稻浪》有两点值得注意。一是与《勇敢的心》《傲气盖天》等同样描写爱尔兰题材的影片不同。如果说《勇敢的心》《傲气盖天》关注的是英雄人物，那么《风吹稻浪》关注的是"小人物"；如果说《勇敢的心》《傲气盖天》关注的只是民族的话题，那么在民族的话题之外，《风吹稻浪》则更关心阶级的话题，这也是影片中特迪与丹民两兄弟之间的区别所在，而最终导致了这一场悲剧。正是在这里，突显了肯·洛奇的立场，正如影片中的台词所言，"如果底层民众没有掌握政权，那么资产阶级会用公司、银行等形式继续统治人民"。

另一点是影片的现实指涉性。在一次访谈中，肯·洛奇曾明确表示，他拍摄这部历史片其实是对现实中的国际政治发言，尤其是对伊拉克战争问题，在接受金棕榈奖时，他说出了《风吹稻浪》的意义："我们对历史说实话，就是对现在说实话。……现在，在伊拉克，我们知道那些死去的英国人和美国人的名字，但是我们不知道有多少伊拉克人被杀死了。所以占领区人民生命的价值被认为远远低于占领者生命的价值。我说的这只是一个例子，但是像爱尔兰一样的故事总是在重复发生。"

如果说《风吹稻浪》对现实国际政治的发言还比较曲折、隐晦，那么《9·11事件簿》这部多个导演的短片合集则是对"9·11事件"的及时反映。而其中肯·洛奇拍摄的部分则直接将这一事件与1973年9月11日发生在智利的事件联系在一起，在这一天，美国支持的政变行动轰炸了圣地亚哥，包括阿连德总统在内的3万多人死于非命。肯·洛奇通过将两个"9·11"并置在一起，以反思美国推行的霸权主义及其"自由民主"意识形态的虚伪性。他的这部短片获得了国际影评人费比西奖。

与以上影片相比，《深情一吻》（2004）则更深入一层，从现实政治切入到文化或文明的"冲突"，以两个青年男女的爱情故事，折射出基督教文明与伊斯兰教文明的冲突，以及这两种文明与现代世俗社会的冲突。在这个故事中，当地的巴基斯坦裔小伙子卡西姆恋上了天主教学校教钢琴的女孩罗斯琳。卡西姆的家庭信奉伊斯兰教，他们按照风俗让卡西姆与他的表妹订婚。当卡西姆提出解除这个婚姻时，这个家庭陷入了痛苦与混乱，这在他们生活的圈子看来是一种奇耻大辱，从此他们的家庭被周围的人看不起，由于他成了败坏家庭名誉的"害群之马"，他的姐姐也面临被退婚的危险。

如果影片的故事只讲到这里，那么我们所面临的只是一个伊斯兰教与"现代化"的矛盾、一个保守与开放的矛盾。但肯·洛奇的深刻之处，在于他并没有在此止步，而是让我们看到了另一重矛盾，即西方现代伦理与西方传统伦理的矛盾，也就是在西方内部的"保守"与"现代"的矛盾。这是通过罗斯琳来展现的，在她工作的天主教学校，神父也绝不能允许她与一个伊斯兰教徒结婚，除非"卡西姆改信天主教，或者他们的后代皈依耶稣"。

这样，通过将两种文明或两种文化传统并置，肯·洛奇让我们看到，使他们的爱情遇到问题的并不仅仅是伊斯兰教，也是天主教。如果我们现代人对天主教的道德、伦理、风俗难以理解，但尊重它的历史渊源与文化传统，那么我们也必须以同样的态度尊重"另一种文明"——伊斯兰教。在这里，影片通过将这两种文明"相对化"，让我们看到了他们的相似之处，即相对于（西方）现代伦理来说，这两种文化传统都是一种束缚，这样就使观众，尤其是受基督教文明影响的西方观众，将对伊斯兰教的态度"相对化"，使他们认识到伊斯兰教作为一种文化传统有自己独特的道德、伦理、风俗，正如天主教一样。而这两种文化传统，对于已经世俗化、合理化（按照韦伯的说法）的现代社会来说，都是一种约束与"障碍"。

但另一方面，肯·洛奇的高明之处，在于他并没有将这两种文化传统仅仅作为一种"障碍"，而同时也将它们与现代社会伦理对比，以之对现代社会的婚姻、爱情观念进行了反思。当影片中卡西姆的父亲质问儿子"她是否可以陪伴你终生，在你年老的时候，在你病重的时候，在你无家可归的时候"，或许有人会为他的执著与"迂腐"觉得可笑，尤其是在爱情故事的进展遇到阻碍的时候；而当卡西姆追问罗斯琳去了哪里、罗斯琳说她很寂寞、去了酒吧、"很想与陌生人做爱"的时候，或许有人会觉得她很现代、很时尚。但我们同时可以看到，这种现代爱情的伦理也自有其弊端，这一观念过于注重欲望、当下性与个人性，但却不如传统的婚姻观更注重精神、长期性与集体（家庭、家族或者更大的社群）。对于传统文化的"束缚"与弊端，经过宗教改革、文艺复兴以及18世纪以来的革命，我们已经认识得很清楚了，但它们的长处却没有得到认识，而现代社会的爱情伦理的偶然性与脆弱性也没有得到足够的反省。在《深情一吻》中，肯·洛奇所反思的不仅是伊斯兰教文明与基督教文明如何相处的问题，而且也包含了对现代文明本身的反思。在电影的结尾，处于困境中的两个青年人亲密相拥，但等待着他们的无疑是更大的困难，肯·洛奇将这个困境展示给观众，让他们思考如何面临这种观念上的差异带来的问题。

尽管以上影片题材各异，但我们可以看出，在肯·洛奇的所有影片中，他都致力于对不平等的社会结构的揭示与批判，而贯穿他所有作品的一个核心问题是：在现代社会，平等与正义如何可能？而这不仅涉及现代民主理论的核心问题（如罗尔斯的研究），也涉及现实政治的不同层面。可以说对"平等"与"正义"这一价值观的坚持，或者说对不义的世界的反抗（哪里有压迫，哪里就有反抗），使肯·洛奇超越了民主的意识形态而直抵现代政治伦理的核心，这正是他在西方文化界、电影界引起广泛关注的原因，也是他能给我们以启发的地方。

三、自我挑战，或无产阶级艺术的基本问题

肯·洛奇的电影，是对资本主义与资本主义世界体系的一种挑战，但同时也是对无产阶级艺术的一种挑战，或者说是一种"自我"挑战。而欧洲的"介入文学"与现代主义艺术，虽然是对资本主义的审美批判，但精英化的表达方式使它只能在学院或在艺术圈子里获得赞赏，而无法真正走入底层大众的视野，从而唤起他们的觉醒，改变不公平、不合理的世界秩序与生活秩序。肯·洛奇的电影在世界影坛上的成功，不仅仅是个人的成功，也不仅仅是艺术上的成功，而在于他解决了无产阶级艺术的一系列基本问题，将无产阶级的意识以一种艺术的方式出色地表达了出来，而这不仅是对资本主义的一种批判，对无产阶级艺术的发展也颇具启发意义。

在这里，首先要提到的是观念与现实的关系。早在20世纪60年代，

联邦德国的电影史学家格雷戈尔在《世界电影史》中，就将肯·洛奇称为"新的现实主义中间最重要的导演"，而在《英国电影十面体》一书中，李二仕也以"肯·洛奇的现实主义世界"来概括他的电影艺术，可见"现实主义"被认为是肯·洛奇的一个标志性特征，在其他的论述中，也有人将肯·洛奇称为"社会派"。这样的说法在区别其他"派别"的导演——比如德里克·贾曼、彼得·格林纳韦等时较为便利，但却不足以把握肯·洛奇的复杂性。诚然，肯·洛奇是关注社会、关注现实的，但这只是他的一面，而他还有"理想"的一面，在《卡拉之歌》《土地与自由》乃至《面包与玫瑰》之中，与其说我们看到的是现实，不如说我们看到的是肯·洛奇的理想主义与英雄主义。在这里，肯·洛奇看到的是理想中的现实，或者说观念中的现实，而他的成功之处，也就在于他将现实与观念巧妙地结合在了一起。

在无产阶级的艺术中，如何解决观念与现实、理想与世界的关系，是一个重要的问题。"社会主义现实主义"的不成功之处，便在于过于强调观念，以一种"主题先行"的方式构思与结构作品，因而难免出现"公式化、概念化"的弊端。但另一方面，如果过于强调现实，则很容易使作品陷入自然主义式的细节展示，从而丧失了从总体上把握历史与现实的能力。肯·洛奇作品的成功，在于他将二者结合得较为出色。如果说他早期的作品较多展示底层的"生活"，那么他后期的作品观念性的东西则越来越突出，但他这种观念则是与生活密切联系在一起的。这是由于他对社会主义并非抱着一种本质主义或教条主义的理解，早在1986年的《再见祖国》中，他就说出了这样的台词："斯大林主义并不就是社会主义，资本主义也不意味着自由。"在这里，既有对社会主义的反思也有对资本主义的反思，他对社会主义的实践（斯大林主义）并不满意，但仍坚持社会主义的立场，对资本主义则有一种清醒的认识。这在冷战即将结束、资本主义即将"不战而胜"的80年代末，显示了一种知识分子独立思考的可贵品质。可以说正是这种"独立"（独立于资本主义以及教条化的"社会主义"），使他对社会主义的理解是个人化、生活化、复杂化的，这正是他能"缝合"观念与艺术的一个原因，也是他的电影艺术能保持活力的一个重要因素。

另外值得注意的是肯·洛奇对"真实性"的追求。如果说在早期，肯·洛奇"真实性"主要通过介于纪录片与故事片之间的独特"风格"来实现,那么近年来肯·洛奇则超越了这一风格,他的"真实性"来自于扎实的细节、流畅的故事所传达的立场与观念,而这一立场则来自于对历史的宏观把握以及对"客观规律"的信赖,或者说他将"真实性"与"倾向性"很好地结合了起来。但他同时也充分尊重生活的丰富性与复杂性,所以在他的影片中,我们很少看到说教,而更多的是困境的展示以及从这一困境中突围的方向,他影片中常用的"开放式结尾",则为故事的结局或未来走向提供了多种可能性。

如何解决个人与集体的关系,或者说如何将个人的故事与阶级的故事结合起来,这也是无产阶级艺术面临的又一个重要的问题。因为这涉及无产阶级的"阶级意识"的生成,而只有具备了"阶级意识",无产阶级才真正成为一种"阶级"。正如历史学家汤普森在《英国工人阶级的形成》中所说,"阶级是一种历史现象,它把一批各个相异、看来完全不相干的事结合在一起,它既包括在原始的经历中,又包括在思想觉悟里。我强调阶级是一种历史现象,而不把它看成一种'结构',更不是一个'范畴',我把它看成是在人与人的相互关系中确实发生(而且可以证明已经发生)的某种东西……当一批人从共同的经历(不管这种经历是从前辈那里得来还是亲身体验的)中得出结论,感到并明确说出他们之间有共同利益,他们的利益与其他人不同(而且常常对立)时,阶级就产生了"。在这里,阶级意识是阶级形成的必要条件,而这种阶级意识是对"个人意识""家族意识""血缘意识""地方意识"的一种克服与超越,是在新的历史条件与生产条件下形成的一种新的"自我意识"。如何唤起这种阶级意识,不仅是卢卡奇等西方马克思主义理论家竭力探讨的,而且也是无产阶级艺术的一种使命。

在肯·洛奇早期的作品中,这一结合并不是很成功的,比如在《底层生活》(又译《群氓》,1991)中,主人公的爱情故事与阶级叙事是相互游离的,这一点也受到不少人的批评。但在后来的作品中,肯·洛奇寻找到了一个"中介",那就是家庭或爱情关系。正如李二仕所说,"进入90年代之后,他的创作出现了一个明显的特点,那就是偏重家庭情节剧,把个人的故事融入大的社会、政治、经济环境中进行考察。……然而,肯·洛奇关注的永远不是家庭的表面,而是社会经济状况对主人公和他们家庭的影响"。在这里,肯·洛奇将阶级或阶级意识的冲突,置放于家庭或爱情关系的内部,从而使阶级矛盾与家庭矛盾相互交织、纠缠在一起,不仅使阶级与"日常生活"相结合,在故事上也充满了内在的紧张。

比如在《面包与玫瑰》中,罗莎是玛雅的姐姐,但在玛雅积极参与的一次示威活动中,罗莎却担当了不光彩的告密角色。在一种紧张的氛围中当玛雅被告知这一事实时,她一时难以接受,随即怒气冲冲地跑回了家里,准备对姐姐加以质问,但在这里她却得知了姐姐多年的辛酸。影片在这里有一个戏剧性的转折,一开始是玛雅对罗莎的质问,到最后则变成了罗莎对玛雅的质问。当玛雅质问时,罗莎还在平静地熨衣服;而当罗莎开始质问时,玛雅却在她越来越急切的语调中泪流满面了。

当玛雅质问罗莎为什么要告密时,罗莎只是平淡地说,"他们迟早要被开除的"。在玛雅越来越逼人的质问中,罗莎也开始了她咄咄逼人的反问:她需要一份稳定的工作,需要养活家人、救治患了肾病的丈夫,需要给墨西哥的家人(包括来此之前的玛雅)寄钱,而为此她什么都做过,甚至做过妓女,现在她的孩子都不知道父亲是谁,甚至玛雅现在的工作,也是她同上司睡觉换来的——这些真相震撼了玛雅。正是这样的罗莎支撑起了一个家和墨西哥的家,现在她是一个叛徒,但这却是她在无边的苦难中所选择的道路。为了家庭,她可以做一个叛徒;为了现在的利益,她宁愿牺牲可能的长远利益;为了自己(家庭),她宁愿忽视集体或阶级的利益。穷人残酷的处境,使他们的心也开始变得冷酷(这在比利时影片《罗塞塔》中也有揭示)。这是一个复杂的角色,她的选择是对联合的最大挑战,但正因为处境的艰苦,他们也最希望改变,所以他们是联合的潜在支持者,虽然在斗争的反复中,他们也难免会动摇甚至叛变。发生在家庭内部的这种阶级或阶级意识的冲突,尤其令人揪心与感慨,不仅在《面包与玫瑰》中如此,在《风吹稻浪》《雨石》《我的名字叫乔》等影片中也有不同程度的表现。

在肯·洛奇对资本主义世界的批判中,尤其在他对无产阶级艺术以及"自我"的超越中,我们可以看到他的探索精神与活力,而这不仅为当代电影艺术的发展,也为改变不平等的世界格局与阶级关系提供了一种方向与可能性。

海伦·斯诺："新世界的探索者"

一

我在旧书摊上买了一本《一个女记者的传奇》，是海伦·斯诺写的自传，封面很旧，纸页也已经泛黄，但是读着这本书，我却好像走进了一个生动活泼的历史世界。海伦·斯诺是埃德加·斯诺的夫人，埃德加·斯诺的《西行漫记》最早向世界讲述了中国红军与延安的故事，在海内外广为人知。相比之下，海伦·斯诺的知名度略有逊色。在读这本书之前，我虽然知道海伦·斯诺，但印象中只以为她是埃德加·斯诺的夫人和助手，并不知道她也是一位著作等身的作家，是可以与埃德加·斯诺比肩而立的著名记者。后来我想，造成这一印象的原因，除了个人知识的贫乏之外，也有一些客观原因：一是海伦·斯诺的重要著作《红色中国内幕》在国内大多翻译成《续西行漫记》，既然是"续"，便会让人感觉似乎是依附性或后续性的作品；二是《红色中国内幕》虽然与《西行漫记》同样重要，但毕竟不是"第一部"，在原创性与开拓性上略逊一筹；三是此书发表时海伦并没有署名，而是用了一个笔名尼姆·威尔斯。如此，相比于埃德加·斯诺，海伦·斯诺便有些边缘化，较少为人所知。而在20世纪80年代以后，国内对革命史的热情顿减，对于外国人讲述中国历史的著作，我们更多关注的是《拉贝日记》《明妮·魏特琳日记》（如在《金陵十三钗》和《南京安魂曲》中）、白修德的《中国的惊雷》（如在电影《一九四二》中）等作品，在这样的情势之下，始终关注中国革命的海伦·斯诺便相对受到了冷落。

《拉贝日记》《明妮·魏特琳日记》讲述的"南京大屠杀"，《中国的惊雷》记述的"河南大饥荒"，都是中华民族历史上悲惨的一页，是中华民族的"受难史"。如果只读这些作品，我们看到的便是一幅幅人间惨象，很难理解中国为什么能够浴火重生、为什么在遭遇如此深重的苦难之后仍然能够恢复生机。海伦·斯诺的著作恰恰回答了这个问题，她让我们看到了一个新的世界，一种新的"中国人"。这里的底层民众不再是逆来顺受、忍辱偷生的人群，而是组织起来掌握自己命运的大众；这里的社会组织不是如国民党政权那般充满了贪腐、内耗与倾轧，而是充满了理想、信仰与乐观精神。在这里，海伦·斯诺看到了中国的未来与希望。我们可以想象，在暗无天日似乎看不到任何出路的中国，埃德加·斯诺和海伦·斯诺对延安的发现，是怎样唤醒了中国青年的心、是怎样震惊了整个世界。

在75年后的今天，当我在暗夜里追随海伦·斯诺1937年的身影与笔触，走进一个新世界时，也仍然难掩内心的激动。然而令人疑惑的是，一个美国人，一个20多岁的青年女性，一个并不信仰共产主义的人，为什么千里迢迢，从美国到中国，从北京到延安，到那么艰苦的环境中去采访一批陌生的中国人。即使在今天，这也是一件并不容易做到的事情，而在战乱频仍、局势复杂的1937年，就更加充满风险了。只有意识到海伦·斯诺与当时中国的差异，我们才能看到她跨越了多么巨大的鸿沟。

海伦·斯诺1907年出生于美国犹他州锡达城一个中产阶级家庭。在24岁时，她乘坐"林肯总统"号客轮驶抵黄浦江上海码头，"这是1931年，离开家已3个星期，有5065英里远。我打算最多待一年。直到1940年12月我才离开亚洲，很高兴能在前一年逃脱了珍珠港事件"。海伦后来写道。在一位美国研究者的眼中，海伦·斯诺最初到中国来，"没有什么崇高的理想或利他主义，促使海伦产生到中国来的愿望，而是谋求自身进取的热望，才使海伦敢于冒险，进行了1931年跨太平洋的旅行。海伦来中国的动机，与建立自己的声誉、丰富阅历以便当个'大作家'的想法有关"（凯勒·A.朗恩）。这个读过赛珍珠的《大地》、E.T.威廉斯的《中国的昨天和今天》的青年人，怀抱着成为一个大作家的愿望，踏上了中国的土地，这是1931年的中国。

到中国的第一天，海伦·斯诺就遇见了埃德加·斯诺，两人一见钟情，开始了共同的事业。他们从上海到北京，又于1936年、1937年先后到达苏区，在那里的采访让他们写出了震惊世界的《西行漫记》《红色中国内幕》，第一次向世界讲述了中国共产党人的故事，让海外媒体看到了他们的形象与精神，以及中国的未来。在今天，这是我们都已经熟悉的事情，因而我更感兴趣的是一些细节,是与我们通常印象中不同的斯诺夫妇的形象。

比如他们婚礼的盛大。"我不顾许多麻烦,坚持要在圣诞节的正午在东京的美国使馆结婚,由未来的大使约翰·阿利森和他的未婚妻珍妮特做证婚人。之后,我们在皇家旅馆穿上了日本的结婚和服。我穿的和服是手工印染的黑色绉绸的,有一条拖到地板上的裙子和袖子。上面有一半有大红色的丝的条子——在中国和日本,新娘一定要穿红颜色——还有一个红的和金色的织锦腰带。和服的下摆周遭是起伏的蓝色和白色波浪和白色海鸥在上面飞翔的图案。我觉得我似乎是从海上升起的希腊女神阿弗罗泰特,只是穿了冬衣。我们开始在日本各地小旅馆度蜜月,坐在草垫上吃素烧。在滨海的热海我们发现了为完美的蜜月安排的纯粹好莱坞的布置:房间有纸糊的窗户,两边镶着竹壁,小旅店伸出到海面上,北斋画里的波浪在底下击荡着……"

再比如他们在北京生活的"豪华"。"在北京,你可以设计你想要的任何东西,花的钱不比在商店买的多。我过着豪华的日子。……装置整所房子的全部开支大约是 100 美元,或 400—500 块银元,我们在北京期间,每个月日常生活费用是 50 美元——而且生活得像王子一样。……每个月房租 15 美元,两个仆人 8 美元,中国家庭教师费用 5 美元。……在北京,晚餐至少要有两种酒,甜味葡萄酒和红酒。我们得遵守这个习惯。……我由衷地赞成英国人的一个习俗,爱狗和马。我们的狗是白色的、漂亮的。它的名字叫戈壁,原因是它的祖先来自沙漠……"

再比如,在与斯诺结婚后,海伦仍有不少"追求者"。"我在中国的地位对我极其重要,绝不能毁于一件'乱七八糟的事'。我必须是凯撒大帝的妻子,纯洁又纯洁。我可以有几个'特殊的关系',但是条件是无论外表也好、实质也好我必须忠诚于丈夫,而且一开始在我的爱慕者脑子里就得树立这些根本原则。我小心翼翼,航行在正确的航道上,埃德认为理所当然地我会那样做——但是骨子里却产生了嫉妒。"

这些层面的海伦·斯诺对我们来说是陌生的,因为在我们一般的印象中,斯诺夫妇是中国革命的同情者与报道者,是与苦难深重的中国紧密联系在一起的。这在抽象的意义上并不错,但我们常常会忽略了,他们是生活在具体现实中的人,他们有着美国人的生活习惯与思维方式,也有着他们所属的中产阶级的道德伦理观念。在20世纪30年代的中国，他们作为美国人是受到特殊保护的群体，这和中国社会普罗大众风沙扑面、艰难拮据的生活方式有着极大的不同。当然，指出这一点并非要否定斯诺夫妇对中国革命的贡献，恰恰相反，我们是把这些贡献放在他们所生活的整体环境之中。这样在与中国人生活方式的"差异"中，我们就可以更加看出斯诺夫妇的可贵，也可以看到他们作为具体"个人"的丰富性与复杂性，这也正是历史的迷人之处。

尽管有着种种差异，作为追求进步的人士，海伦和斯诺却热情参与中国的学生运动与社会活动。也是在《一个女记者的传奇》中，我才第一次知道，斯诺夫妇不仅与延安、与共产党有关，他们还与中国现代史上的其他大事有着千丝万缕的联系，其中最重要的是"一二·九运动"、西安事变，以及1972年的中美会谈。

在1935年底爆发的"一二·九运动"中，斯诺夫妇发挥了独特而重要的作用。在学生运动爆发之前，燕京大学、清华大学的学生领袖黄华、姚依林、龚普生、张兆霖、张淑义、陈翰伯等人，便时常到斯诺家中来，这里成了他们的一个据点，一个酝酿与讨论的中心，也是躲避军警追捕的避难所。在学生运动中，斯诺夫妇也参与了游行，以他们的特殊身份掩护学生，并且撰写稿件、翻译学生运动的宣言在海外发表，在舆论上造成了很大的影响。

"一二·九运动"对驻军在西安的张学良产生了巨大的震动。一些参与运动的青年学生参加了他在东北军中组建的"青年团"，他们成功地使这位当时中国的二号人物从法西斯主义转变为"反法西斯主义"，也使他对蒋介石"攘外必先安内"的政策消极对待、与红军停战、接受"抗日民族统一战线"并最终发动了"西安事变"。

"从1935年开始，是这些燕京—清华的学生做了左翼分子和共产党同西方之间的联络员。他们是1972年和解的工程师，那时是埃德加·斯诺得到了毛泽东允许尼克松总统来北京的承诺，因此'新中国'—美国的友谊是1935年12月9日在北京诞生的。"

在这些影响现代中国命运的重大事情上，我们可以看到斯诺夫妇的身影，在那个风雨如晦的年代，他们仿佛翱翔在惊涛骇浪之上的两只海燕，是那么矫健。

二

　　进入苏区,是斯诺与海伦生命中最具华彩的段落。斯诺1936年到达了保安,海伦则在1937年到达了延安,一路上他们历经艰险,穿越了重重障碍。如果说斯诺进入苏区,是在东北军与红军停战的间隙,他的行动也出乎国民党政府的意料之外,那么当斯诺的文章陆续发表、引起国际上的广泛关注之后,海伦再一次进入苏区,则是难上加难了。另一方面,当时的政治局势也发生了重大而微妙的变化,时间正是在"西安事变"之后、"七七事变"之前,蒋介石对待抗日的态度尚不明朗,国民党政府与东北军、苏维埃政府之间的关系微妙复杂,而又瞬息万变。在《一个女记者的传奇》和《红色中国内幕》中,海伦描述了她进入苏区的艰难历程,这简直像一篇历险小说一样惊心动魄。"……12点45分,墙缝里仍然看不见点香烟的亮光,我的心都沉下去了。但是我可不打算错过任何机会。我用尽平生之力吸一口大气,跳出窗外——居然没有扭伤脚脖子!这天夜里月色特别好,但我以全速跑过楼房和大墙之间的20码空地时,投下了长长的身影,很容易被人察觉。……可是,我房间的窗子太高,不能再爬回去了,也不会有人来接应我。只有试试这最后一着:我等院子里的巡逻队一过去,就向大门口冲去,想用命令式的语气强行通过……我得穿过大院的边缘,几次挣脱钉在一边的铁丝网,而我那高大清晰的身影,约有10码长,不住地在明亮的月光下上下晃动,好像故意和我恶作剧……我到了大门入口处,总算没有让大楼前的人看见,然后,以庄重的步子走向铁门。……我一直处于恐怖之中,惟恐招待所门口的警察到里面查问,或是侦探已经在追捕我了。我简直快要放弃一切寻找门路的希望了,这时我忽然看到一辆自行车飞掠而过。'喂!'我大喊一声,认出这个人像是我那位朋友。"——正是在这位朋友的帮助下,海伦逃出了层层军警布下的罗网,抵达苏区。在4个月之后,当海伦离开苏区进入西安时,经历了同样一番历险,她还要为这次出逃付出代价。

　　海伦不惜冒着生命危险去搜集素材,最终写成的《红色中国内幕》(又译《续西行漫记》),究竟是怎样一部书呢?我手头的这本书是解放军文艺出版社2002年第1版,2010年第三次印刷的,而距离海伦1938年9月完成此书,至今已经74年了。在这些年中,中国已经发生了天翻地覆的变化,在《红色中国内幕》中,我们可以看到中国发生变化的根源与动力。全书共分五部分,第一部分《到苏区去》描述了海伦到苏区之路的艰辛,第二部分《中国苏区之夏》、第三部分《妇女与革命》、第四部分《从苏维埃走向民主》构成了全书的主体,描述了海伦对中国共产党重要人物的采访,以及她采访的经过,第五部分《中日战争》,主要描述的是海伦对当时中日战争形势的分析,海伦在对苏区采访的基础上,确定了中国必将胜利的判断,同时她也指出中国必胜的前提是变单纯的政府抗战为"全民抗战"。这是极具见识的,须知她去采访时,蒋介石政府尚未开始全面抗战。而她完成此书时,抗战正处于最初的困难时期,国民党军队节节败退,华北、华东的大城市陆续沦陷,像她这样在中日力量对比中鸟瞰全局的分析与判断,颇具穿透历史的洞察力与预见性。

当然书中最重要的是主体部分,在这三部分中,海伦从政治、经济、文化等各方面介绍了苏区的状况。尤为重要的是,她提供了34篇中共重要领导人的"小传",包括朱德、周恩来、蔡畅、徐向前、叶剑英等,这对斯诺的《西行漫记》是一个极大的补充(《西行漫记》中只有毛泽东、贺龙等少数几个人的"小传"),可以让人们更为清晰、丰富地了解苏区的整体情况,也让共产党重要领导的个人形象更多地为人所知。海伦之所以能够采访到这么多共产党的高级领袖:一是当时正值中日战争的关键时期,很多军队的领导人回到延安来开会;二是毛泽东、朱德等人高度重视她的来访,在她到延安的第二天,就亲自到她的住处去看望,为其他人接受采访树立了榜样。这些人物"小传",可以让我们从这些领袖个人经历的角度理解中国革命,更加形象、具体,更具说服力。这些"小传"的价值可以体现在这样一件小事上,当20世纪70年代海伦再次访问中国时,她发现当时关于朱德"个人经历"的描述,仍没有超出当年她的记述。

关于海伦采访朱德,还有一件逸事。当时美国著名左翼作家史沫特莱也住在延安,她特别崇拜朱德(后来著有以朱德为主人公的《伟大的道路》),曾对海伦采访朱德大发雷霆。多年之后,海伦见到朱德时还谈到此事,"你记得史沫特莱发现你把自己的经历简要地讲给我听了的时候,她发了多大的脾气吗?她对你非常崇拜,所以不愿意让任何别的外国人写你。"听到海伦这番话,朱德朗声笑道:"是这样。"海伦又解释说:"当年史沫特莱毫无顾忌地对总司令大发雷霆,怪他不该在我刚到(延安)不久就把自己的经历讲给我听了——他的生平当然是我争取搞到手的第一个目标。史沫特莱的一通埋怨使朱老总大为惊讶。在延安,谁也不懂什么叫抢新闻,也不明白她何以希望完全垄断朱德生平的报道。她对我大动肝火,不过我并没有把自己的参访本撕掉,尽管我同史沫特莱是好朋友,我很理解她的愤怒。"

或许是身为女性,相比于《西行漫记》,海伦在《红色中国内幕》中更加关注妇女问题。她不仅专门介绍了向警予、蔡畅、刘群先、康克清、丁玲等重要人物的传奇经历,而且对"红色共和国的妇女"的群像和她们的生活状态做了描绘。她认为在苏区妇女的地位大大提高,在政府部门、群众组织、各生产部门甚至军队中都发挥了重要的作用,"当红星像一颗彗星在中国西北大地的上空掠过时,当地妇女所受的震动最大,她们从沉睡中觉醒,更重要的是一个崭新的世界展现在她们面前"。

与《西行漫记》一样,《红色中国内幕》在海内外产生了巨大的影响。此书 1939 年在纽约出版后,《纽约先驱论坛》便在头版发表评论称赞,"她有写游记的天赋,有这种以殷实材料、源源不断地叙述幽默风趣、五彩缤纷的奇闻轶事的天赋",该书"富有戏剧性,有声有色,充满激情,有新的材料,应当使它成为一本畅销书"。武际良在《海伦·斯诺与中国》一书中说:"……胡愈之,又立即将海伦的书稿组织翻译成中文,并把这本书秘密带往中国香港、新加坡、印尼等地在广大华侨、华人中广为传播,引起了巨大的反响。许多华侨青年读到这两本书,返回祖国奔赴延安,走上抗日救国前线。"

1972 年海伦重返中国时,在湖南遇到过一位当年读过此书的年轻人。"李振军是一位老革命。他腋下夹着一本破旧的书,请海伦亲笔签名。海伦把书接过来一看,是一本中文版的《续西行漫记》。李振军对她说:'我做梦都没有想到我能够见到你。很久以前,我读了你的书,写得很成功,很漂亮,我看到了里面的照片。这本书不同于其他书,这是一本经典著作。我在延安抗大学习过,我一直把你的书带在身边,让别人读,一直很好地保存着,后来又让我的孩子读。我从延安到了冀北,一直作战。每当我们追击日寇时,我总是把你的书放在一个特别的地方。我把它藏在一户贫农的家里,打完仗回来再取它。'……听了李振军的这一席话,海伦大为感动,她说:'去延安,写那一本书,只为像你这样的一个人去读,也是值得的。许多年来，没有什么比我看到你拿着这本破旧的书使我更高兴的了。'"

作为一个作者，海伦是幸福的，而此书也使她与中国结缘，成为最著名的中国的报道者之一。即使在今天阅读此书，我们仍然会为书中流露出的对中国命运的关心、对人类解放与正义事业的热情所感动。在读这本书时，我心中时常会闪现出两个似乎矛盾的形象，一个是时髦的美国女郎，一个是苦难深重的中国及奋发进取的共产党人群像，后者是由前者表述出来的。我想海伦的重要性或许也正体现在这里，她的身份与形象，使中国苏区的故事在美国与世界、在资本主义的文化逻辑中更容易传播与接受，而她之所以如此去苏区采访，恰恰是为共产党人的理想与文化所吸引。这看似一个悖论，却让我们看到了一种奇妙的力量。

三

1949年海伦与斯诺离婚，在不少中国人看来，似乎是难以理解的，两个人看上去那么和谐，又有共同的事业，怎么会那么轻易就分手了呢？事实上，1937年海伦返回北京后，一直与斯诺并肩作战，两人各自出版了《西行漫记》与《红色中国内幕》，并与路易·艾黎一起发起了"工合运动"，倡导工业合作社以支援中国抗战。1942年，海伦和斯诺先后回到美国，像英雄和电影明星一样受到了极大的欢迎。但是他们各自忙于事业，聚少离多，长时间不生活在一起，斯诺写道："我同尼姆（海伦的笔名）在美国重逢时，爱情的影子已经从我们的眼睛里消失了。互相违约而不是互相信任，是问题的焦点；我们见面时，不再是情投意合，而是反目相眦。重温旧好的努力全部付之东流。"1945年，他们两人正式分居，斯诺在日记中写道："只要遇到理想的女性，我想尽快地再结婚，生几个孩子，有一所有孩子的住宅，有农场，有花园，但是，我还没有遇见最合适的女人。"1946年春，斯诺邂逅了女演员洛伊丝·惠勒，很快坠入爱河。"1947年2月的一天，斯诺从国外采访回来，他提着旅行箱回到麦迪逊。当他悄悄地站在小农舍的后门口时，听见屋里传出海伦正在埋头写作，飞快地敲击着打字机键盘的咔哒、咔哒声，他犹豫着，几次举手想敲门，却又放下手来。最终斯诺迈着沉重的步子悄然离去,从此再也没有回来。"1959年,斯诺举家离开美国,迁往瑞士居住,1972年在日内瓦的家中病逝。

海伦与斯诺离婚后没有再婚,一直居住在麦迪逊那所小房子中。对于离婚,她虽然不无遗憾,但也接受了,多年之后,她写道:"我想到这两个20多岁的年轻人——他们多么勇敢,他们向人们要求的,甚至他们相互之间要求的,是多么少,而他们献出的,又是多么多!他们从不提起,连他们之间也不提。这个经验应有比1949年离婚更好的结尾,可是这样的结尾已寓在其中。没有委婉动人的情节,没有悲剧,没有冲突,没有善与恶的斗争,哪有好的戏剧呢?"《海伦·斯诺与中国》中分析:"海伦和斯诺在思想观念上对中国的事情志同道合,是在事业和工作上富有合作精神的令人羡慕的一对夫妻。他们都独立思考,目光敏锐,眼界开阔,有事业心,工作上配合默契。……但是,他们各自的性格、气质、作风和对个人生活上的理念和态度上却相去甚远。海伦热情好动,喜欢交际,爱争论,心直口快,做事麻利,追求事物的完美,并有点争强好胜;斯诺则生性文静,思考缜密,做事从容不迫,为人随和,有风度,个人生活随意,不修边幅,喜烟嗜酒,在小事上漫不经心。他们结婚十多年而始终未能磨合,谁也不想改变自己。这使他们的关系越来越紧张,时常发生争吵,最终只好分手。"

此后,海伦一直生活在美国。在20世纪50年代麦卡锡主义甚嚣尘上时,她由于与中国共产党的密切关系,曾受到美国国会非美活动调查委员会的调查。她的生活一直也很清贫,在写作之外,她没有正式职业。数十年她写作了近50部书稿,其中很大一部分是与中国相关的,但是能够公开出版的很少,她靠为别人查家谱增加一点收入,但也很有限。1972年中美会谈之后,中美两国的关系逐渐正常化,海伦于1972—1973年、1978年两次重返中国,受到了中国领导人的接见。她曾经采访过的共产党人此时已成为了中国的领导者,朱德、康克清、邓颖超等人与她亲切会谈,毛泽东、周恩来等人与她有书信来往,她也被视为"中国人民的老朋友"之一。更具传奇性的是,1979年邓小平访美期间,她将一张毛泽东的纸条赠送给了邓小平,那是1937年海伦离开延安时,毛泽东亲笔写给任弼时、邓小平的纸条,内容是请当时在前线的他们给海伦以帮助。

在这里需要提及的是,海伦来中国的旅费是她自己筹措的。"黄华曾向海伦提出，中国有关部门愿意为她负担整个旅行的一切费用，海伦谢绝了老朋友的盛情。她说：不论是埃德加·斯诺还是我，从不接受任何政府或团体一分钱，如果接受了，我就失去了读者，我们是独立思考者。"海伦长期生活贫困，生活拮据，为筹措旅费变卖了不少自己的心爱之物，但是在她身上，我们也看到了一个知识分子最可宝贵的品质，这也是海伦让人钦佩的重要原因。

《一个女记者的传奇》初版于1984年，是海伦对自己在中国的岁月的回顾。这部作品的引人入胜之处在于，它既讲述了海伦个人的故事，也讲述了中国的故事，让我们从一个不同的角度去重新看待中国历史与中国革命。在这部书中，我们可以发现一个外国人的视野。在谈到相关事物时，海伦总会以西方文化中的人物与事物做譬喻，比如在写到彭德怀时，她说，"他在红军中是最出名的最清教徒式和苦行僧式的人，奥利弗·克伦威尔和彭比起来，这方面还是大有逊色的"，再比如，"所有关于中国共产党的谎言和怀疑犹如耶利哥的城墙在真理的号角中倒塌了，这真理就是一篇报道"。在今天我们很少看到这样的比较和比喻，海伦的独特视角给我们带来了一种新的眼光。而"戴维以一种家长式的目光打量每一个人。五个人围坐一圈，黑发的头都向前俯着，几乎碰在一起成一个圆圈，紧张地低声谈论着"，描述的则是"一二·九运动"中学生领袖的秘密会议，这里的戴维是当时24岁的俞启威。如果不了解背景只读此段文字，或许会以为在读外国小说，这样的陌生感来自于海伦看待中国的眼光——她是在以西方文化的眼光看待中国，而我们通过她的眼光看待熟悉的中国，也获得了一种新鲜感。

关于这本书，还有一个小故事，此书在美国出版后，销路不好，"只有对中国有兴趣的人才肯买一本，还有2500册积压在仓库里，莫诺公司已将书的原价17.85美元降价为3美元，如果再卖不出去，就只好做纸浆了。海伦很着急，她写信给国内的老朋友，问可否为西安地区买一些，'中国人拿到英文版做何用？也许可以作为课堂教材或课外读物，它是一本旅游指南性的工具书'"。这本书当然不只是"旅游指南"，而是记述了海伦的青春岁月及其与斯诺的爱情、与中国革命的渊源，由此我们也可以看出当年海伦生活的困窘。我手中的这一本，是新华出版社1986年出版的中文本，印刷了17000册，但定价只有2.15元，不知当年是否付给了海伦版税，也不知这能否缓解她的困境，但这本装帧朴素也已泛黄的旧书，却为我打开了一扇通向海伦的窗口。海伦还有不少著作出了中文版，如《中国为民主奠基》《中国新女性》《七十年代西行漫记》《重返中国》《毛泽东的故乡》等。一位海外研究者说："海伦是幸福的，她的书在美国未能出版，在中国却一本接一本地出版，这对海伦晚年孤寂的心，是多么大的安慰啊！"但是海伦还有一些手稿未能出版，"其中不乏当年访问红区的一些口述实录，是弥足珍贵的第一手资料"，我们希望看到这些珍贵的史料能够早日在中国出版。

我手中还有一本斯诺编辑的现代中国小说集《活的中国》。这是海伦协助斯诺在1936年编选的，书中收录了鲁迅、柔石、茅盾、丁玲、巴金、沈从文、萧乾等人的短篇小说，意在向海外推介现代中国进步作家的作品。海伦还为此书写了一篇《现代中国文学运动》，介绍"五四"以来中国文学的发展，斯诺在序言中评价此文说："作者是研究现代中国文学艺术的权威。此文是在对原著作了广泛而深入的调查研究的基础上写的，执笔之前又曾同中国几位最出色的文学评论家商榷过。我相信这是第一次用英文写成的全面分析的探讨。"在1983年出版的这本中文版的序中，萧乾说："文中尽量详细而具体地揭露了、义正词严地声讨了国民党反动派对左联作家的迫害和血腥镇压……不管文章有多少错误，她的出发点是明确的：为了使世界进步人士了解、注意并重视中国新文艺运动。"

海伦于1997年去世。在那之前，她获得了来自中国的一些荣誉，也在她的小屋中接待了很多中国朋友。海伦对中国始终饱含深情，她在《永恒》一诗中写道："我愿在墓中面向东方，那是太阳升起的地方。"在去世之前，海伦曾有一个心愿，想将她与斯诺在中国的经历拍摄成一部故事片，但是这个计划却没有实现，原因一是在美国筹措资金十分困难，二是斯诺后来的妻子洛伊丝拒绝合作，她想拍自己的片子。在中美文化交流日益频繁的今天，我想如果以海伦与斯诺在中国的故事拍摄一部影片，将会是极富历史价值与象征意义的，这是一部真正传奇性的"史诗"：两个美国青年在20世纪30年代来到苦难深重的中国，以他们的敏锐与正义感寻找到了改变中国命运的动力，并融入了中国革命之中，而他们之间的爱情故事又是那么动人心魄、荡气回肠。我想这样的影片，将会最终完成海伦的心愿，也将会为我们呈现一个更加真实的中国——一种不同于《金陵十三钗》《南京！南京！》《一九四二》等影片的"活的中国"，我想这将会是一部具有社会与市场效益的"中国大片"。当然相对于海伦所给予中国的，我们所回报给她的还是太少，我想，只有更多中国青年像当年的海伦与斯诺一样，为正义而奔走，甚至超越国族的界限，超越自身的局限，才能使他们真正感到欣慰。

赛珍珠：如何讲述中国的故事？

一

我很早就想读赛珍珠的书，但一直没有买到。这一次，我托了人文社的朋友，好不容易才找到了一套《大地》三部曲。书的装帧印刷很精致，但印数只有3000册，难怪要买一套有这么难呢。赛珍珠的书为什么如此难买呢？我想了想，可能有三个原因：一是我国文学界对赛珍珠的评价普遍不高，茅盾曾批评赛珍珠的小说歪曲了中国农民的形象，巴金也说，"我从来对赛珍珠没有好感……她得了诺贝尔奖还是原来的赛珍珠"，胡风也认为《大地》虽然多少提高了欧美读者对中国农民的了解，但同时也就提高了他们对于中国的误会"，鲁迅对赛珍珠也颇有微词，但他也自省"……译文，或许不太可靠"，此外赵家璧、江亢虎等人都曾对赛珍珠进行过批评；二是美国文学界对赛珍珠的评价也不高，尤其是在她1938年获得诺贝尔文学奖之后，诗人弗罗斯特甚至说，"如果她能得诺贝尔文学奖，谁都能得"，福克纳也说，"情愿不拿诺贝尔文学奖……也不愿意同辛克莱和'中国通'布克夫人之辈得奖人为伍"，这里不乏嫉妒的因素，但同时也有文学观念的差异，赛珍珠的小说主要以中国为题材，在文学市场上也是最热门的"畅销书"，在弗罗斯特、福克纳看来，或许不能说是主流的"美国文学"，而在美国文学的传统中，赛珍珠也常与《飘》的作者玛格丽特·米切尔，以及《所罗门之歌》的作者托妮·莫里森相提并论，她们作品的畅销也影响了她们在精英文学界的评价；三是在20世纪五六十年代，苏俄文艺界与中国文艺界曾经对赛珍珠进行批判，谢尔盖耶夫的《破产的"中国通"——赛珍珠》的中译文发表在1950年的《文艺报》上，后来中国学者还发表过《赛珍珠——美帝国主义文化侵略的急先锋》《美国反动文人赛珍珠剖析》《猫头鹰的诅咒——斥赛珍珠的〈北京来信〉》等文章，这些文章主要以政治性的观点批判赛珍珠的作品。——这样，无论在文学上还是在政治上，赛珍珠的影响都趋于式微，或许这正是她的作品在今天不易买到的原因。

赛珍珠和中国有着不解的缘分。她于1892年6月26日出生在美国西弗吉尼亚州，出生后才三个月，便随着做传教士的父母来到了中国，在她前40年的人生中，除了在美国读大学和硕士的时间，都是在中国度过的。他们一家先是住在苏北的清江（现在的淮安市），在赛珍珠4岁时迁到长江边上的镇江，赛珍珠在这里度过了她的童年和青少年时期。在美国弗吉尼亚州的伦道夫·梅肯女子学院毕业后，赛珍珠又回到镇江，一边照顾生病的母亲，一边在一所教会中学教书。后来，赛珍珠嫁给了年轻的农业经济学家约翰·洛辛·布克，跟随丈夫在皖北土地贫瘠、生活落后的宿州生活了两年半。1919年，赛珍珠又随丈夫到金陵大学任教，在南京生活了12年，在这里的一座阁楼上，她几乎完成了所有后来获得诺贝尔文学奖的作品。1931年，《大地》在美国纽约出版，引起轰动，赛珍珠也一夜成名。1934年，赛珍珠与丈夫的关系出现裂痕，她离开南京回美国定居。次年她与布克离婚，嫁给了她的出版商理查德·沃尔什，从此她就再也没有回到过中国。

《大地》是最早为赛珍珠赢得名声的作品。在这部作品中，她讲述了一个中国农民的一生，展示了那个年代中国人的生活方式与内心世界。在我们今天看来，《大地》的故事有些奇怪，因为它所讲述的是一个农民如何变成"地主"的故事，也就是说，赛珍珠所展示的是传统中国社会的一种常态：一个贫苦的农民如何创业，如何买地，如何娶妻娶妾，最后如何成为了一个大家庭的家长以及当地有名望的地主。我们可以说，赛珍珠所描述的是千百年来中国农民的梦想和生活轨迹。但是恰恰在这个地方，20世纪中国的"新文学"有着不同的视角与思路，我想鲁迅、茅盾、胡风等人之所以批评赛珍珠，原因就在这里。鲁迅、茅盾等人的小说置身于中国内部，批判中国农村现状的不合理，强调变革，注重农村中的时代性，这与赛珍珠小说中更加注重"稳定的一面"有着鲜明的不同。从赛珍珠的视角，我们可以重新审视20世纪中国"新文学"的面向。

在《阿Q正传》等小说中，鲁迅对"国民性"有着深刻的批判，但我们可以看到，像阿Q这样的人物并非中国乡村的常态，而是一种"变态"，鲁迅所着重发掘的也是他"性格"中自欺欺人与自相矛盾的因素；而与之相比，赛珍珠在《大地》中把握的则是一种"常态"：传统乡村中农民王龙的"经济"生活，他对土地、女人的热情，以及"发家致富"的愿望。另外，鲁迅笔下的乡村是分裂的，他对之既满怀眷恋（《故乡》《社戏》），又带着批判的眼光（《祝福》《风波》）；而赛珍珠的态度则是一贯的，她的眼光平淡而疏远，当然这与她的身份与视角有关，她并不能像鲁迅一样切身体会到中国乡村的温暖与疼痛，但她无疑也提供了观察中国乡村的一种视角。与茅盾的《春蚕》《秋收》《残冬》等"社会问题"小说相比，赛珍珠的小说并不着重于乡村中存在的时代性"问题"，而注重从主人公的人生问题去把握乡村；与沈从文的《边城》等以理想化的笔触去建筑"人性的希腊小庙"不同，赛珍珠所描述的也不是虚幻的、诗意化的乡村，她笔下的中国乡村是朴实自然的。

如果与新中国成立后中国作家的小说相比，或许更能看出赛珍珠《大地》的不同。"新文学"发生以来，中国作家几乎从未写过一个农民如何变成"地主"的故事，这在社会主义时期文学中更加明显。《红旗谱》讲述的是一个农民如何走上革命道路的故事，《创业史》《艳阳天》讲述的则是一个农民如何成长为"社会主义新人"的故事。即使在20世纪90年代的《白鹿原》中，主要表现的也是白嘉轩面临的时代风云，以及传统宗法社会在现代革命风潮中的解体。在这个意义上，我们可以说《大地》中的王龙，是白嘉轩的"前史"——正是他的艰苦创业才奠定了一个家族的地位与声望，或者说，王龙实现了《创业史》中梁三老汉的理想——这也是千百年来中国贫苦农民的愿望。但是另一方面，正如梁三老汉被称为"旧式农民"、在《创业史》中受到批评一样，在充满变革与断裂的20世纪，传统中国农民的生活方式已不可能再延续，一个农民变成地主的理想也不可能再延续，中国乡村必须在变革的世界寻找新的出路，必须探寻新的理想与新的生活方式。而20世纪的中国"新文学"，也正是在这个意义上参与了中国社会的变革过程，从鲁迅、茅盾到赵树理、柳青、浩然、路遥，他们与笔下的人物血肉相连，他们的作品与中国农民一起探索着现代化的路程，写出了20世纪中国乡村所经历的苦难、革命与梦想。

对于像我这样在"新文学"传统中成长起来的人来说，最初读到《大地》，难免会大吃一惊：一个农民的追求竟然是要成为地主？但仔细想一想,这正是千百年来中国农民的"常态",也是绝大多数农民的真实心态(20世纪50年代中期"合作化"时期及以前)。因为在那以前,中国农民看不到别的出路,千百年来的生活习俗也塑造了他们的理想。正是在这个意义上,我们可以看到传统中国乡村是"小生产者的汪洋大海",中国革命正是在这样艰难的环境中进行的,中国"新文学"也是在这样的环境中与中国农民的"旧式理想"做斗争的,所以中国"新文学"强调变革,注重批判,塑造理想性的人物("新人")引导中国乡村的改变——尽管中国"新文学"内部有不同的流派与阶段,但在对旧式农民及其旧式理想进行批判这一点上,态度上却具有同一性。正是在这一点上,赛珍珠与中国"新文学"不同,她对待旧式农民及其理想的态度是"描述",是以同情的笔调去贴近。在这个意义上,我们可以理解茅盾、胡风、巴金对她的批评。但是在我们今天看来,赛珍珠的《大地》的价值,恰恰在于她为我们提供了一幅不同于"新文学"的中国乡村的图景,让我们可以看到传统中国农民的生活方式与生活理想。对于我们来说,这已经是一幅陌生的图景,只有理解这一图景,我们才能理解赛珍珠,也才能更深刻地理解中国"新文学"。

如果从这样的视角去看,《大地》三部曲的另外两部《儿子》《分家》,也具有不可替代的价值。《儿子》以王龙的儿子王虎为主人公,王龙的"儿子们都不是好东西:老大沉湎于空虚的放荡生活;老二当了商人和高利贷者,被金钱的贪欲淹没了;老三成了'军阀',祸害不幸的国家"(诺贝尔文学奖授奖词)。《儿子》主要描述老三王虎作为一个小军阀的一生。他在乱世中戎马倥偬,背叛了父辈对土地的感情,想以自己的力量成为割据一方的"强人"。他不近女色,不重亲情,严格要求自己与所属的部队,但是他并没有等到最佳的政治时机,在势力最强大的时候也不过控制了两个县城,最后他空怀着一个强者的梦想死去。在这个小军阀身上,赛珍珠写出了她对一部分中国人的印象,他们意志坚强,但是在变化了的时代中仍坚守着传统的思维方式,于是造就了一种个人的悲剧。在中国的"新文学"中,虽然不少作品涉及军阀争斗所造成的饥馑遍野、民不聊生(如沈从文的作品等),但很少有作品以一个军阀为主人公,探讨他的内心世界与人生历程。在这一方面,《儿子》可以说给我们提供了一个独特的视角,尽管我们可以说,小说中对主人公的描述不无偏执,其中一些场面(如战争场景）也更接近臆想而偏离现实太远。

在《儿子》中，我们可以读到不少时代性的因素，而这些在第三部《分家》中则有着更明显的体现。《分家》以王虎的儿子王源为主人公，像他的父亲王虎背叛了祖父王龙一样，王源也背叛了自己的父亲王虎，但他走的是另一条道路。他为了逃婚和躲避父亲的精神控制，从乡村逃到了一个沿海的大城市（小说中虽然没有明确提及，但我们可以感觉到是上海）。从这里他又去美国留学，6年之后回来，他已告别了父祖辈的生活理想，开始追寻新的生活理想，也开始追寻真正属于自己的爱情。相对于《大地》《儿子》，《分家》所讲述的是我们更熟悉的故事，也是中国"新文学"更擅长表现的情感结构与情感冲突。事实上，在读《分家》的时候，我会不断联想到中国的作家：比如描述父子冲突与逃婚的情节，会让人想到巴金的《激流》三部曲；比如写上海舞场的场景与人物，会让人想到"新感觉派"穆时英、刘呐鸥等人的作品；而写王源在美国的经历，他的自尊与自卑，他的屈辱感，他的民族情感与男女情爱的纠缠，则会让人想到郁达夫《沉沦》中的故事。——不论相似或相异，可以说《大地》三部曲为我们提供了一个观察中国的新视角。

二

但是读赛珍珠的《母亲》，却给人以另外的感受。相对于《大地》三部曲，《母亲》在文学界获得了很高的评价，《纽约时报》当时的书评指出："《母亲》是赛珍珠至今创作的所有作品中，最具有建筑统一性和简洁有力特征的作品。简洁和力度几乎具备了强大的特质。不仅如此，赛珍珠的成就还表现在她从人类普遍价值观的角度来描述与我们自己相异的民族。"伦敦的《时代》文学增刊也认为："赛珍珠从不曾写过比《母亲》还好的书，她凭借敏锐直觉的天赋，深入到中国农村妇女的思想、内心和精神之中，揭示了生命永恒的价值。"在1938年诺贝尔文学奖的授奖词中也说："《母亲》在赛珍珠的中国女性形象中是最完美的，这本书也是她最好的一部。"

《母亲》讲述的是中国乡村一位母亲的故事，她的一生充满了苦难，可以说是旧时代中国妇女的典型与象征。在年轻的时候，她的丈夫就离家出走，一去不回，她一个人赡养着婆婆，拉扯着三个儿女生活。她艰难地支撑着一个家庭，到田里去干活，还要忍受村里人的风言风语。她的大儿子慢慢长大了，她为他娶了媳妇，但是一直没有生孩子。她的女儿幼时眼睛经常被烟熏，没有得到及时的医治，最后眼睛全瞎了，后来她嫁到了大山深处，当"母亲"半年后去探望她的时候，她刚刚死去。小儿子小时候备受宠爱，长大后他却参加了革命，后来遭到逮捕，被处死，"母亲"亲眼看到了他被押赴刑场的场景，晕倒了过去。"母亲"一生中唯一的愧疚，是她在丈夫走后耐不住寂寞，与下乡收租的账房先生的一次偷情，她认为自己遭受的苦难是上天对她的惩罚。她一次次拜佛，最后她的大儿媳终于生了孩子，"母亲一句话也不说，一个人也不理会，就往屋里跑，走到床前，看见了孩子，一个男孩子！像他父亲说的一般无二，张着大嘴，哭声很响，她从来没有看见过这样又漂亮又肥壮的孩子。母亲弯下腰来，把孩子抱在怀里，觉得暖暖乎乎的，很健壮。就连她自己也像又充满了新生命一样……"

小说中的"母亲"没有姓名，作者在小说中直接以"母亲"来称呼，可见赛珍珠所写的并不是中国乡村中某一位母亲，而是中国乡村中"母亲"的典型与代表，她所写的不是"个性"，而是中国乡村母亲的"共性"。在这一点上，《母亲》取得了非凡的成功，可以说是一部不可多得的杰作。在这部小说中，我们可以看到千百年来中国乡村妇女所承受的苦难，她们的生活与内心世界。小说所塑造的是一个大地母亲的形象，"母亲"像大地一样深沉厚重，也像大地一样承载着一切——苦难、灾荒、战乱与革命，但她始终坚忍不拔，"她的整个命运都体现在'母亲'这个词中。然而，她是有生动个性的，是一个强壮、勇敢、精力充沛的人物"（诺贝尔文学奖授奖词）。在"母亲"的形象中，凝聚着赛珍珠对中国乡村妇女命运的观察与思考，她以饱含深情的目光注视着"母亲"的一生。

但是在这里，我们也可以发现，赛珍珠的目光是隔着一段距离的，小说的视角是俯视或旁观式的，她很少能够真正深入到"母亲"的内心世界。在这一点上，我们可以将之与赛珍珠描写自己母亲的传记《离乡背井》相比较，"母亲凯丽勇敢热情，有天分，有诚恳的天性，在各种力量当中善于协调。她在悲愁和危险之中经受了严峻的考验……她甚至在内心经历了一场艰苦和连续的斗争。在她的内心倾向中，凭着她的天性，她需要比坚定的宗教信仰更多的东西……然而，她保持着精神上的健康，保持着对生活的热爱，尽管生活给她展示了那么多的可怖之处。她懂得鉴赏人世所呈现的美；她甚至保留着她的快乐和她的幽默。她就像发源于生命心脏的一股清泉"（诺贝尔文学奖授奖词）。在这里，我们所看到的，显然是一个更具个性化的"母亲"。

当然将描写自己母亲与描写中国"母亲"的作品相比较，对于赛珍珠来说并不公平，毕竟作家投入的经验、情感是迥然不同的。在这里，我们可以将之与鲁迅描述乡村妇女的《祝福》略做比较。我们可以看到，在《祝福》中鲁迅也描述了祥林嫂的命运，在小说中，鲁迅也着重凸显了叙述者——知识分子"我"与祥林嫂的隔膜及其冷漠，但是我们仍可以感受到鲁迅笔下的疼痛与反思。如果比较一下赛珍珠与鲁迅对待中国乡村妇女的态度，我们可以发现，赛珍珠的态度是简单的，是一种远距离视野下的同情，而鲁迅的态度则是"纠结"的，他的纠结在小说中以"复调"的形式表现出来——祥林嫂的人生悲剧，叙述者"我"的逃避与惶恐，以及"作者"欲说还休的复杂叙述态度。或许我们可以说，像这样复杂而纠结的叙述态度正显示了鲁迅置身其中的切身感受，而赛珍珠的"同情"虽然颇为可贵，但或许在她的内心中仍隐藏着对于异域文明的优越感。

在这个意义上，我们会发现，这部小说更像一部社会学或人类学著作，或者说，在其中隐藏着"东方主义"的内在视野，赛珍珠是在面向西方世界讲述一个中国乡村妇女的故事。正如早期人类学对低等文明的"客观"描述，意在确认西方文化作为一种高级文明的优越性，在小说中，赛珍珠虽然关注中国乡村妇女的命运，但她的目光也是"客观"的，小说中的人物仿佛生活在一个遥远的时空，作者所讲的也是一个"遥远的故事"。但对于身处于"远东"的中国人来说，赛珍珠的故事未免过于简单，小说中的人物也有些抽象化——"母亲"的形象不像生活在具体生活中的人物，而是某种观念（母爱+东方）的产物。尽管某种程度的抽象化也是一种艺术化的方式，比如福克纳《八月之光》中的莉娜，或者海明威《老人与海》中的老人，但是在《母亲》中，这种抽象化限制了作者在艺术上做出更为丰富复杂的把握。

尽管如此，《母亲》仍可以说是一部优秀的作品，小说对中国乡村生活的场景、细节、氛围的描摹，即使在中国小说中也很少有出其右者，"在一个农家茅屋的厨房里，母亲坐在炉灶后面的一个矮竹凳上，很伶俐地向着烧火的灶口里投着干草。火刚烧着，她四下随处捡几根柴火或树叶子，再加进去一些去年秋天从山上砍下来的干草"。小说的开头，便将我们带入了母亲生活的现场，长句子所造成的舒缓的叙述节奏，很好地营造了小说的氛围，而有一种回环往复的音乐感。这种叙述语调贯穿始终，缓慢而悠长，正如"母亲"的一生。赛珍珠以诗一样的叙述方式，在平静的描摹中赞美了一个中国乡村妇女的生活，以及那包容一切的母爱。可以说在"母亲"这一形象中，凝聚了千百年来中国女性的美德，也凝聚了人类对母爱共同的赞颂。

赛珍珠的作品中虽然不乏东方主义的元素，但是我们只有历史地看待赛珍珠所塑造的中国人形象，才能对她在中西文化交流中的作用有一个公平的认识。在赛珍珠之前，在19世纪和20世纪初的欧美文艺作品中，中国人物大多是供人取笑、侮辱的丑角。1877年马克·吐温与布莱特·哈特合写了一出闹剧《阿兴！》，剧中的阿兴为白人矿工洗衣，他不但常挨打，还被骂成是"愚蠢而又可怜的畜生"。20世纪初在美国和欧洲流传最广的有关华人的文学作品，可以说是英国人罗姆创作的傅满洲系列小说，书中的傅满洲是个精明险恶的华人头目，妄想征服西方世界。傅满洲系列小说在1930年代被好莱坞改编为电影，主要的情节是傅满洲兴风作浪，而苏格兰的史密斯爵士挺身而出，与之斗智斗勇，最后结局当然是白人最终战胜了野心勃勃的"异类"。我们可以看到，与这些作品中的中国人形象被"丑化"与"恶魔化"相比，赛珍珠在她的小说中所塑造的是更为真实的中国人，在她的小说中，中国人不再是奇怪、神秘、阴险、难以理解的人种，而是同世界上任何地方的人相似、在大地上生存的人群。

根据赛珍珠小说改编的同名电影《大地》，不仅在1937年获得了奥斯卡最佳女主角奖，也极大地改变了美国人对中国人的印象。关于电影《大地》，由于影片中的主人公王龙拖着辫子，并且由西方人扮演，也受到了当时一些知识分子的批评与争议。我观看此片的直观印象，也感觉有些怪异，电影改变了原作中的一些重要情节，突出了王龙妻子阿兰的分量，是阿兰（而非小说中的王龙）得到了他们最初发家的那笔财富，王龙在电影中也没有再次纳妾，而是赶走了他的小妾荷花，与阿兰重归于好——这遵循了好莱坞的逻辑,也有利于改善中国人的形象,但却不像原作那样呈现了那时代中国农民的生活逻辑。影片中蝗灾的场面颇为惊人。不过由两位外国演员饰演拖着辫子的中国人,确实给人以奇怪的感觉——原来他们是这样想象中国人的?但我们也应该看到,这已是在此之前对中国人最不带偏见的表现了。

另外值得一提的是,不少美国青年正是读了赛珍珠的著作,才对中国发生兴趣,其中最为人所知的便是埃德加·斯诺和他的妻子海伦·斯诺。他们与赛珍珠保持着长期的友谊,斯诺那本影响世界的《西行漫记》,最初便是连载在赛珍珠与其丈夫创办的《亚洲》杂志上。如果我们历史地看,从傅满洲这样邪恶的中国人形象,到赛珍珠笔下的"大地"与"母亲",再到斯诺夫妇笔下"活的中国",正是美国与西方文化对中国理解不断深化的过程,而在这一过程中,赛珍珠无疑占据着一个独特而关键的位置。

三

1934年,赛珍珠回到美国后,再也没有来过中国,但她终生从事的事业都与中国相关。1941年赛珍珠夫妇在美国成立了"东西方协会",通过举办具体的教育交流项目来促进东西方人民之间的相互理解。20世纪40年代初,赛珍珠夫妇与作家拉地摩尔、林语堂等人一起,倡导成立了一个全国性组织——"废除《排华法》公民委员会",赛珍珠担任主要发言人。1943年10月22日,《排华法》终于在出台长达60多年后土崩瓦解。二战期间,赛珍珠积极支持中国人民的伟大抗日战争,她所领导的"东西方协会"聘请我国旅美表演艺术家王莹担任董事和中国戏剧部主任,王莹在白宫演出《放下你的鞭子》并高唱《义勇军进行曲》等活动,就是由赛珍珠促成并亲自主持的。在抗战高潮时期,赛珍珠还出版了小说《龙子》,讲述了一个家庭团结起来抗日的故事,揭露日本侵略者在中国犯下的种种罪行并向中国人民的英勇抗战表示敬意。1941年,《龙子》改编为同名电影,受到急于了解亚洲战区情况的美国人民的欢迎。赛珍珠对蒋介石政权有不少批评,成为当时美国一个主要的中国问题观察家。

赛珍珠也与不少中国作家保持着友好交往，林语堂的《吾土吾民》便是由赛珍珠作序在美国出版的。抗战结束后，她领导的"东西方协会"接待了赴美的老舍和曹禺，帮助他们了解美国社会和向美国人民介绍中国文化。赛珍珠还积极协助老舍在美国出版他的作品，她向编辑和书商们大力推荐《骆驼祥子》和《四世同堂》等作品。1945年，为避免和《骆驼祥子》争读者，赛珍珠将自己的小说《群芳亭》推迟了好几个月出版，《骆驼祥子》也成为20世纪40年代在美国畅销的寥寥几本中国题材小说之一。

赛珍珠还向美国与西方介绍中国文化，她翻译了我国的古典文学名著《水浒传》，并将书名改为《四海之内皆兄弟》。1938年，在诺贝尔文学奖的获奖演说中，赛珍珠讲的是"中国小说"，她说："虽然我生来是美国人，我的祖先在美国，我现在住在自己的国家并仍将住在那里，我属于美国，但是恰恰是中国小说而不是美国小说决定了我在写作上的成就。我最早的小说知识，关于怎样叙述故事和怎样写故事，都是在中国学到的。今天不承认这点，在我来说就是忘恩负义。不过，完全为了个人的原因在诸位面前说中国小说这个题目倒是有些冒昧，还有另一个原因我觉得完全可以这样做，这就是我认为中国小说对西方小说和西方小说家具有启发意义。"在这篇演讲中，赛珍珠讲到了中国小说的传统——从神话、志怪小说到《水浒传》《三国演义》和《红楼梦》，也讲到了中国小说的地位——受到文言经典与文人文学的双重压抑，而受到普通民众的欢迎。最后她讲到了她从中国小说中所受到的启发，而这主要来自于"说书人的传统"，她在演讲结束的时候说："不，一个小说家决不能把纯文学作为他的目的。他甚至不能对纯文学了解得太多，因为他的素材——人民——并不在那里。他是在村屋里说书的人，他要用他的故事把人们吸引到那里。文人经过时他无需抬高他的嗓子，但若一群上山求神朝圣的穷人路过时，他一定要使劲把他的鼓敲响，他必须对他们大声说：'喂，我也讲神的故事！'对于农夫，他一定要讲到他们的土地；对于老头儿，他一定要讲到和平；对老太太，他必须讲到她们的孩子；而对年轻的男男女女，他一定要讲他们之间的关系。只要这些平民高兴听他讲，他就会感到满意。至少我在中国学到的就是如此。"

在这里，我们可以看到赛珍珠的小说之所以受到普通大众的欢迎，不仅在于她写作题材的独特，而且在于她受到了传统中国小说观念的影响，她是面向大众的"说书人",而不是致力于"纯文学"的作家——像她同时代的乔伊斯或福克纳一样。

而与多年后中国获奖作家的演讲——高行健的《文学的理由》、莫言的《讲故事的人》——相比,赛珍珠的演讲似乎更能代表中国小说的传统。高行健所讲的只是文学相对于政治的"理由"——"我想要说的是,文学也能是个人的声音,而且,从来如此。文学一旦弄成国家的颂歌、民族的旗帜、政党的喉舌,或阶级与集团的代言,尽管可以动用传播手段,声势浩大,铺天盖地而来,可这样的文学也就丧失了本性,不成其为文学,而变成权力和利益的代用品。"而莫言则通过讲述母亲的故事强调了文学的民间传统,"我是一个讲故事的人。因为讲故事我获得了诺贝尔文学奖"。但是我们可以发现,高行健或莫言讲故事的方式都受到了西方文学的极大影响,而赛珍珠则在中国小说中寻找到了自己的叙述方式。或许这是中西文化交流中一个有趣的现象,人们只能在相异的文明中才能更清晰地照见自己,也只有在相互交融中才能具有更加丰富的视野,才能形成一个作家独特的"艺术世界"。

另一方面,赛珍珠也指出:"我说中国小说时指的是地道的中国小说,不是指那种杂牌产品,即现代中国作家所写的那些小说,这些作家过多地受了外国的影响,而对他们自己国家的文化财富却相当无知。"这可以视为赛珍珠对中国"新文学"的一种批评。但是鲁迅在一封信中,也对赛珍珠提出了批评:"先生要作小说,我极赞成,中国的事情,总是中国人做来,才可以见真相,即如布克夫人,上海曾大欢迎,她亦自谓视中国如祖国,然而看她的作品,毕竟是一位生长在中国的美国女教士的立场而已,所以她之称许《寄庐》,也无足怪,因为她所觉得的,还不过一点浮面的情形。只有我们做起来,方能留下一个真相。"中国人当然更能见出中国的"真相",但是外部的视角并非都是"浮面的情形",如我们前面所分析的,赛珍珠对中国乡村生活"常态"的描述,便是中国新文学作家所没有表现的。而赛珍珠对传统中国小说的推崇,也让她难以看到传统中国文化已无能应对现代世界,中国文化只有浴火重生,才能凤凰涅槃。

在赛珍珠的作品中,也确有"浮面的情形",比如她在1956年所写的以慈禧太后为主人公的《帝王女人》,虽然对慈禧太后作为一位女性与"政治家"的难处有着深切的理解,但对中国历史与宫廷政治了解的匮乏，也使此部小说略显肤浅。从我们今天的视角来看，此部小说颇似《甄嬛传》，对宫廷内部的斗争有深入细致的表现，但与之不同的是，《帝王女人》也写了朝廷之上的政治斗争，以及中国面临"数千年未有之变局"的危难，这三重压力加在慈禧太后身上，她却只能以旧的权力思维面对新的政治形势，注定是一个悲剧人物。小说对慈禧太后多有体贴，但也有不少臆测与编造，这使此部小说的艺术质量大大削弱。

1949年新中国成立后，由于外交、政治和历史的原因，中美两国间的文化交流和民间接触全面中断。受国民党蒋介石反动宣传的影响，赛珍珠早在20世纪20年代对中国共产党就存有猜疑和误解，但那时在她的作品中很少有反映。到了五六十年代，我国在一系列政治运动中的失误，又通过各种渠道传入美国，其中包括一些恶意的诽谤，赛珍珠根据这些真真假假的材料写出了《暗箭难防》《银蝴蝶》《深耕记》《北京来信》《梁太太的三个女儿》等贬斥中国共产党的作品。但是赛珍珠也拒绝了台湾的多次访问邀请，仍然希望能够前往大陆访问。1972年尼克松政府恢复了中美邦交后，赛珍珠不顾80岁高龄，向中国政府提出访华要求，并计划以新的观点写一部《红色国土》。可是在久久等待之后，她的要求未能获准。

1973年3月6日，赛珍珠带着遗憾离开了人世。尼克松总统闻讯后称她为"一座沟通东西方文明的人桥""一位伟大的艺术家，一位敏感、富于同情心的人"。赛珍珠被葬在离她的宾州住宅几百码处的一棵白蜡树下，她亲自设计的墓碑上没用一个英文字母，只是在一个方框内镌刻了"赛珍珠"三个汉字。

查韦斯:"我们是逆境中的斗士"

> 我愿和世上的穷人一起,
> 迎着命运闯荡……
>
> ——何塞·马蒂《朴素的诗句》

2013年3月5日,委内瑞拉总统乌戈·查韦斯病逝。这不仅在委内瑞拉国内造成了极大的悲哀与震动,而且在世界范围内引起了重大的影响。联合国大会为他全体默哀一分钟,55个国家首脑及政府代表出席了他的葬礼。古巴前领导人菲德尔·卡斯特罗、巴西前总统卢拉、乌拉圭总统穆希卡、玻利维亚总统莫拉莱斯等人,纷纷著文或发言加以悼念。著名学者萨米尔·阿明在致委内瑞拉大使馆的信中说:"查韦斯总统已逝,玻利瓦尔革命仍然继续。我们的兄弟兼战友查韦斯总统的逝世是一件令人悲痛的事情,对委内瑞拉人民,以及世界范围内与在查韦斯领导下的玻利瓦尔革命有着一致目标并一起战斗的人们而言,无疑是一记重创。……我们期待在建设未来的社会主义的大道上一同前进,迈向人类文明的最高阶段:它建立在自由、平等与团结的基础上,三者不可分离;同时这种文明意味着我们从资本主义与帝国主义垄断所形成的操控性市场专制下解放出来。"

在我看来,查韦斯之所以具有如此重大的影响:首先在于他是一位政治家,他不仅改变了委内瑞拉的面目,而且改变了拉丁美洲的地缘政治格局,进而改变了世界政治的整体格局;其次在于他是一位革命者,在"新自由主义"与全球化甚嚣尘上的20世纪90年代,查韦斯始终站在底层民众的立场上,不仅打破了新自由主义的迷梦,而且让传统的社会主义理想焕发出了新的光彩;最后则在于查韦斯所具有的个人魅力,不畏强权的个性、桀骜不逊的语言以及传奇般的人生经历,都使查韦斯突破了一个政治领袖的简单形象,而具备一种super star的气质。这三者紧密结合在一起,让查韦斯成为一个无可替代的政治形象。

一、从贫民子弟到总统

1954年7月28日，查韦斯生于巴里纳斯州的萨瓦内塔。他的父母都是小学教师，他是第二个儿子。查韦斯和他的5名兄弟姐妹在一栋茅草屋里长大。年幼时，查韦斯与他的哥哥一同被送至萨巴内塔与他们的祖母居住。"我是一个来自委内瑞拉南方的农家子弟，"查韦斯在接受美国广播公司采访时说，"小时候，我住在用棕榈树搭建的房子里，房间的地板就是泥土地……贫苦使我们寻找一切可以谋生的途径！"在那里，查韦斯学会了种植玉米，帮祖母打扫庭院，还与他的兄弟一起采摘水果，拿去叫卖，那时他们生活的目标就是摆脱贫困。在查韦斯的童年和少年时期，这些艰辛生活在他的内心打下了深深的烙印。幸运的是，查韦斯上了当地唯一一所小学，而当时委内瑞拉的文盲率为23%，一些落后地区甚至达到40%，公共教育系统极为落后。

在17岁时，查韦斯进入委内瑞拉军事学院，在1975年获得军事学和工程学的学位，以候补中尉的身份服兵役。此后查韦斯被批准前往卡拉卡斯的西蒙·玻利瓦尔大学研读政治学，但最后并没有获得文凭。在结束学习后，查韦斯进入军中正式服役。

委内瑞拉盛产石油，是世界第五大石油出口国，拥有西半球最大的石油储量。但是委内瑞拉的石油资源长期掌握在美国及其扶持的精英分子控制的政府中。对于美国来说，委内瑞拉是仅次于加拿大、墨西哥、沙特阿拉伯的第四大石油进口国，相对于中东地区，来自委内瑞拉的石油既便捷，也较少受到战事的影响，于是通过跨国公司、国际货币基金组织等形式加以控制。对于委内瑞拉来说，虽然拥有丰富的石油资源，但其底层民众却生活在贫困的生活中，可以说这一问题构成了委内瑞拉社会最根本的矛盾。

1988年当选的委内瑞拉总统卡洛斯·安德烈斯·佩雷斯，曾于1973年当选总统，当时他批评美国贪得无厌，大胆推行民族主义的经济政策，并将壳牌石油公司和埃克森石油公司等外国公司收归国有。1988年大选时，他也以民族主义经济政策号召民众,并顺利当选总统,但此时委内瑞拉正处于经济衰退之中。佩雷斯上任后,发现自己面临着严重的财政与债务危机,于是他的政治立场与经济政策发生了180度的大转弯,他制定了新自由主义的改革计划,削减福利,放开物价,委内瑞拉穷人的利益受到了更大的损害。这一改革激起了委内瑞拉社会此起彼伏的反对声浪,甚至军队内部也出现了不稳定的迹象。

1992年2月4日深夜,查韦斯中校发动政变,他指挥6000名士兵进入首都加拉加斯市区,攻击并占领市内的主要军事和通讯设施。刚刚入睡的总统佩雷斯被国防部长的电话惊醒,得知发生政变后,迅速通过一条秘密通道赶到总统府。此时政变的部队正在攻击总统府,查韦斯在位于一家历史博物馆的总部指挥战斗。佩雷斯在电视台发表演讲,呼吁全国人民的支持。查韦斯未能占领总统府,在政变12小时后,他答应投降,条件是允许他向全国人民发表讲话。查韦斯出现在千家万户的电视上,他头戴具有标志性的伞兵贝雷帽,呼吁同伴停止战斗,"我们无法实现事先制定的军事目标",但他强调,他们只是"暂时地"失败了。这次讲话让他成为许多贫穷的委内瑞拉人心目中的英雄,越来越受到穷人的欢迎,他也成为委内瑞拉最具号召力的政治人物。

政变失败后,查韦斯随即被投入监狱,经过两年的监禁,查韦斯于1994年被新任总统拉斐尔·卡尔德拉特赦。被释放后,查韦斯先是创建了他的政党"第五共和国运动",后又去古巴会见卡斯特罗,并在墨西哥宣布将参加委内瑞拉大选。对于查韦斯来说,会见卡斯特罗,前往墨西哥,不仅具有政治意义,而且具有象征意义。卡斯特罗和古巴是拉丁美洲社会主义的堡垒和象征,也是对抗美国经济控制的重要政治力量。而墨西哥,此时正在开展轰轰烈烈的反新自由主义运动,以印第安原住民为主的萨帕塔解放军发动起义,反对墨西哥政府推行的新自由主义改革,反对美国倡导的"北美自由贸易区",要求实行彻底的土地改革。萨帕塔游击队未能击垮政府军与新自由主义,却赢得了极高的国际声誉,他们的发言人是神秘的副司令马科斯。应马科斯的邀请,查韦斯参加了萨帕塔印第安人从恰帕斯州到墨西哥城的长途游行,并发表演讲,他表示自己当选总统后将会反对新自由主义。

赦免查韦斯的总统卡尔德拉,也和前总统佩雷斯一样,开始时力图推行民族主义的经济政策,但是当经济出现危机,资本纷纷外逃时,他不得不背弃竞选宣言,与国际货币基金组织等机构谈判,与国内的精英集团合作,推行私有化的政策,削减公共福利,他的政策同样遭到了民众的强烈反对,群众走向街头抗议,暴力冲突不断。与此同时,查韦斯提出了一整套反腐败、反贫困的竞选纲领,他以独特的魅力和出众的口才,赢得了穷人和工人阶级的支持。与查韦斯同时参加竞选的,一位是伊雷内·赛斯,她曾当选环球小姐,后当选为查考市市长,但不被人们看好。另一位是曾就读于耶鲁大学的企业家恩里克·萨拉斯·罗梅尔,他在担任卡拉沃沃州州长期间曾推行新自由主义经济政策,受到中上阶层的一致支持,也受到传统政党民主行动党与基督教社会党的联手支持。

1998年12月6日,委内瑞拉大选揭晓,查韦斯以56.2%的得票率获胜,成为委内瑞拉历史上最年轻的总统,这也是委内瑞拉历史上最高的总统候选人得票率。

二、穿越重重危机

在1999年就职总统后,查韦斯便开始了政策上的转变。在查韦斯执政下的委内瑞拉社会,从自由市场经济和新自由主义原则,迅速转变为准社会主义的收入重新分配和社会福利计划。在这方面,最典型的是石油企业的转变。在查韦斯之前,委内瑞拉的石油资源大多控制在美国及本国上层精英手中,该国的石油政策是在为美国利益而不是在为委内瑞拉的利益服务,是在为本国的少数精英阶层及大资本服务,而不是在为全国大多数的民众服务。

在石油问题上,最关键的问题是两个,一个是产量与价格,一个是石油企业的所有权问题。在倾向于美国及本国资本阶层的人看来:石油企业应该加大产量,压低价格,以便为美国输送大量便宜的石油资源,也为本国资本家赚取更多利润;在所有权问题上,他们则重视企业的"私有化"——允许本国及外国资本进入。而在更注重民族利益与民众利益的人看来:石油企业应当控制产量,抬高价格;在所有权问题上,则强调石油产业的"国有化",以便为本国民众谋取根本与长远的利益。围绕石油企业的权力争夺，既是美国与委内瑞拉的博弈，也是委内瑞拉国内精英阶层和普通民众的博弈。

查韦斯在担任总统后不久，颁布了一份《新宪法草案》，并得到了公众的认可。该宪法的一项关键条款就是禁止委内瑞拉石油公司的私有化，同时查韦斯努力加强欧佩克的团结，目的是提高国际市场的石油价格，到2005年，国际市场的原油已达至59美元的高位。查韦斯的改革获得了大量的称赞，也招致大量的批评。许多委内瑞拉人也对他抱持着反感，尤其是社会的上层和中上阶级。查韦斯与委内瑞拉石油公司的对抗也在不断升级。2011年12月，委内瑞拉的企业因为反对《碳氢化合物法》而发动了一场停工斗争，委内瑞拉石油公司总裁伊凯普罗·拉梅达彻底否定政府的能源政策，因而被查韦斯解除职务，拉梅达也批评查韦斯试图将公司政治化。公司的经理层对这一人事变动极为不满，查韦斯采取了对抗性的政策，解雇了那些反对自己的委内瑞拉石油公司的雇员。

企业家的停工，政治反对派的推波助澜，以及美国及精英人物的幕后策划，终于在2012年4月酿成了一场反对查韦斯的政变。4月11日，反对派掀起一场大规模的抗议游行，有10万到20万人涌向委内瑞拉石油公司总部，继而又奔向总统府。游行基本以和平的方式进行，但曾把加拉加斯的主要街道封锁几小时之久。约翰·皮尔格在他拍摄的纪录片《是谁在与民主为敌》中，揭示了反对派的伎俩，他们组织的游行队伍向支持查韦斯的游行者开枪，后者立即还击。可在当时的电视画面上，人们只看到支持查韦斯的队伍在向桥下开枪（桥下其实并无人群），而并没有展示占据制高点向桥上射击的反查韦斯的人员。这一蒙蔽真相的画面为反对派制造了借口，也掀起了反查韦斯的更大声浪。在一片混乱之中，一群高级军官宣称必须阻止更大的伤亡，他们拒绝接受查韦斯继续担任总统，很快军方宣布查韦斯已经辞职，任命佩雷罗·卡莫纳担任过渡政府的首脑。

查韦斯的政治生涯面临空前的危机，但正是在这个时刻，显示出了他巨大的政治能量，成千上万的查韦斯支持者从贫民区赶来，将总统府围得水泄不通，另一部分高级军官发表宣言支持查韦斯。更为重要的是，查韦斯在事前得知了可能发生政变的情报，他将一支忠于自己的伞兵部队藏匿在总统府的地下室。在政变时，部队的指挥官何塞·巴杜艾尔给卡莫纳打去电话，说士兵们"实际上就藏在你的椅子下面。你根本就是查韦斯先生的人质",他要求在24小时之内释放查韦斯。此时查韦斯被囚禁在一座小岛上,在支持者的抗争下,反对查韦斯的政变很快失败,4月14日,查韦斯重返总统府。

如果说查韦斯在最初执掌政权时,对美国及委内瑞拉上层在政治上尚不无妥协,以致有的美国观察家指出,"不要看他说什么,要看他做什么",那么在"四月政变"之后,查韦斯开始更坚定地推行反新自由主义的政策。面对仍在发酵的停工风波,他毫不犹豫地解雇了一大批委内瑞拉石油公司的经理层,最终查韦斯获得了胜利,停工在2003年2月终止。查韦斯也开始将石油收入中的更大份额用来资助社会项目,以改善贫穷人群的医疗、教育等各方面的条件。

在拉丁美洲,以政变的方式更换领导人,以推行更有利于本国的政策,是美国惯用的方式,智利总统阿连德就是一位被推翻的左翼领导人。查韦斯之所以能够在政变中奇迹般地扭转局势,既来自于他的政策受到普通民众的拥护与支持,也是由于他在政府与军队中有一批坚定的支持者,还由于他本人所具有的政治智慧、勇气与技巧,在与强大的境内外敌人斗争的过程中,他必须不断巩固自己的政治基础,才能立于不败之地。

查韦斯的第二任总统任期本应在2007年结束,但是反对派并不甘心失败,在2004年他们又掀起一场罢免查韦斯总统职务的国民公投。委内瑞拉的《宪法》条款要求,必须收集20%选民的签名才能发起罢免公投。2003年11月,反对派收集了一次连署,在短短4天内收集了高达360万份签名。反对派指控查韦斯政府借由给予非法移民和难民们公民权,来提升连署的门槛,选民注册人数在公民投票前提升了200万人,使得发起罢免公投所需的门槛大幅提升。许多报道也指称查韦斯政府对公开邮寄连署签名的人施加惩罚。最后,反对派的领导人向国家选举委员会递交2436830份有效的签署后,国家选举委员会在2004年6月8日宣布召开罢免公投。查韦斯和其政治联盟也开始动员选民投下"否"的选项。

罢免投票在2004年8月15日举行,查韦斯的支持者从他们的贫民区赶来支持他们的总统。索萨在《彼岸潮涌》中描述了民众踊跃投票的情景:首都加拉加斯的一些投票点上,两公里长的选民队伍秩序井然,有人半夜起身等候,有人排队达4小时至12小时之久。为保证投票的公正廉洁,每一个选民都必须留下指纹,投票工作不得不延续至深夜。在首都加拉加斯,当一位排队的选民被采访时,他兴奋地说:"一个总统有能力唤起人民清晨3点起床等候投票,这是头一次,我们要给布什一点颜色看看!"在西南部圣克利斯托瓦尔市,一位排队等候的妇女快活地说:"今天早晨连石头都会起床去投票,连石头都会的!"80岁的老人马尔马·克罗埃斯也拄着拐杖耐心等候表达属于自己的庄严权利:"我不到6点就来了,这是为祖国做的牺牲。"

在此次公投之前,查韦斯得到了来自世界各地的支持,阿根廷著名球星马拉多纳在致查韦斯的信中说:"在委内瑞拉人民正经历的这样一个历史时刻,我谨以此信表达我对您最深刻的敬意和最真诚的支持,毫无疑问,贵国人民将对您在关乎祖国命运的斗争中所表现出的爱国者的勇气和胆量表示支持……总统先生,对您在抵抗帝国主义威胁、旨在使委内瑞拉人民获得真正的自由和尊严的斗争中所表现出的惊人力量和所做出的巨大推动,我只能以作为一个拉丁美洲兄弟的深深自豪作答。"

美国语言学家诺姆·乔姆斯基等几十位世界著名知识分子、艺术家也联名发表宣言支持查韦斯,其中写道:"乌戈·查韦斯已经成为占这个国家大多数的穷人利益的捍卫者……正因为如此,我们再次声明:假如我们是委内瑞拉人,我们将在8月15日投票支持乌戈·查韦斯。"

这次公投的结果是,有59%的选票投下了"否"的选项。卡特中心的观察则认为这次选举是公正的,查韦斯获得了胜利。此后,2006年12月3日,查韦斯以63%的得票率再次当选总统,成功连任。2012年10月8日,查韦斯在大选中击败反对党候选人恩里克·卡普利莱斯·拉东斯基,第四次当选委内瑞拉总统。但是他尚未来得及宣誓就职,便因患病住进了医院,直至逝世。

三、挑战"华盛顿共识"

查韦斯在执掌政权后,不仅在国内执行倾向于穷苦民众的政策,而且在国际上也颠覆了委内瑞拉原有的外交传统,由亲美转变为反美,奉行一种更加独立自主的政策。他反对"华盛顿共识",反对新自由主义,反对"美洲自由贸易区",而主张拉美国家之间的联合,扩大拉美国家的自主权。

在这方面,最关键的是查韦斯与古巴卡斯特罗的合作。古巴作为一个社会主义国家,长期遭到美国的制裁与禁运,查韦斯与卡斯特罗的合作,不仅打破了美国孤立古巴的政策,而且与古巴一道倡导拉美国家的独立,在政治上产生了极大的影响。查韦斯掌握了政权后,很快与古巴达成了协议,委内瑞拉以较低的价格向古巴出口石油,换取古巴派遣医生、教师等人员奔赴委内瑞拉贫苦地区,提高当地人民的医疗与教育水平。

石油是查韦斯手中的战略武器,他不仅与古巴合作,也和巴西、乌拉圭、哥伦比亚等国合作。查韦斯希望与拉美诸国共同创建一家"南方石油公司",这一公司将打破跨国资本对拉美地区石油工业的控制,同时石油创造出来的财富将被用于社会项目,促进公共事业的发展,扩大群众的就业。在2002年10月的巴西大选中,卢拉作为劳工党候选人参加竞选并获胜,查韦斯立刻向卢拉表示祝贺,并向卢拉赠送了一份特殊的礼物——西蒙·玻利瓦尔佩剑的复制品。卢拉同样出身于底层家庭,很小的时候他就上街给人擦皮鞋或卖花生,经历过艰难的生活,后来他曾长期从事工会的组织斗争,他当选总统后并不像查韦斯那样咄咄逼人,但也改变了此前政府施行的新自由主义政策,并致力于为穷国谋求更好的贸易条件,加强南方国家的政治与经济联系,这让他成为查韦斯的天然盟友。

阿根廷也曾经历过将国有石油公司私有化的进程,2003年新任职的总统基什内尔在立场上与查韦斯有较大的差异,但经济形势也迫使他采取措施干预市场,向查韦斯的能源政策靠拢,并展开了积极的合作。在乌拉圭,2004年,出身于工人阶级社区的巴斯克斯当选总统,而曾组织工人运动的何塞·穆希卡则当选参议院议长,他们也开始远离美国,采取一种中左的政治与经济立场。此外,在厄瓜多尔、哥伦比亚,查韦斯也通过印第安人运动与当地保持了一种友好的关系。而在玻利维亚,查韦斯则拥有一位重要的盟友——2005年12月当选的总统莫拉莱斯,他是玻利维亚历史上第一位当选总统的印第安人,他对新自由主义经济改革提出激烈的批评,他指出,"人类的最大敌人就是资本主义",而玻利维亚将加入"反对新自由主义和帝国主义的斗争之中"!

查韦斯不仅在拉美建立了一个反对新自由主义的同盟,而且在国际舞台上发挥了越来越大的作用。他在2005年联合国的世界高峰会上指责新自由主义，指出资本流动的自由化、移除贸易障碍和"私有化"是造成发展中国家贫穷的原因。他同时宣传他所创立的贸易模式——"美洲玻利瓦尔国家替代"计划，该计划旨在建立一个类似于欧盟的组织，实现拉美、加勒比地区国家经贸合作一体化，并对美国主导下的美洲自由贸易协定进行抵制。

查韦斯毫不掩饰他对美国政策的批评，不断谴责美国对于伊拉克、海地的外交政策和"美洲自由贸易区"计划，他描述他的目标是要对抗新殖民主义和新自由主义。但是2005年底卡特里娜飓风摧残了美国的墨西哥湾沿岸地区后，查韦斯政府是第一个表示愿意提供援助的外国政府，布什政府拒绝了他的援助。

由于查韦斯毫无顾忌地挑战美国和委内瑞拉精英的利益，一些公共人物甚至呼吁对查韦斯进行刺杀。最值得注意的是美国福音派牧师帕特·罗伯逊，他在电视节目中公开声称，"认定我们要刺杀他，我认为咱们不如干脆就这么干"，他认为查韦斯是美国的"巨大威胁"，有可能变成"共产主义渗透和穆斯林极端主义蔓延的踏板"，他说刺杀"可比打一仗便宜许多"。其他曾呼吁刺杀查韦斯的，还有委内瑞拉演员奥兰多·乌达内塔，以及委内瑞拉前总统佩雷斯。查韦斯也说，古巴领导人菲德尔·卡斯特罗曾提醒他小心美国，"菲德尔常对我说，'查韦斯，要当心。这些人研制出了技术。你又粗心大意。当心自己的饮食……用一个小针头给你注射我都不知道是什么的玩意儿'"。

2013年3月5日，委内瑞拉副总统马杜罗向全世界宣布查韦斯去世的消息时，也宣布将对查韦斯的死因进行调查，"马杜罗在当天上午召开的政府成员和军队高层会议上说，查韦斯所患的癌症很可能是美国发动的'科技攻击'引起的，政府将成立专门科学委员会调查查韦斯的病因。查韦斯2011年曾表示，拉美多位左翼领导人身患癌症，很有可能是美国利用其掌握的先进生化技术向这些领导人下了毒手"。

现在我们尚无法得知查韦斯的真实死因，但查韦斯无疑牺牲在了与不义斗争的最前线。查韦斯虽然逝去了，但他的名字作为一种象征与精神力量，将会永远激励着人们为公平正义而斗争，正如拉美历史上伟大的英雄玻利瓦尔、何塞·马蒂、切·格瓦拉一样，也正如卡斯特罗在纪念文章《我们失去了最好的朋友》中所说的：

无人会怀疑他是多么的伟大。

直到最后的胜利,无法忘怀的朋友。

（本文主要参考和直接引用了尼古拉斯·科兹洛夫著、李致用译《乌戈·查韦斯——石油、政治以及对美国的挑战》、索萨《彼岸潮涌》、约翰·皮尔格的纪录片《是谁在与民主为敌》，以及网络上的相关资料，未一一注明，特此一并致谢。）

你好，卡米拉！

2011年是个多事之秋，从"阿拉伯之春"到"智利之冬"，从轰炸利比亚到"占领华尔街"，从英国学生骚乱到欧洲债务危机，整个世界处于动荡不安之中。在这样的动荡背后，有两股动力：一股力量是2008年金融危机之后，生活愈益窘迫的底层民众与第三世界，为改变自身处境所做的抗争、奋斗与挣扎；另一股力量是控制世界体系的资本主义国家及其上层，为压制上述抗议所制造的混乱、镇压与战争。这两股力量相互激荡、冲击，此起彼伏，让整个世界处于动荡之中。这两种力量的相互较量，将决定着人类将来的命运，尤其是第一种力量的兴起，让我们看到，在沉寂了30多年后，真正代表底层民众的声音开始兴起，并且在逐渐壮大，它们强烈反对目前不公平、不合理的世界秩序与社会秩序，鲜明地提出了自己的政治主张，而这不仅继承了20世纪民主革命、民族解放与社会主义革命的伟大传统，而且发展、创造出了新的革命理论与革命形式，使21世纪的革命重新焕发出了新的青春。

在这些抗争中，智利大学生抗议运动的青年领袖卡米拉·巴列霍无疑是最具光彩的，这不仅在于她的政治主张与领导才能，而且在于她的形象。卡米拉1988年4月28日生于圣地亚哥，是智利大学生联合会主席、智利共青团团员，其父母均是智利共产党党员。卡米拉2006年进入智利大学建筑和城市化系学习，攻读地理专业，并开始参加政治活动，2007年她加入智利共青团，2008年参与创建地理专业大学生联合会，任副主席。2010年11月，她参加智利大学生联合会主席的竞选并获胜，当选后，她说："我主张大学应该与人民所面临的问题相关联，应该努力寻找解决问题的答案。"

年仅23岁的卡米拉，不仅青春貌美，而且时尚，她让我们看到，革命不但是血与火的斗争，而且是充满美感的。她的鼻环就像格瓦拉的贝雷帽或副司令马科斯的面具一样，既是革命的符号，也是自由与美的象征，她因此成为了一个超级偶像。但她并非资本主义市场上为商品代言的偶像，而是完全颠覆现有的新自由主义逻辑、开创未来新世界的偶像。我们可以将卡米拉置于历史与现实之中，探索一下她所代表的人类的未来。

一、新自由主义的逻辑及其破产

2011年5月以来，智利大学生开展大规模抗议活动，要求实现高等免费教育，提高教育质量。卡米拉作为大学生运动的主要代言人和领袖，成为智利大学生抗议活动的象征。卡米拉认为，当前智利的教育危机是新自由主义造成的，她主张教育不能以营利为目的。

卡米拉和智利大学生运动所反对的首先是教育的私有化，这是与他们的切身问题密切相关的。他们从自身所面临的问题出发，但最终指向的是"新自由主义"，由此他们所批判的指向便超越了教育问题，也超越了智利与拉美地区，而具有了世界性的意义。

20世纪70年代后期以来，在里根政府与撒切尔夫人政府的主导下，以私有化、市场化、全球化为导向的"新自由主义"迅速蔓延全球，推动资本主义向国际垄断阶段过渡，并在文化与意识形态领域形成了一种垄断性的霸权。而在20世纪80年代与90年代之交，苏东剧变之后，社会主义实践遭遇到了空前挫折，这一资本主义的最新形态更以胜利者的姿态宣布"历史的终结"，人类似乎只有这样一条路可走。但是，另一方面，新自由主义所造成的社会后果却越来越严重：在国际上，占据垄断地位的资本主义强国主宰着世界政治、经济秩序，以不平等的金融与经济方式压榨着第三世界国家，造成了富国更富、穷国更穷的局面；在民族国家内部，社会阶层分化加剧，不论在资本主义国家，还是在第三世界国家，都使得两极分化愈益剧烈；同时，社会公共事业以及民众的基本需求（教育、医疗、住房等）也被推向私有化与市场化，这便使得作为一个共同体的社会趋向瓦解。

事实上，反新自由主义的社会运动此起彼伏，始终不绝如缕。2008年爆发的美国金融危机，更让人们认识到了资本主义的本性与秘密。而今在世界各地爆发的抗议运动,也都从不同角度指向新自由主义。可以说,新自由主义是当今世界动荡的根源,也是社会危机的根源,只有批判并超越新自由主义,才能为人类开辟一条新的道路。我们需要公平合理的国际秩序,需要和谐稳定的社会秩序,需要自由平等的人际关系,也需要自然美好的生态环境,新自由主义却在破坏着这一切。而这主要是由于少数既得利益集团在控制着世界,是人格化的资本(资产阶级)在操纵着我们的生活,他们为了极少数人的利益而盘剥绝大多数的人,他们在政府中培养代理人推行符合他们利益的政策,他们以民众的名义制定符合他们利益的法律,他们以普世价值的意识形态制造维护本阶层利益的文化与幻觉。

在新自由主义的逻辑中,一个人无法生活下去或无法过上更好的生活,是由于个人不够努力,他们制造了很多成功者的神话,作为青年人的榜样。但是在今天我们可以看到,社会阶层的断裂已经残酷地告诉我们,每个人的命运更大程度上不是决定于个人奋斗,而是决定于他的出身,后者将决定一个人所能受到的教育,以及他的关系网络与社会资源,当社会精英垄断了这一切时,那么底层民众所面临的选择便只有两种:要么是俯首听命,接受既定的现实;要么是奋起抗争,争取个人的权利。

智利的大学生运动所争取的便是个人的基本权利——教育平等。智利教育的私有化不仅将学校变成了一种买卖,而且严重损害了教育质量,他们反对教育的私有化与商业化,同时反对其他社会领域的"新自由主义"政策。卡米拉及其同伴勇敢地表达出了自己的声音,这是公平正义的声音,也是合情合理的诉求,他们的斗争不仅是为了自己,更是为了广大的底层民众,也是为了人类未来的美好与进步。在人类与新自由主义的斗争中,在99%的民众与1%精英的斗争中,他们青春活跃的精神代表了未来的方向,尽管新自由主义及其利益集团盘根错节,占据着政治、经济等各方面的优势,但是觉醒了的民众与青年必然会通过他们的抗争,为世界探索一条更加美好的道路!

二、谁能够代表民众?

但是,值得思考的另一个问题是:谁能够代表民众?智利总统巴斯蒂安·皮涅拉是一位民选总统，2010年1月17日，他在第二轮投票中当选总统，并曾在2010年10月营救铜矿被困矿工的行动中受到全世界关注。那么，是皮涅拉能够代表民众，还是卡米拉能够代表民众？这里的一个关键问题是，皮涅拉同时也是智利的首富，而他的财产正是从"私有化"改革中来的，他站在自己的立场上，必然会维护"新自由主义"政策，而正是这一政策使民众走上了街头。在这里，无疑皮涅拉代表的是少数人的利益，而卡米拉代表的则是大多数民众的利益。

在这里，值得反思的便不仅是皮涅拉为何能够当选，而且是现代政治本身的问题。现代政治是一种精英政治、政党政治以及代议制民主的形式，但是这样的政治形式是否能够选出真正代表民意的政治领袖，是一个重要的问题，也是当代政治面临的危机。汪晖曾经指出，无论在西方还是在东方，都存在一种"代表性的断裂"的危机，即政党与其所"代表"的民众之间产生了巨大的裂痕，无法真正代表民众的政治意见。这在西方表现为金钱政治、两党轮流执政但政策趋同、选民无选举意愿等各方面，而在东方则表现为官僚化、精英化与贪腐化等方面。由此，形成政治家与民众之间沟通渠道的"断裂"，精英政治变成了垄断集团的内部循环，并不能真正代表普通民众的政治意志，这可以说是当代政治面临的重大理论与实践问题。

卡米拉所代表的大学生抗议运动直接诉诸民众的政治诉求，以街头政治的形式表达他们的意愿，可以说正是对精英政治"代表性断裂"的一个政治反应。不只是卡米拉领导的智利大学生运动，美国的"占领华尔街"运动，英国的学生"骚乱"，以及法国、西班牙等国爆发的类似运动，都让我们清晰地看到，民众的政治意愿无法得到表述与接纳，在当今世界是一个普遍存在的状况。这可以说明两点：（1）既定的利益集团已经垄断了"政治"，他们以全民的名义实行的政策，只是为了维护特定阶层的利益，而在事实上损害了民众的利益，站在了民众的对立面；（2）现有的政治形式无法容纳民众的政治意愿，也无法提供正常的意见沟通渠道，无法在民众的政治意愿基础上形成政治意志乃至"政策"。

在这样的状况下，卡米拉代表的大学生运动便具有无可辩驳的正当性与合理性，他们是一种新的民主实践，他们在探索一种新的政治形式。如果说政党政治、精英政治、代议制民主凝聚了17—18世纪资产阶级革命以来人类政治实践的民主精华,那么在今天,他们则在21世纪探索着新的民主形式。他们以民众政治代替政党政治,以底层政治代替精英政治,以直接的民主形式代替代议制民主,最大程度地凝聚起底层民众的政治意愿,表达出了他们的政治诉求。而这样的探索,不仅具有现实政治的意义,在现代政治理论的开拓上也具有重要意义。

卡米拉所代表的大学生抗议运动,同时也是一场社会主义复兴运动。20世纪的社会主义运动采取的虽然也是政党政治、精英政治、代议制民主的形式,但是与资产阶级精英政治不同的是,它始终站在底层民众的立场上,与之保持着密切联系,代表了民众的利益与声音。不仅社会主义国家内部进行了民主化的实践(公有制,教育、医疗等方面的民主化而非"精英化"等),而且促使资本主义国家也采纳了有利于底层民众的政策(福利社会,妇女、黑人、少数族裔歧视政策的取消等)。冷战之后,传统社会主义实践中的弊端受到了反思与批判("专制"、官僚化、平均主义等),但是社会主义的本质与内核却并没有得到充分的认识,"社会主义是一个新事物",它不仅是一种穷人的理论,也是一种解放的政治,它是在对人类历史深刻剖析的基础上形成的一种哲学,是深刻认识到现代社会的基本矛盾之后所形成的一种改变方向,是站在民众立场上为人类寻求未来道路的一种尝试。冷战之后,社会主义的实践尽管遭到了挫折与曲折,但是其内在精神却是永不磨灭的,因为它所代表的是大多数民众的根本利益。我们需要总结20世纪社会主义革命的经验与教训,继续站在民众的立场上,探索新的道路。

在卡米拉及其同伴的抗争运动中,我们可以看到,他们正是站在民众的立场上对现有的政治体制与政治形式发问:谁能够代表民众?——接下来的问题是,如果你们不能代表民众,那么怎么才能将民众的意愿凝聚为现实政治的实践呢?这是卡米拉提出的问题,也是整个世界面临的问题。

三、革命需要想象力

但是,问题的另一面是,现有的利益集团不会轻易放弃他们的利益,他们不仅在政治、经济、文化等各方面形成了铁桶一般的垄断,而且他们的统治已经深入到民众的思想内部乃至无意识领域。对于普通民众来说，当面临压迫与剥削时，习惯性的思维方式是首先检讨自己不够努力——所以才没有成为"成功者"，他们不敢或不能对现实秩序提出自己的批判性意见，也无法想象另外一个世界。在这样的状况下，底层民众的斗争必然会是艰苦曲折的，同时也需要新的形式，需要新的想象力。

拉美左翼运动的最大特点就是始终具有丰富的想象力，革命的形式丰富多样：1953 年的古巴革命是传统的武装斗争；1956 年智利人民行动阵线尝试以和平方式向社会主义过渡；1999 年获胜的委内瑞拉的"玻利瓦尔革命"，则利用议会制夺取政权后推行社会主义革命。

在墨西哥，副司令马科斯所领导的"萨帕塔"解放运动也是这一斗争的成功范例。他们的斗争根植于拉丁美洲深厚的文化，又带有浓重的后现代特色，在某种意义上我们甚至可以说，这是一场马尔克斯、博尔赫斯式的"革命"。这是一场文化意义上的"革命"，虽然"萨帕塔"解放运动根植于现实利益的争取，但斗争的形式不再主要是武装斗争，而更多借助于文化上的斗争。在这里，童话、寓言与印第安人的神话成为了斗争的主体，马科斯以"撒豆成兵"的本领，娓娓地讲述着这些优美的故事，而且这位副司令还成功地控制了报纸、电视、网络等媒体，在世界面前塑造了"自己"的骑士形象：他以滑雪帽、蒙面、烟斗为标志，显示了革命者"酷"的一面，这为他赢得了无数的支持者与崇拜者，但同时也是一种斗争的形式。这一形式被称为"后现代主义革命""符号革命"，但归根到底是一场以文化为主的革命。在这样的革命形式中，我们看到了文化本身所可能具有的革命性。同时，这也可以说是一场哥白尼式的"革命"，正如博尔赫斯的小说是一种改变叙述本身的叙述一样，这也是一场改变了革命形式本身的革命。如果说以往的革命是现实主义、古典主义的，那么这次革命则可以说是浪漫主义、魔幻现实主义、后现代主义的一种融合：在这里我们可以看到苦难处境与优美故事的结合，可以看到批判现实与离奇想象的结合，可以看到艰苦斗争与浪漫抒情的结合。正是这些看似古怪的结合，却为我们打开了无限广阔的思维空间：原来革命也可以是这样的。

同样，卡米拉所领导的抗议运动也是充满想象力的。我们可以看到，在这场运动中，最引人注目的是卡米拉，她的形象与美貌成为此次抗议活动的象征性符号，她以超级偶像的方式引导着这次运动，在这个全媒体时代,她充分运用个人的女性魅力,在媒体与公众之中展现出了"革命"的魅力。她让人们看到也会让人思考:一个具有如此魅力的女性为什么会投身于这样的运动?人们从关注她的外貌,到关注她的精神世界与政治主张,她的形象让这场运动本身充满美感与魅力。这同样也是一场符号革命,她使得"革命"这一长期被污名化的词汇重新焕发出光彩,让"革命"与青春、诗意、理想、正义重新联系在一起,而祛除了仇恨、暴动、血腥等污蔑之词。她让人们看到,"革命"本身就是正义的,是一代最优秀青年的选择,他们勇敢地与民众站在一起,在为人类的美好未来探索新的道路。这也是卡米拉与众多商业明星的不同之处,商业明星是内在于资本主义生产体制之中的,可以说他们只不过是一种特殊的商品,他们的形象与号召力既来自于资本的塑造,也服务于资本,比如广告,比如票房,比如唱片的销量,等等。而卡米拉则不同,她的形象及其存在,就是对资本主义生产体制的一种挑战与超越,她所要改变的正是资本主义的生产关系及其内在逻辑,她所做的正是站在民众的立场上,批判新自由主义的"私有化"政策,开拓一个更加美好的未来。如此,在卡米拉的身上便具有双重魅力,首先是她个人的女性魅力,其次则是"革命"的魅力。"革命"本身也是有魅力的,它与理想有关,与未来有关,也与牺牲有关,当一个人为了信仰与民众不惜牺牲生命,身上那种义无反顾的壮美与精神足以打动世人,而当这个人是一位女性时,她的柔美与壮美融合在一起,更加具有动人心弦的魅力,这双重的魅力凝聚在一起,让卡米拉如此光彩照人又如此独一无二。

革命需要斗争,革命需要魅力,革命也需要想象力。

在卡米拉的身上,我们看到了斗争,看到了魅力,也看到了想象力。

我们不仅需要卡米拉,也需要千千万万的青年,我们需要改变这个不公平的世界,我们需要一条更加公正的道路,我们需要一个更加美好的未来!

你好,卡米拉!

附录：历史与当代经验中的个人
——李云雷访谈录

作为作家的李云雷

付宇： 对于多数人来说，对您的了解更多是从您作为批评家的身份而来，而今天我想从您作家的身份开始我们的交流。通过对您的小说的阅读，我想用"写作即自由"几个字来形容您的文本创作：在您的文本创作中有着极大的自由，这种自由不只说题材与内容的自由，而是通过文本呈现出来的您精神世界的丰盈与自由。那么您开始拿起笔进行小说、诗歌创作的初衷是什么呢？

李云雷： 我最初是从事小说创作的，也是因此才考北大中文系，但是到了北大，尤其是读了博士以后，就主要以写评论为主，一直到现在仍然主要写评论，创作的小说与诗歌并不多，但对我个人来说创作却很重要。创作的初衷我想和很多年轻人一样，主要是对世界的好奇和表达的冲动，不过现在也发生了一些变化，那就是对个人经验独特性的体认，以及将之艺术化的冲动。也就是说以前我们总感觉自己和别人是差不多的，都是从小就开始读书，读到大学，然后工作，但是突然有一天，你会发现自己和别人是不一样的，你的家庭与别人不一样，你的成长道路尤其是细节与别人不一样，你读的书、看的电影也与别人不一样，你对世界的看法也与别人不同，而这种不同让你认识到，在这个世界上，只有你一个人是这样的。在这个时候，一个人会感到极大的孤独，在某些方面很难与他人沟通，很难相互理解，但另一方面，这也让人有了极大的自由，我想这个时候的创作，就是将个人的独特经验讲述出来，这是与他人交流、与世界交融的重要方式。

付宇：通过阅读，从内容上我粗糙地将您的小说分为两类：一类是《葬礼》《无止境的游戏》这样的文本，具有着80年代以来文学的先锋色彩，但随着时间的发展，这类先锋小说的创作似乎不是您着笔的重点；而另一类是《父亲与果园》《舅舅的花园》《花儿与少年》，文本中追忆了过去的乡村生活，以及"我"离开农村进入城市后的感受与体验，以及包含于其中的、您作为一个知识分子主体对社会问题的提出与思考。《我们去看天安门》中朱波来到城市，他没有好好读书、考上大学，找工作到处碰壁，"难道就应该让他们成为社会发展的牺牲品吗？"一句反问，振聋发聩。从阅读体验上来讲，这些文本给我带来的感觉与其说是小说，不如说是自我经验的记录。那么是什么促使您逐渐远离先锋性的文本创作转而向乡村大地的追忆与重新观望的呢？您是如何看待自己写作的这两类内容的？在您看来，个人经验与文本写作，究竟有怎样一种微妙的关系？

李云雷：我们这一代的写作者，最初都受到过先锋文学的影响，这在思维方式与形式、语言、叙述方式等方面都留下了很深的痕迹，但是先锋文学对我们来说，只是一种青春期的叛逆与狂欢，并没有真正面对世界、真正面对个人的生命体验。所以随着这一代人的成长，便逐渐从先锋文学中走出来，探索新的表达方式，我写作上的转向也是这样。我觉得以前的创作在形式、结构上有探索，但后来的作品更接近个人的生命体验。个人经验与文本写作的关系，不同的人有不同的理解，就我而言，我觉得经验为我们提供了观察与理解世界的立足点，也是创作的出发点。尤其在我们这个飞速发展的社会，我们的日常经验随时都在变化之中，对经验与细节的重视，也是我们理解"自我"的一个重要方式。我曾经经历过没有电的时代、没有电话的时代、没有电脑的时代，但现在这些却是我们日常生活中不可或缺的东西，现在再回头去看，很难想象没有电脑、没有电话甚至没有电的生活，我们那时是怎么过来的？这样的疑问会将我们现在的生活"相对化"，让我们去重新思考与面对我们的生活，让我们认识到我们的日常生活是整个时代变化的一部分。当然文本创作立足于经验，而不能仅限于经验，还需要思想的融入、艺术的提炼，才能真正成为优秀的艺术品，在这方面，我还需要继续探索。

付宇：您进行文本创作，也熟悉文学创作内部的艰辛与美好，这是否也给您的文学批评带来了不一样的影响？或者说，通过文本写作，您从中得到了什么？您从事文学的创作，同时也是一名文学评论家，那么您如何看待批评家和作家二者的相互关系与影响呢？

李云雷：对于有创作经验的人来说，从事文学批评的一个长处可能在于，可以从创作内部去观察与思考，可以更贴近作家的创作与艺术的规律，这与只从外部视角对作品评论会有较大的差别。我现在创作虽然不多，但写作的时候也能体会到创作的艰难与美好，也能体会到创作过程中的焦虑、苦恼与期待，可以更加理解作家的创作。在我看来，批评家与作家共同面对世界，但他们表达的方式不同，批评家更具理性与理论色彩，而作家则更偏重于经验，理想的状态是批评家与作家可以互相对话、互相启发，在文学史上我们也可以看到不少这样的例子。批评家与作家的关系应该是平等的，批评家既不是"法官"，也不是附庸，而是与作家共同面对世界，以不同的方式在发言，两者各有长处。作家可以从批评家那里得到启发，有时甚至能发现批评家比自己更了解自己的作品；批评家则可以从作家那里看到对世界更加直观的、经验的、细节的认识以及艺术上的探索，这有时比理论概括更切近世界的本质。

底层文学

付宇：提及您的文学批评，人们最先想到的多是您对"底层文学"的研究，您曾经说过，"底层叙事"才是一种真正的先锋，那么在最初，是什么契机与缘由，让您开始关注"底层文学"并为之呐喊的呢？

李云雷：最初是在2004年，当时伴随着曹征路的《那儿》、陈应松的《马嘶岭血案》等作品的发表，关于这一类作品有不少命名与争议，当时有人称为"底层写作""底层叙事"等，后来"底层文学"才成为一个约定俗成的文学命名，我也介入了这一过程中，并撰写了一些文章，参与到了其中的讨论。我关注"底层文学"有两方面的契机：一是与我的出身与成长经历有关，我出身于农村，对乡村生活的艰难有一定的体验；二是与我对文学的反思有关，在"底层文学"出现之前，我们的文学中有"纯文学"、主旋律文学、通俗类的畅销书,但没有一种文学面对现实、面对底层民众的生活。我在学校里读书,一直读到博士,受到的也是"纯文学"的教育,读先锋文学,读卡夫卡、博尔赫斯、卡尔维诺等作家,但是有一天我们也会反思:我们阅读的文学与我们的生活有什么关系,与我们的生命体验有什么关系?当认识到这些文学无法表达我们的体验时,我们便会寻找一条文学面向现实、面向底层的道路。

付宇:您曾经定义过广义的"底层文学"与狭义的概念,在狭义的"底层文学"概念中,您说这是以知识分子与专业作家为创作主体的文学,那么对于很多知识分子与专业作家来说,他们或许并无底层经验,文学来源于生活,那么创作出优秀底层文学作品的可能性在哪里?很多底层人民并不读书,如果底层创作的作品并不能为底层民众阅读与欣赏的话,其最终的意义又在哪里?

李云雷:我所说的主要是"底层文学"的代表作家曹征路、刘继明、王祥夫、陈应松、胡学文等人,这些作家是知识分子与专业作家,但他们大都对底层生活有较为深入的了解,有的也是来自于底层的,所以他们能够对底层的生活有较深刻的描绘。我之所以做出广义与狭义"底层文学"的区分,当时主要是要阐释"打工文学"与"底层文学"的区别与联系,也将"打工文学"作为广义"底层文学"的一部分。当时有人提出一个疑问是,底层文学作家是知识分子或专业作家,不能够"代表"底层,而打工文学的作者书写的是个人经验,也不能够"代表"底层。我当时通过这样的区分,主要是想说明,这两种不同类型的作家可以从不同角度关注底层,可以互相取长补短,让"底层文学"有更好的发展,而不必为谁代表底层而争论。

你提到很多底层人民并不读书,底层文学的作品并不能为底层民众阅读与欣赏,确实是一个理论与实践上都很重要的问题,也是一个复杂的问题,但我觉得,能够表达底层声音的文学出现本身就是一个进步。你所说的是在进步过程中出现的问题,这里既有底层文学面临的问题——是否能适应底层民众的阅读习惯与欣赏趣味,也有底层民众自身的处境及其带来的问题——是否有足够的时间、兴趣阅读文学作品,等等。但是我觉得另一方面,在整个社会的意识领域中,能够表达出底层的声音,让整个社会意识到底层的存在，这也是"底层文学"的一个重要作用。

付宇： 您曾在文章中提及"底层文学的作用在于，它不仅要打破意识形态、市场、精英在文学上的垄断，讲述底层的故事，发出底层人的声音，而且要以文学的变革为先导，唤起民众的觉醒，在政治、经济等领域中真正体现出底层的利益与力量，从而改变现实秩序中不公平、不合理的部分"，那么，在90年代以来文学地位与作用日益式微的今天，"底层文学"究竟能否承担起如此的社会功能呢？

李云雷： 在20世纪90年代以来，我们的文学与文化环境发生了巨大的变化。在消费主义与娱乐的氛围中，底层文学要承担这样的社会功能确实极为困难，但另一方面，相对于文化工业与文化产业，文学是一种更个体化，也更容易实现的艺术形式，只要有一支笔就可以创作，并且文学相对于其他文艺创作，更具经验性，也更具思想性。在这个意义上，"底层文学"有可能承担起这样的功能，但能否真正地承担起来，既需要"底层文学"的发展，也需要整个社会的变化。

付宇： 您在《重申"新文学"的理想》中写道，今天的新文学面临着整体性的危机，其中包括文学先锋性、精英性、公共性的丧失，因而您提出重申新文学的理想，这里"底层文学"对于重申新文学的理想有哪些意义？

李云雷： 在我对"新文学"的理解中，新文学包括不同的派别与传统，比如"为人生"的文学、"为艺术而艺术"的文学、自由主义文学、左翼文学等。在20世纪文学史中，这些不同派别的文学互相争论、此消彼长，构成了20世纪文学丰富的传统。但是20世纪90年代以后，在大众文化与消费主义的冲击下，"新文学"本身却遭遇到了巨大的危机，也就是我概括的先锋性、精英性、公共性的丧失。在这种状况下，文学的基本观念、基本运行方式都发生了巨大的变化，从一种精神或艺术的事业更多变成了一种游戏、消遣的方式。在这个意义上，我们有必要重申"新文学"的理想，将文学更多地视作一种精神与艺术的事业，让文学成为我们精神生活的一种重要形式。在这个意义上，我们可以说"底层文学"是"新文学"中"为人生"的文学、左翼文学、人民文学这一脉络在新世纪的延续。在"底层文学"的观念与实践中,包含了"新文学"对文学的观念、社会功能、运行机制的基本理解,所以"底层文学"在新世纪的崛起,可以说是"新文学"复兴的一部分,也可以让我们看到"新文学"所包含的丰富的能量。

付宇:《我们为何而读书》这篇文章在您的众多批评文章中给我的印象极为特别,您的其他的文章更多的是温和平稳,而这篇文章在您的著作中则显得激进激昂,文章说道:"我们必须抛弃'个人奋斗'的幻想,只有在整体的社会结构中,在时代与历史的演变中,才能更深刻地认识与把握底层与我们自己的命运。"而事实上,个体能量是非常有限的,在社会各阶层日益稳固的今天,社会结构已很难改变,那么问题来了,我们是否能把握底层与自己的命运?我们该如何把握命运?(或者把这里的"我们"替换为"底层")

李云雷:这篇文章确实和我别的文章有所不同,因为融入了个人的经验与感情,也有对自己以前所受的文学教育的反思。现在我仍然认可你所引用的那段话,问题是现在"个人奋斗"以及"成功者神话"已经成为了一种新的意识形态,这样的幻想很难打破。现在社会各阶层正在日益凝固化,但是中国如果要向前发展,必然要打破这样的社会结构,从而让整个社会充满活力,我觉得我们只有融入这个过程中,才能把握住底层与自己的命运。

付宇:从 2004 年起,底层文学受到了来自各方的注意,甚至成为一种文学潮流,您是这股潮流中重要的参与者,而如今时隔多年,现在您对"底层文学""底层叙事"所持的主要观点是什么呢?

李云雷:我认为"底层文学"是新世纪以来最重要的文艺思潮,在文艺界产生了重要而积极的影响,到现在"底层文学"一方面仍在延续,另一方面其基本观点也为不同派别的艺术思潮吸收,从而形成了关注底层的广泛的社会与文艺思潮。同时,底层文学不仅关注底层,也关注现实、关注世界,这对扭转 20 世纪 80 年代以来中国文学注重形式、技巧与叙述的倾向,起到了重要作用。而在当今娱乐化的整体文化氛围中,"底层文学"对文学严肃性与艺术品质的坚持,也让我们看到了"新文学"理想在今天的延续，也看到了文学未来的可能性。

付宇：再次回到您写作者的身份，文学批评上您倡导"底层文学"与"底层叙事"，但在您的文本创作中，与其相关者并不太多，其实这也是我最开始讲到的阅读您作品的重要感受"写作即自由"的原因之一。兼有作家与批评家身份的您或许并没有必然的对于您理论与写作内质要求的同一性，但还是想问您，为什么没有通过自己的文本创作去实践"底层文学"呢？

李云雷：我觉得这可能与我个人的生活体验较为相关，我从小生活在农村，然后到城市里读大学，博士毕业后到研究机构工作，所熟悉的只是乡村生活与校园生活。文学来源于生活，我从事创作时只能从自己熟悉的生活入手，所以写的大都是乡村生活，多年前个人记忆中的乡村生活。但是另一方面，在我的作品中也有"底层情结"，这并不是一种外在的视角，而是从底层看世界的方式。这可能不同于通常意义上的底层文学，但也可能为底层写作带来一些新的东西。当然对我个人来说，也期望能不断拓展个人经验的范围，对底层生活有更深入的了解，从而创作出真正的"底层文学"。

如何讲述新的中国故事

付宇：您说底层文学不仅为我们提供了认识历史的契机，而且在全球化的时代为书写中国经验提供了一个新时期的视角——来自民间与底层的视角。在您看来，今天我们的文学能否在底层文学的探索中构建起新的价值观与新的美学？

李云雷：这也是我寄希望于底层文学的。"底层文学"之所以能引起文学界那么大的兴趣，不仅仅是文学写作上多了"底层"的题材，而更在于"底层"为我们提供了观察中国与世界的新视角，其中也蕴含着新的价值观与新的美学，即从底层出发构建的文学世界与美学世界。这也是底层文学可能为当代中国文学发展带来的最重要的贡献，但这样的构想还需要扎根于底层文学的发展中。作为评论者，我们需要对其中出现的重要问题进行讨论、争鸣，只有这样，才能促进底层文学与中国文学的发展。

付宇："五四"新文化运动以来，小说作为一种外来文体，如何表达中国人的经验与情感，是一个没有完全解决的问题，当代作家也在不断探索之中。"乡土中国"在向"城市中国"转变，那么在您来看，当代作家该如何讲述中国故事，才能写出中国人在当今世界的遭遇、准确传达出中国经验呢？进而创造出我们这个时代的经典？（您曾经写道："中国文学的伟大不在于能否得到外国人的承认，而在于能否得到本国读者的欢迎，能否将中国的独特经验表达出来，能否在中国的历史进程中发挥作用。"我想您的这段表述对于中国当代文学的发展无疑是有意义的指导。）

李云雷：确实如此，这里涉及两个问题，一是作为一种外来文体的"小说"，如何表达中国人的经验与情感，二是在中国的巨大变化中，我们的文学能否刻画出变化中的"中国"。这两个问题又是紧密相关的。我觉得认识到小说是一种外来的文体，并不是说小说就不能表达中国人的经验与情感，而是要对其表达的效果与可能性有一种反思与自省，要将小说"相对化"，认识到小说是"方法"，表达中国人的经验与情感才是更高的、更内在的追求。只有在这个意义上，我们才能在中国人经验与情感的基础上，对小说这种"文体"本身进行改造、进行新的探索，使之更适合表达中国人的经验与情感。在这个意义上，我们所需要的，不是模仿西方经典，而是要创造出新的形式。当然不模仿西方经典，也不是要模仿传统中国的经典，我们可以学习、借鉴中外经典，但更重要的是要在现实中汲取创造的力量。

我们所说的"中国人的经验与情感"也不是本质化的，而是在历史中发展变化的，我们的文学要扎根于当代中国的现实之中，但也要有历史的眼光与世界的眼光。只有有了历史的眼光，我们才可以在历史的发展与变化中发现当代经验的独特性；只有有了世界的眼光，我们才能在一个更大的视野中发现中国经验的独特性。我觉得以这样的眼光扎根于当代中国的现实，我们就有可能创造出当代的经典。

你所引用的那几句话出自我2006年的文章《如何讲述中国的故事》，这其实是对20世纪80年代以来美学规范的一种反思。现在看来，20世纪80年代我们的文学中发展出的是一种精英化、西方化、现代主义式的美学标准，现在我们处于一个新的历史时期，有必要对这样的标准进行反思，从而促进中国文学的发展。

付宇：您说当下的中国价值观有着古今、新旧的矛盾，近100年的价值巨变也是空前绝后的，而这并没有得到作家们足够的关注，或许这是中国没有出现真正大师的原因之一。此外有些作家成为"中产阶级"的"成功人士"后，他们的文学成为了这个阶层的审美或标签，从而丧失了对现实的观察、思考及艺术化的能力。那么除此之外，在您看来，还有哪些因素，导致了当代文学中没有出现像陀思妥耶夫斯基、巴尔扎克、托尔斯泰这样真正的大师？我们的文学现实是否能克服这些阻碍大师形成的因素呢？（在今天，我们如何在文学创作中确立中国的主体性，如何讲述好中国故事，恐怕对于评论界与作家来说都是必须面对的问题，您通过对底层文学的正名拓展了这个问题的可回答空间。）

李云雷：谢谢你读得这么细致，我觉得对当代作家来说最为重要的，是走出20世纪90年代以来的文学规范与文学潜意识，对20世纪90年代以来文学的基本观念做出反思。具体说来，其中最值得反思的是"个人化写作"与"日常生活"。这两个关键词在20世纪90年代以来文学的发展中曾起到了重要的作用，但我们应该认识到，这样的观念的提出，在当时有其具体的针对性，比如"个人化写作"针对的是政治性写作、公共性写作，"日常生活"针对的是宏大的历史与现实叙事，这在当时是有效的。但20多年过去之后，我们也可以发现其弊端，那就是我们的作家大多都沉浸于"个人"与"日常生活"之中，对此之外的事情则丧失了表达的兴趣、愿望与能力，这是我们今天有必要反思的。

我们应该意识到，"个人"及其"日常生活"都处于历史之中，并且是历史发展变化中的一部分。尤其在当代中国迅猛的发展与剧烈的变化之中，我们的"个人"与"日常生活"并不是一成不变的，也不是从来如此的，我们只有在历史变迁与社会结构的对比中，才能认识到此时此刻的"个人""日常生活"的相对性与有限性。也就是说，我们的"个人"与"日常生活"在不同时期是不一样的，不同社会阶层的"个人"与"日常生活"也是不同的，认识到"个人"与"日常生活"的相对性与有限性，我们才有可能走出这种观念的限制，在一个更大的视野把握中国经验的丰富性与复杂性,并将之作为自己写作的动力。

鲁迅说:"无穷的远方,无数的人们,都与我有关。"我们只有打开封闭的视野,将整个历史与当代经验视为个人创作的对象、对话的目标,才能将他人的痛苦转化为自己的痛苦,才能认为历史的发展与"个人"有关,才能具有更为宽广的胸怀与更为高远的追求。

"70 后"的突围之路

付宇:每一代人的写作都有对其所处的时代精神的概括,有着其独特的精神体验。在您看来,"70后"作家的整体的艺术风格是怎样的?

李云雷:"70后"作家中较为成熟的作家,每个人都有较为鲜明的艺术风格,但就整体而言,这一代作家也有相似之处,那就是他们更偏重于"个人写作"与"日常生活"。相对于前几代作家,他们缺少宏大叙事的野心,而更愿意在个人经验范围内取材,这使他们的创作更具生活质感,更有艺术性,但另一方面,也缺乏对时代生活的整体把握与思考,缺少思想性与介入意识,这在一定程度上也对他们构成了限制。

付宇:对于"70后"作家来说,共同面临的一个现状是历史的全面隐退,您也在文章中提及,这一代作家在新旧体制转换中是被遗忘、被抛弃的。自然,一代人有一代人的文学,一代人有一代人的书写经验,"70后"作家也有着他们的个体经验与集体记忆,可是就目前作家来说,国内一流作家中"70后"寥寥无几,那么在您看来"70后"作家的突围之路在哪里呢?

李云雷:与上述问题相关,我认为"70后"作家的突围之路就在于,突破个人经验的限制,将个人的生活经验"相对化",在历史演变与社会结构中认识"自我",从而打开一条通向"他人"的道路,不断拓展观察与思考的范围,从而在整体上把握当代中国的经验,才能突破"自我"的藩篱,才能有新的美学与新的创造。当然,当我们强调集体记忆时,也并不是要离开个体经验,作家的创作来自生活,不可能也不必要摒弃个人的生命体验,而是从这里出发,走向一个更开阔的世界。

付宇：在您看来"70后"作家和上几代作家的差距主要体现在哪些方面？他们相较其他几代作家的优势又是什么？

李云雷：我觉得用"差距"与"优势"这样的词褒贬过于鲜明，不如说不同代际的作家各有其特点，相比较于其他几代的作家，"70后"作家最大的特点在于"过渡"。他们成长的年代正是中国发生巨大转折的年代，从革命时代到改革时代，从计划经济到市场经济，从物质匮乏到物质丰富，从多子女家庭到独生子女，中国在很多方面都发生了巨大的变化，而这种变化又是在较短的时间剧烈地发生的。在文学上也是如此，在他们接受文学教育的时代，正是文学思潮风起云涌的时代，他们的文学观念也在不断更新。这样的"过渡"是此前各代作家也都经历过的，但对处于成长期的"70后"作家来说影响更大，而"80后""90后"作家所生活的环境，"过渡"已经基本完成了，对"过渡"本身不会有太大的体会与感触，这可以说是"70后"作家的独特之处。而"70后"作家应该将这一独特之处发挥出来，表现出过渡时代的各种矛盾、冲突与痛苦，如何深刻地影响了他们自身，这是其他代际作家所不具备的。

付宇：目前文学评论界的整体情况来看，老而弥坚的"50后""60后"批评家依旧是中坚力量，"80后"批评家也受到了关注，而"70后"是被遮蔽的一代。作为"70后"作家与评论家，您如何看待这个"遮蔽"？您如何看待"70后"的批评现状？

李云雷："70后"也有不少优秀的评论家，但"70后"评论家与此前评论家不一样的一个特点是，他们成长于学院体制逐步建立的过程中，与20世纪90年代以来中国知识分子"学院化"几乎是同步的。这带来的一个问题是，"70后"评论家更多地生活在学院中，更多地关心理论问题、文学史问题或学科建设问题，真正介入当代文学现场的评论家并不是很多，或许这是他们"被遮蔽"的重要原因。我觉得"70后"评论家应该更多地介入批评现场，理论问题与文学史问题固然重要，但更重要的是对当代文学的前沿问题有敏感、有兴趣、有能力介入，这不但可以将学术研究之所得加以实践与应用，而且新的问题、新的现象、新的美学经验也会刺激新的学术生长点。一代人有一代人的问题，"70后"评论家只有将自己的问题带入到文学现场、带入到批评实践中，才能真正开辟自己的时代。

付宇：您认为"70后"作家和批评家之间需要更多的互动吗？两个群体应该如何对话？

李云雷："70后"作家与批评家确实需要更多的互动，有学者提出批评家和同代作家要"共同成长"，也是这样的意思。同一代的作家与批评家有相似的成长经历、教育背景与文学追求，互动起来会有更深入的了解，应该有助于彼此的成长。但我们也不必将这一观念绝对化，优秀的作家和批评家都是超越代际的，不只是对某个年龄段的读者有吸引力，我们读托尔斯泰、读马尔克斯、读鲁迅、读李白杜甫、读《红楼梦》，作者的年龄或属于哪个代际并不是很重要的问题。对于"70后"作家与批评家也是这样，作为作家或批评家都要力图超越代际，成为一个有独特思想与艺术追求的人，在此基础之上的对话、交流乃至交锋，可以对彼此造成刺激，可以相互切磋，我觉得这样的对话才是真正有意义的。

付宇：关于代际批评有很多争议，许多人都在用"50后""60后""70后""80后""90后"这样的划分方式，另一些人则反对这种划分，认为这是个无效的概念。您如何看待代际批评的划分？

李云雷：我觉得代际划分有一定的合理性，毕竟中国处于剧烈变化的时代，每一代人都有独特的生活经验、成长经历与美学趣味，他们的创作也有不同的特点。但代际划分的凝聚化与机械化，可以说是当代文学批评的主要问题，似乎以这样的方式把作家简单归类，就解决了问题，这除了商业上的运作之外，就是批评家的懒惰或无力。如果我们回顾一下，可以发现最早是在1990年中后期出现了"70后"的概念，此后才出现了"80后"，又上推才出现了"50后""60后"等概念。

在以年龄区分不同的作家之前，我们主要是以不同的思想艺术流派来划分不同作家，比如在20世纪80年代，我们有不同的文学流派，如"伤痕文学""反思文学""寻根文学""先锋文学""知青文学"等。在那时年龄的因素并不重要，比如汪曾祺也会被归入"寻根文学"，但他比韩少功、李锐等人年龄要大很多，再比如在"先锋文学"中，马原的年龄也与余华、苏童、格非等人相差较大，但这些因素并不妨碍他们被归为同一个艺术流派。

以年龄这种看似自然的划分方式,取代了思想艺术流派的划分,这本身就是当代文学的一个重要症候。不同思想艺术流派之间有竞争、有争鸣、有互动,是一种在动态中不断发展变化、充满活力的文学生态,而以年龄这种自然要素来划分,写作者各安其分,长幼有序,看似自然,其实取消了活力。

在这个意义上,我们应该强调,真正优秀的作家都是超越代际的,我们也希望批评家能够以新的命名方式取代代际划分,让当代文学充满活力。

今天,如何进行文学批评

付宇:在您的表述中,20世纪80年代是文学的黄金时代,文学走在社会前面、走在思维文化界的前面,很多值得讨论的思想命题都是由文学界率先提出并产生积极影响。不得不说,80年代是每个知识分子不想告别的年代,最近几年文学批评则很受诟病。您觉得中国当代文学批评存在哪些问题?当下批评失语、批评失效一直是媒体的热门话题,您认为这个批评失语、失效了吗?

李云雷:这涉及两个问题。一个是时代与文学环境的变化。20世纪80年代文学在整个社会与文化领域中处于重要的位置,但伴随着20世纪90年代大众文化与消费主义的兴起,文学在整体文化格局中逐渐被边缘化,在这样的文学与社会环境中,文学和文学批评已很难像20世纪80年代那样产生重要乃至轰动性的影响。

另一个是如何评价当代中国的文学批评。关于文学批评失语、失效的问题,如果相对于20世纪80年代来说,确实文学批评已很难产生社会性的影响。这里既有环境变化等外部原因,也有文学批评自身的问题,也即我们的文学批评很少关注当代中国最核心的精神与社会问题,并以文学或批评的方式介入。在这个意义上,对文学批评失语、失效的批评是有道理的。文学与文学批评的必要性与重要性,在任何环境中,也只能靠其自身的品质与作为来建立,如果我们的文学或文学批评,关注当代中国最核心的精神与社会问题,并能先于其他社会领域提出,我相信也一定会得到社会各界的关注。当然这是一个比较高的要求,对批评家的思想能力是一个较大的挑战。

付宇:在您看来,今天文学的批评在整个社会中处于怎样的作用与位置?批评家们的角色又是如何?奥威尔曾有一篇文章《我们为什么不读小说》中,对"我们为什么不读小说"这个问题探寻的原因之一是现代小说的封面都有着著名学者的推荐,看似很优秀的作品翻开却让人大失所望,因而人们不相信推荐,也不愿意读小说了,这是否也是现在中国读者中存在的问题?

李云雷:在我看来,奥威尔文章中的说法只是表面的原因,其实根本问题有两个,一是我们这个时代能否创作出优秀的小说,二是小说这种文体,是否还能成为当代人精神生活的重要形式。这两个问题又是联系在一起的,如果小说能成为人们精神生活的重要形式,人们必然要探索新的小说艺术。但在我们这个时代,大众文化与消费主义占据了文化的大部分份额,很多人对待文学的态度只是娱乐与消遣,在这样的境况下,严肃的文学与文学批评在整个社会中处于一种边缘化的位置,批评家的角色也是尴尬的。但这并不一定是悲观的态度,在任何时代,人们其实都有精神生活的需要,对当下境况的清醒认知,可能反而有助于我们的探索与创造。

付宇:您如何理解整体意义上的中国当代文学(这里当代文学的定义为1949年以来中国大陆文学)?其中有没有哪些作家作品特别打动您、是可以迈入经典行列的?

李云雷:在整体意义上理解中国当代文学,我们需要一个坐标系,在这里,我们可以举出两个参照:一是在中国文学的纵向发展中,中国当代文学和现代文学一样,同样是中国文学现代化转型以来的一部分,而中国当代文学在整体上的成就已不亚于现代文学,但是在中国文学数千年来的脉络中,我们可以看到,中国当代文学尚未形成一整套相对稳定的美学体系;二是在当代世界文学的横向结构中,中国当代文学正在崛起,已取得了相当的实绩,在世界范围内已经引起了广泛的关注。经典的形成有复杂的文化政治因素,很难以个人的眼光评定,作为一个当代文学研究者,要将重要的作品与欣赏的作品区分开来也并不容易。就我个人而言，我更看重"十七年"中赵树理、柳青、孙犁等人的作品。新时期以后，张承志、韩少功、史铁生等人以及新世纪以来的"底层文学"作家，是我一直关注的。

付宇：您认为好的批评家应该具备什么样的素质？您心目中好的文学批评应该是什么样的？或者说您认为好的文学批评应该具备什么样的品质？

李云雷：评论家首先要有艺术的敏感，其次要有公正的态度，这可以说是从事文艺评论的基本素质，拥有这两点，可以成为一个比较好的评论家。但对于当前的文艺评论来说，仅仅具有这些还是不够的，一位优秀的评论家还应该具备另外两个重要的因素，一是要有对时代与世界变化的敏感，二是要有提出新问题的思想能力。

我们的时代是一个飞速发展、剧烈变化的时代，从20世纪80年代到现在，我国文艺的整体格局发生了巨大的变化，文艺的生产、传播、接受方式也发生了巨大的变化，如果一位评论家对这些变化不敏感，只是就作品评作品，很难对文艺作品做出深入细致的阐释。我在最近的一篇文章中谈到，中国已经走出了近代以来启蒙与救亡的总主题，展现在我们面前的将会是一个新的中国形象，一个新的世界图景，这个中国与世界对于我们来说也是陌生的，我们需要摆脱旧的知识结构与思维惯性，重新认识中国与世界，也重新认识文艺与我们自身。我觉得这是当前文艺与文艺评论面临的重要问题，只有认识到这一点，我们才能更加从容自信地讲述新的中国故事。

同时在这一过程中，新的文艺作品、文艺现象、文艺思潮不断涌现，作为一个评论家，我觉得应该在新的社会现实与美学经验的基础上，提出新的问题与新的思想命题。一代有一代之文艺，每个时代面临的文艺问题也都不一样，青年评论家应该从个人的生命体验与美学经验出发，不断提出新的问题，进行讨论、争鸣，这才能切入时代的核心命题，彰显出一代人的思想与美学追求。

马克思主义文艺理论论著书系第 1 辑

- 为马克思主义艺术学正名——马克思主义艺术学论集　　　李心峰　著
- 人民：文艺的尺度　　　马建辉　著
- 沿着马列的足迹——文艺的科学阐述与中国贡献　　　朱辉军　著
- 马克思主义与艺术人民性——一种艺术共同体的想象与建构　　　刘永明　著
- 马克思美学的当代阐释　　　汪正龙　著
- 人类解放的审美之维——当代西方马克思主义政治美学思想研究　　　文苑仲　著

马克思主义文艺理论论著书系第 2 辑

- 中国马克思主义文论的创新　　　董学文　著
- 批判的科学——文学理论本体研究　　　金永兵　著
- "新社会主义文学"的探索　　　李云雷　著
- 前所未有的路——中国现当代文学中农村的历史叙述问题　　　鲁太光　著